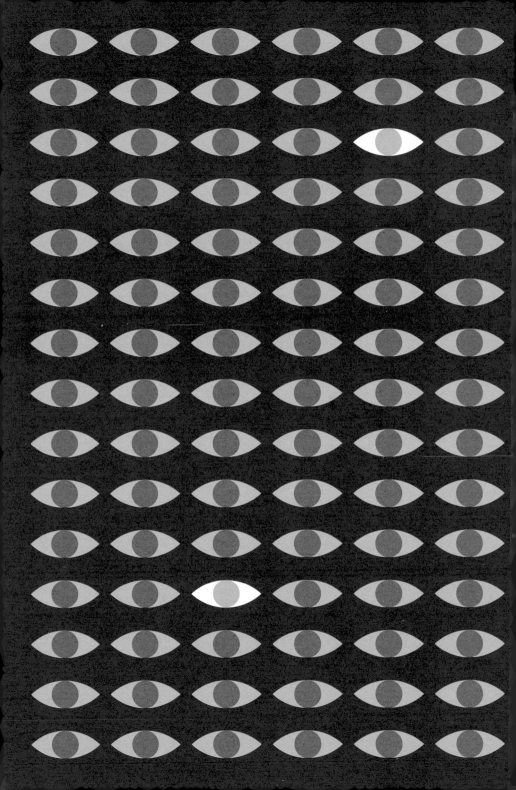

问苍茫大地

石钟山 著

人民文学出版社

图书在版编目（CIP）数据

问苍茫大地/石钟山著．—北京：人民文学出版社，2022
ISBN 978-7-02-016655-8

Ⅰ．①问… Ⅱ．①石… Ⅲ．①长篇小说—中国—当代 Ⅳ．①I247.5

中国版本图书馆CIP数据核字（2021）第244965号

责任编辑　孟小书　石一枫
装帧设计　刘　远
责任校对　杨益民　苏　航
责任印制　苏文强

出版发行　人民文学出版社
社　　址　北京市朝内大街166号
邮政编码　100705

印　　刷　三河市延风印装有限公司
经　　销　全国新华书店等

字　　数　184千字
开　　本　880毫米×1230毫米　1/32
印　　张　9.25　插页3
印　　数　1—20000
版　　次　2022年3月北京第1版
印　　次　2022年3月第1次印刷

书　　号　978-7-02-016655-8
定　　价　45.00元

如有印装质量问题，请与本社图书销售中心调换。电话：010－65233595

目　录

进　城

　　东北局社会部情报科科长毕剑在锦州一举被攻克后，接到社会部指示，提前潜入沈阳城内，为解放沈阳做好情报准备。

　　此时四野的大军兵分几路正在向沈阳方向集结，在锦州战场上战败的国民党军队，拉家带口，大呼小叫地向沈阳城里溃退。稀拉又混乱的队伍仿佛到了世界末日，一路哀号着向沈阳城移动。

　　毕剑驾驶着一辆在锦州战场缴获的美式吉普车，副驾驶上坐着东北剿总锦州电报组的电报员李银河。锦州战役打响前，锦州电报组就被东北局社会部情报科破获了。毕剑带领的情报科早就盯上了这部电台，电台设在一户农家里，天线被绑在院后的树上，一场战役打响前，破获敌人的情报网至关重要。果然，敌人东北剿总这部电台的破获，为了解敌人整个情报网立下了汗马功劳。

　　缴获敌人的锦州电台前，电台刚接到东北剿总二处的电报，电报命令锦州电台向沈阳靠拢，另有任务。当时被俘的除电报员李银河之外，还有一个上尉台长，和一个电报员。那两个被俘人员已作为俘虏交给了部队，唯一留下了电报员李银河。缴获敌人电台，又没被敌人发现，也就是说这部电台还是活的，对于缴获一方来说，自己已经切入到了敌人的情报网之中。没有立即把电台的电报员李银河作为俘虏去处理，因为他还有利用价值，他的价值自然是收发报。每名报务员发报的风格都不尽相同，"点""划"的长短是一个发报员的习惯，就像一个人的口音很难改变。为了让沈阳城内的剿总二处相信，这部电台还活着，留下活口，李银河便举足轻重。

发报员李银河二十六七岁的样子，圆脸圆眼睛，就连身子也是圆滚滚的，他是随东北剿总第一批进驻到东北的。在锦州战役打响前，锦州电报组风平浪静，几个人过了几年神仙般的日子。没想到，锦州战役还没打响，他们便成了东北民主联军的俘虏。

锦州之战虽然打得惨烈，但终于还是解放了。此时的时间是1948年的11月初，李银河还不知道，再过十几天之后，沈阳也将被东北联军兵不血刃地一举拿下。

东北剿总司令部在沈阳，前几日，锦州电报组收到了二处的电报，电报上告知他们，蒋委员长乘飞机亲自抵达东北剿总，并告知剿总司令卫立煌，坚守住沈阳城就是坚守住东北，蒋委员长答应向东北派出援军拯救国军于水火之中。这封电报是在毕剑和刘刚等人监视中收发的，内容他是知晓的，这样的消息对于他这垂死挣扎中的俘虏来说，不亚于一粒火星溅到了黑暗之中，虽然微弱，毕竟见到了光明。

这天一早，他被刘刚押解着，上了一辆吉普车，驾车的人是毕剑。上车前毕剑的助手刘刚用一支短枪抵在他的腰眼上说：别耍心眼，跟我们走。这几天他观察过，毕剑是头，刘刚是听命的。刘刚和自己年龄相仿，个子很高，每次见到刘刚，他不紧张，但不知为什么，一见到毕剑他心里就哆嗦。在他的感觉里，毕剑带着杀气，虽然对他的态度也算温和。除了给他交代过政策之外，再也没有和他说过话，但他身上的杀气是没有缘由地凛然着，他就像一条狗，毕剑就是杀狗的屠夫，自带威严。

李银河战战兢兢地坐到了吉普车的副驾驶位置上，毕剑一言不发，直到这时，他才发现毕剑和刘刚两人都穿上了国军的服装，和自己身上的服装并无二致。

车颠簸着在一条土路上驶了一气，远远地能看到马路上的残兵败将了。走在最后面的显然是伤兵，他们把枪当拐杖，东倒西歪地向前挪着脚步。吉普车很快越过了伤兵队伍，追赶上零散的队伍，队形早就不在了，丢盔卸甲的模样。有几个机枪手显然被肩上的武器拖累了，骂骂咧咧地把肩上的武器丢在路边的草丛里，一路咒骂着，蔫头耷脑地往前挪腾着脚步。

吉普车再往前驶，就看到了车队，卡车上有的拉着官兵，有的拉着物资，同样颠簸着向沈阳方向驶去。

李银河突然意识到，身边这两人是要把车开进沈阳城，死灰的心突然又燃起一点希望。他意识到，只要进城，自己就有重回自由的希望。被俘的这些天，虽然没人打他，也没人骂他，但他知道自己是俘虏了，虽然毕剑和他交代过民主联军对待俘虏的优待政策，他也相信这些政策，但不论怎么说，自己已是俘虏，是俘虏就要低人一等。不仅没有自由，以后说不定还会成为共产党的炮灰。这一切都是能想到和看到的结局，但他心底里还有一段割舍不下的爱情。沈阳城内他还有个相好，叫迎春。迎春以前在永顺堂做过窑姐。剿总二处为他们电台成员做过培训，就是那时他认识的迎春，迎春刚二十岁，到永顺堂不久，一来二去的，他就喜欢上了迎春。李银河也是个情种，非要把迎春赎出来，他拿着枪，又拿出两根金条，硬是从妓院老鸨手里把迎春赎了出来。他做这些并不稀奇，在国民党部队进驻沈阳后，大小军官在外面都养小的，有不少就是在妓院里找的。

　　他把迎春从妓院里带出来，又在铁西的一个胡同里租了间房子，把迎春安顿于此。他被二处派到锦州之后，并没忘了迎春，隔三岔五他会搭便车回到沈阳城内，和迎春过上三两天日子，又搭便车回到锦州。漂泊了这么多年，自己终于有了家，每每想起来，都会在梦中笑醒。

　　车越驶近沈阳城，他的心情越兴奋，之前有多少次，他就是顺着这条进城的路，颠簸着回到沈阳城内，回到迎春身边。车一进入沈阳城，他满脑子都是想着脱身的计划。

　　毕剑驾驶着吉普车驶进沈阳城时，天已经擦黑了，此时，天空中又飘起了雪花。街道两旁到处都是从锦州战场上下来的官兵，他们一边叫骂着，一边争抢着地盘。没有军营接收他们，他们只能露宿街头，即便这样，他们也要为在街头争夺更好的地盘而相互谩骂厮打。

毕剑也在搜寻着栖身之地，城内有几个地下党的联络点，他以前多次来过，但眼下，自己并不适合出现在这些地方。坐在一旁的李银河显然看出了毕剑的心思，便小声地说：长官，我知道一个地方，那里也许能住下。

毕剑偏过头，扫了他一眼，李银河打了个哆嗦，噤了声。他想过，此时，他可以开门跳下车，跑到那些露宿街头的官兵中间去，但他又想到了坐在后排上的刘刚手里那把枪，此时枪口正冲着他的头。在乱哄哄的街上，刘刚若是开枪，没人会管他。他判断着眼前的形势，逃跑奔向自由的想法一刻也没有泯灭，随着车在街上转悠，他看着眼前熟悉的街景，逃跑的念头越发地强烈起来。

他突然听到毕剑说话了：怎么走，你指挥。

毕剑一路上想过安顿自己的方法，他急于把电台架设起来，他担心电台失联太久，引起敌人的怀疑，更重要的是，他怕漏掉敌人的信息。

此次进城的目的就是接近敌人的情报网，如有可能就一举端掉，为大部队进城扫清障碍。另一个计划就是营救被捕的田光，寻找到牺牲的朱红的遗骸。

田光是打进敌人内部的情报人员，时任东北行辕少将参谋。1947 年 9 月底，北平顺天府东街我党的秘密电台被敌人破获，我党重要的地下情报组织人王石坚被捕，随后叛变。供出了一大批我党地下人员，东北行辕的田光也随之被捕，著名的雨花台五烈士也是因为叛徒王石坚告密而牺牲。此时的田光生死不明。

朱红是毕剑的恋人，也是他的搭档。一年前潜入到沈阳，成立了秘密电台，不久，被剿总二处破获，朱红也因此入狱。

两人的被捕，最后朱红牺牲，都和一个叫老爷子的人有关系，此人就是东北剿总二处的高级顾问。这人神秘莫测，他的真实姓名就是内部自己人也没几个人知道，都叫他老爷子。老爷子一出现在东北便成了毕剑的对手。

1945 年日本投降，东北光复，延安的党中央命令第四野战军进驻东北，国民党蒋介石也派出了以卫立煌为总指挥的东北剿总和东北联军抢占东北。从那时开始，毕剑就和老爷子打交道了。东北剿总二处，业务受国防部二厅领导，受保密局督导。他们的任务是向中共控制区派遣特工，刺探军事情报，在国统区内侦察中共地下组织。老爷子作为东北剿总情报特别顾问，直接受二厅领导，凌驾于这些机构之上，人就显得神秘莫测。

我中共地下党员田光被捕，和朱红电台被破获都是老爷子一手指挥并实施抓捕的。为了收集沈阳城内的情报，并营救狱中的同志，受东北局社会部委派，情报科长毕剑带着缴获的电台潜进沈阳城内。

在李银河的指引下，车开到了北陵附近的一座破庙前，庙的院子里长着几棵古树，前殿供奉几尊佛像，却不见香火，后殿有几间房屋，只见一间房内有些亮光。李银河在前引领着，一边走，一边解释道：我以前来此上过香火，这里的住持我算是眼熟。毕剑和刘刚并没有接话，刘刚提着电台，毕剑手里握着枪，不时地观察着四周的动静。

李银河上前拍门，少顷，门吱呀一声开了条缝，露出一张出家人的瘦脸。那人从门缝处打量着三人，轻咳一声道：兵荒马乱的，本寺早就闭殿了。

李银河就上前，用手挡住那条开启的门缝道：打扰了，我可是这庙里的香客，我们是从锦州来的，还没找到住处，想在此叨扰一晚。

门不知是住持自己打开的，还是李银河强行推开的，沉沉的吱呀一声后，门总算打开了。

刘刚在一间堆满杂物的房间里找到了电源，他熟练地架设电台。

李银河弯着腰冲毕剑道：长官，我让住持帮我们找点吃的吧。

毕剑没说话，盯了他一眼，他犹豫着向住持房间走去，毕剑跟上，两人有三步远的样子。这次走到住持门前时，他几步过去直接拉开了屋门，把头探进去，身子留在外面，冲住持道：住持，能帮我们找点吃的吗？又吱呀一声，毕剑听到住持房间床板在响。住持又咳了两声道：这兵荒马乱的，本寺也没有吃食了，还有点小米，我为你们煮点粥吧。

逃 跑

晚上三人就住在那间杂物房里，因为三人喝了住持送来的粥，身体暖和了一些。李银河似乎早已习惯了这里，倚在一个角落里很快打起了鼾。刘刚靠在门口，不时地打盹，毕剑没有睡意，他在杂物里拖出了一把快散了架子的椅子，仰靠在那。

夜已经深了，隐约地似乎还能听见溃退下来士兵的叫骂声，争执声。毕剑了无睡意，他在思考着明天的行动。在从锦州出发前，他是有计划的，首先利用敌人电台窃取沈阳守军的情报，利用电台和老爷子取得联系，最好引蛇出洞。只要把老爷子抓到，不愁不把剿总和保密局沈阳站的特务一网打尽。在战争中，敌军失去情报来源就是瞎子聋子。当然，抓住老爷子也是他复仇计划中的一部分。

他和恋人朱红是延安电报培训班的同学，那会他已经是八路军侦察连中的一名连长了，上级为了培养他深入到敌后做情报工作，便命令他到电报培训班接受培训。朱红是从武汉来到延安的学生，那会，他们只是同学，除了相识，并没有别的感情因素。培训班结束之后，就得到了上级的命令，他和朱红一组被派到了青岛，负责监听日军海上情报。说是海上，确切地说是日军驻扎青岛舰队的情报。

他们住在青岛石老人海边一户渔民出租房屋里。他对外的身份是倒卖海鲜的老板，朱红自然是以家庭妇女面目出现，更多的是留在家里监听日本人从海上传来的电波。朱红有时也会来到海边赶海，赤着脚，把裤管挽起来，赶海的都是渔村附近的女人，也有半大孩子。每次赶海总会有收获，半成熟的螃蟹，还有在落潮前没来得及游回大海的小鱼，新鲜的海白菜……朱红烹制海鲜有一手绝活，把小鱼用油煎炸了，螃蟹用清水煮了，那些海白菜洗净做成了汤。更拿手的是，把海白菜做成馅，鱼肉剔下来，两者搅拌在一起做成包子馅。在延安时，朱红又学会了做面食，她经常去电报培训班的后厨帮忙，一来二去就从北方炊事员那学会了做各种面食。毕剑回来时，她已经把饭菜做好了，毕剑每次都感动地说：辛苦了。深入到敌后，每时每刻神经都是绷紧的，只有回来，远远望见那盏灯火，心里便充满了暖意和幸福。有一种家的归属感。

毕剑已经把海鲜老板当成一项事业来做了，之前，领导给他交代了除了情报之外的另一项任务，尽可能地给八路军创造经费。他们出发时，组织给每个情报组一笔经费，除了日常花销之外，在不影响收集情报的情况下，尽最大可能把这笔经费滚雪球似的滚大。毕剑知道，队伍经费紧张，在部队时，有许多干部战士的军装都不齐整，有的只穿了件部队配发的上衣，有的只有裤子，更严重的，只有一顶帽子，更别说武器装备，弹药粮饷了。延安的八路军只能自力更生自己养活自己，这才有了延安的大生产运动。

　　每天早晨，毕剑都会以一个海鲜老板的身份去码头上和渔民讨价还价收购海鲜，然后雇一辆车把海鲜拉到城里的海鲜市场，那里有四面八方的海鲜贩子，大部分海鲜都销往济南、济宁。在冬天时，也偶有承德、北平人来购买，但这样的客户毕竟少数。这么一买一卖，总会有些收入。隔上一段时间，他就会到城里把挣到的钱寄到八路军驻西安办事处。虽然每次寄的资金不多，但每次寄完钱，他都很有成就感。然后拐到商场转一转，他从来不给自己买什么东西，每次都要给朱红买上一两件东西，比如女人用的卫生巾，雪花膏。有两次，他还给她买过发夹，还有一件碎花裙子。每次他把这些东西交到朱红手里，她高兴得都像个孩子，先是羞涩着脸红了，然后雀跃地把这些东西在自己身上比画着，嘴里一连声地说着谢谢。

　　第二天，她果然穿上了他为她买的那件裙子，别上了发夹，出门去赶海。风吹起她的裙子，吹动了她的头发，她走在通往海边的路上，雀跃的身影一如一个没长大的孩子。

　　监听敌人的情报是他们的主要工作，每天晚上，他们会轮流看守电台，朱红总是让他守上半夜，自己守下半夜。她的理由是：你白天还有工作。其实，她白天又何尝没有工作，除了一日三餐外，电台还需要她监听。两人租下这个农家小院时，也是对比考察过的,这是独门独院的住处,离周围住户稍远一些。有两间房屋,分居两侧,中间是厨房,也是进人的地方。这是典型的北方农户的房屋。他们在一间房屋里安装了电台,为了隔音,特意做了件厚窗帘,门上也吊了一条棉布帘,这在北方农村很常见。为了电台的安全,他们把火炕的两块泥坯撬开了,随时可以把电台藏匿于火炕的炕洞中。留下一间睡觉休息的房间,两人轮流休息。到后半夜,她总会及时醒来,来到电台房间,催促他去休息。他回到睡觉房间时,总能嗅到她的气味,女人特有的味道。火炕是温热的,他拉过她盖过的被子,她的气味便扑面而来,他的心又悸了悸,眼前又闪现出她姣好的样子,睡意便袭来,梦乡便笼罩了他。有许多次,他梦遗了,第二天见到她时,他不敢正视她,躲到井台边去洗自己的内裤。为了掩饰,他找来了许多衣服,也包括她的衣服,蹲在井台边去洗。她发现了,争着要去洗,他用了力气把她推开,仍然不敢正视她。她无辜地说:这些活本来就该女人来做。他听了,心里涌出暧昧的温暖。外人如果看到他们此刻的谦让,一定会觉得他们是一对恩爱甜蜜的小夫妻。可他们之间,是同事、战友。

两人的关系得以改变是日本投降后,他们接到了随部队进入东北的命令。他们被编入了东北局社会部,社会部的任务就是做情报工作,她被派到了南满沈阳建立情报站,他留在了社会部做情报科长。当时社会部设在北满的哈尔滨,四平保卫战失利后,部队退到了北满。两人分手时,他不知说什么好,看着自己的脚尖,下了决心还是说:你深入敌后,一定要保重。

他的声音已带了哭腔，他多么希望两人仍能在一起并肩战斗哇，他见她没有说话，抬起头来时，看见她眼里已经蓄满了泪水。他心里一惊，挤出一句：我会担心你的。他本想说：我会想你的。话到嘴边，把想你改成了担心。她突然一下子扑在了他的怀里，起初的一瞬，他僵硬地立在那，瞬间，他伸出手死死地把她抱到胸前，气喘着说：等东北解放我就娶你。她用力地在他怀里点了点头，她的泪水浸湿了他的衣服。他从挎包里拿出那个发卡，戴在她的头上。这是他为了两人分手精心挑选的礼物。

她出发那天，他去车站为她送行。在月台上，两人像真正的恋人一样紧紧拥抱在一起，他一遍遍地说：你在敌后一定要小心，等待胜利那一天。她用力地点着头，她头抵在他的怀里，感受到他的力量。直到火车开车的铃声又一次响起时，她用力在他肩头咬了一口，转过身快速地跑向车厢，她登上火车，忍着泪，冲他用力地挥了一下手。火车启动了，越来越快，他最后看见她在车窗里冲他挥动的手臂。那会，他还没有意识到，这次分手将成为永别。他看见她戴着红发卡，透过车窗正艳丽地冲他笑着。

此后，他们的联系仅限于电波。她把南满敌人的情报源源不断地发来，他们在电台中却没有一句多余的话。

随着王石坚的叛变，沈阳的我地下组织遭到了破坏，一批潜伏进敌人内部的我地下党员纷纷被捕。朱红的电台也处于静默状态。几个月后，朱红的电台还是被东北剿总二处的老爷子破获，朱红被捕。

这一批我党地下人员被捕，上级组织了多方力量营救，毕剑也潜入到沈阳，配合沈阳地下组织展开营救，几次努力均告失败。半年后，朱红和一批地下党员被敌人杀害。关于田光的下落，有线索说他被秘密处决了，也有线索说他被秘密押解到了南京，交给了国防三厅。毕竟他的身份被捕前是少将参谋，浑身上下有着太多的秘密。

自从到了东北，毕剑一直和老爷子在斗智斗勇，相互破获对方的情报，粉碎对方的电台。抓捕老爷子一直是毕剑的夙愿，为朱红报仇，为那些牺牲的同志报仇。

部队从北满一直攻打到南满，锦州被攻克，解放沈阳城指日可待。沈阳是东北剿总的大本营，沈阳城解放，便是抓捕老爷子一伙情报团伙的时刻。

此时，毕剑已潜进沈阳城内，他第一次感受到老爷子离他如此之近。抓捕老爷子的心情更加迫切起来。

俘虏的电报员李银河一连上了几次厕所，每次上厕所都要绕到庙宇的后身。每次李银河小解，刘刚都会尾随而去，他每次去厕所都充满歉意地说：粥喝多了。李银河长了一副老实人面孔，说憨态也一点不过分。

李银河被俘时，毕剑亲自审问过他，他接受过军统杭州电讯班培训，是山东滨海人。家里有父母和兄弟姐妹，关于他老家的事，暂时无从考证，杭州电讯班是有证可查的，李银河的名字的确在电讯班的名单中。上级希望把李银河争取过来，为己所用，在当时，一名合格的电报员无论如何也是人才。这次带李银河来执行任务，也是因为李银河对沈阳的熟悉，东北各地电报组都是剿总二处派出的，但他对老爷子不熟悉，只知道有这么个人，每次都是二处处长郑兆一负责出面交代工作。老爷子就是躲在二处后面的影子，别说他们电报组，就是二处的许多人也并不知道老爷子到底是谁。

李银河从进城那一刻，大脑一刻也没有停歇，兴奋地运转着，在铁西那条不起眼的胡同里，还住着他的迎春姑娘。在兵荒马乱的年景里，他竟然有了属于自己的家，家不大，在一栋二层小楼的后院，还有个小院子，三间平房，外表看起来并不起眼，却是难得的清静。从山东滨海入伍，到杭州电讯班，再到重庆和南京，一路都在奔波。他也是二十大几的人了，成家立业的想法一日强似一日，终于到了沈阳，有了让他认识迎春的机会，发现迎春的老家竟也是山东滨海的，同乡关系让他们又亲近了一层。迎春三岁时，父母带着她闯关东来到了东北。虽说迎春是在东北长大的，但却说着一口纯正的山东话。父亲把她卖到妓院是为了顶债。父亲是在洋车行里拉车的，却好上了赌博这一口，先是把家里的房子输掉了，母亲和父亲吵架，被父亲打了个半死，母亲又气又急投井寻了短见。家里就剩下迎春一个人了，那一年她十六岁，靠给邻居帮穷过生活，替人缝缝补补，洗衣做饭。父亲赌性难改，又一次输了钱，他还不上，人家要剁掉他的手指，父亲只能卖女儿了。迎春在进妓院时，她并不叫迎春，而是叫芍药。她被父亲卖到妓院时，有姑娘已经叫芍药了，老鸨便给她改名叫了迎春。不论叫芍药也好，还是叫迎春，都是命里犯贱，她不在意别人叫她什么。心已经死了，直到见到同乡李银河才又有了活下去的希望。

被卖到妓院前，她无数次求过父亲，每次求父亲都跪在父亲面前，一边哭一边说：爹，你能不能不赌了，俺娘都被你气死了。父亲就对天发誓：就这一回，再也不赌了。父亲以前和母亲争吵时，也发过这种誓，好上几天，又去赌了。她知道，爱上赌这一行，就很难金盆洗手了，是心魔。父亲把她卖到妓院就是割断了父女最后一缕情缘，父亲是死是活已经和她无关了。

她被卖到了妓院，价格是十五块大洋。父亲数着银元乐颠颠地跑了，连头都没回一次。

李银河用两根金条把迎春从妓院里赎出那一刻，迎春跪在了他面前，咬着牙说：俺的贱命是你给的，以后俺生是你的人，死是你的鬼。从那一天开始，迎春对李银河百依百顺，极尽温柔体贴。李银河这些年来是有些积蓄的，除了每月的军饷之外，还是有些外快的，在军统时，他经常参加执行队的工作，抓人是家常便饭。部队里那些军官，不用故意找罪名，抓住一个就有罪，这些军官为了息事宁人，最后只能用钱来打点。他们不仅找军官的碴，还抓那些不法商人，给他们安上一个通共产党通日本人的帽子，都会老老实实交钱买平安。

他把迎春领回来那一刻，心便有了归属感，沈阳也不是他久留之地，他要找机会带着迎春回山东老家，安安稳稳地过日子。迎春吃过苦，学会了过日子，在他不在的日子里，迎春闲不住，还是经常去帮穷，帮人缝缝补补，洗洗涮涮。穷人家的孩子总会有忧患意识，虽然李银河把钱都留给了她，一个铁盒子里放了十几根金条，就埋在院内那棵柳树下。还有，李银河的军饷大部分都留给她，平时用度已经绰绰有余了，但她仍然是闲不住，希望通过自己的劳动，让日子更牢靠一些。她是背着他做这些的。直到有一次被李银河发现了，他突然回来，她却不在家，他就蹲在门口等。她匆匆回来发现了他，她惊叫一声，慌乱地去开锁。李银河冲她发火了，这是第一次发火，她默然地垂手立在自己男人面前。李银河把这月的军饷塞到她怀里道：我养不起你吗，干吗要这样？一脚把她带回来的一只水盆踢得满院子滚动。她一边流泪一边小声解释着：当家的，俺就想多挣几个，让咱们的日子更踏实。那一次李银河也流泪了，两人抱在一起。迎春知道李银河是个负责任的男人，自她懂事起，还没有一个人对她这么好过，于是她就加倍地报答自己的男人，冷冷热热无不周详。

李银河一想到迎春心里就说不出的温暖，他破釜沉舟一定要回到迎春身旁。他把毕剑和刘刚带到这座庙里，有他自己的考虑，这座庙是东北剿总二处的一个联络点，庙里的住持也不是真住持，而是他们二处情报组的一个组长。今晚的一切，组长是会帮他的。

凌晨时分，他听见另外两个人睡着了，便悄悄起身，前半夜他一次次起夜就是在寻找这样的机会。然后他回来就装睡，其实他一秒钟也没睡着。这次他成功了，那扇门已经被同伙浇上了油，开门时一点声音也没发出。果然，那个假住持正在接应他，在他离开后，马上找了一个棍子把门支上了。就是毕剑和刘刚出来，也要花费一番工夫。

李银河一口气跑到了大街上，此时，正是黎明时分，也算他运气好，正好碰上一个拉洋车的在大街上游荡，他跳上了洋车，直奔西城而去。在太阳初升前，他敲响了自家院门。

行　动

李银河前脚刚走，毕剑就醒了，他第一反应就是去看李银河睡觉的位置，那里是空的。他用脚碰醒了刘刚，两人奔到门口，发现门从外面被关上了。李银河跑了，两人费了半天周折才从屋内跑出来。李银河逃跑，他们的行动不得不改变了。他们当务之急是要找到安身之所，保密局的人一定在四处寻找他们的下落。

正当两人在大街上寻找李银河的身影时，他们不知道，那座寺庙已被保密局的特务们包围了。当特务冲进那间杂物间时，早已人去屋空，但共产党潜入城内的消息已在剿总和保密局内部传开了。

李银河已跑回到了铁西那条胡同里，天光发亮时，他敲响了自家的院门。他听见女人开门的声音，他压低嗓门喊着：迎春，是我。女人的脚步一点点向大门口靠近，脚步犹豫而又慌乱。他又急促地喊了声：快开门，是我。

门终于开了，他看见迎春趿着鞋，穿着睡衣，手里还提了把菜刀。迎春见了他，便把身子瘫在他的怀里，一连声地说：吓死我了，你可回来了。又推开他，上下打量着他，惊惊乍乍地：银河，你不是鬼吧？李银河已无心回答她的话了，回身把门插好，拉着她快步向屋内走去。

女人仍在问：锦州不是失守了吗？

他没好气地答：我不会跑出来呀。

正当李银河向迎春述说自己的遭遇时，毕剑和刘刚已经找到了栖身之处。这是一栋二层小楼，门前有块牌子，写着东亚商贸公司。院子的铁门被一条铁链子锁上了，门上还贴着封条。显然，兵荒马乱让这里做生意的商人跑了，两人观察着地形，小楼后身是单独一个院子，那里是锅炉房，毕剑把车开到锅炉房煤堆后面，他不希望这辆吉普车再次落到敌人手里，这是他们缴获的战利品。两人没走门，从一扇窗子里钻进了小楼，楼上还建了一个水塔，顺着小楼内部的楼梯可以爬到水塔上。居高临下，这是观察敌人的好地方。隔一条街便是保密局沈阳站的所在地，对面的另一条街上就是剿总的办公大楼。

两人爬上水塔时，东边天际的日出一如往常一样，正照常升起，染得半边天红彤彤一片。

李银河半路逃跑，毕剑的潜伏任务不得不临时改变。本希望利用缴获的电台引蛇出洞，随着李银河的逃跑，只能找活口来获取情报了。

入夜时分，保密局沈阳站仍然是灯火通明，不时地传来电台的嗒嗒声，此时的沈阳城内已被围得水泄不通，敌人不能不为自己的后路着想。此时毕剑和刘刚已换成了便衣，两人潜伏在沈阳站对面的胡同口里已经好久了，抓舌头这活毕剑轻车熟路，在当侦察连长时经常抓舌头。入夜不久，沈阳站里走出几个保密局的特务，但他们都是三两个一伙，没有一个是落单的。为了安全起见，两人并没有动手。他们孤身深入敌人眼皮底下，容不得半点闪失。在两人潜伏在胡同口的拐角处时，也许是他们的命太好了，也许是敌人放松了警惕，接连有几间办公室的窗子里的灯熄了，陆续地又走出几个特务，有的直接开上车，有的隐进了夜色中。当最后一盏灯熄灭时，此时的时间已是午夜时分。一个个子不高的特务走出楼门，东张西望一眼之后，横穿过马路向他们走来。毕剑用胳膊肘碰了一下刘刚，刘刚心领神会，从腰间拔出一把匕首。那个特务走近了，两人并没动手，等走过去几步，刘刚一闪身蹿了出去。手臂搂住了特务的脖子，同时匕首已经抵在了他的腰眼上。毕剑此时已站在了他的面前，把一块布塞到了他的嘴里。借着月色，两人带着这个活情报又回到了东亚商贸公司。在二楼上，有一间董事长办公室，房间宽大，房间里的摆设应有尽有，想必是躲避战乱的商人，并没有完全放弃自己苦心经营的公司，只是暂时躲避出去了而已。

毕剑坐到董事长的桌后，刘刚把特务嘴里的布掏出来，特务由最初的惊慌失措，此时变得镇定了下来。活该他倒霉，他是沈阳站办公室的一名文员，他是最后离开沈阳站的一个人，之前沈阳站的人一直在开会，他负责记录。会议都结束了，他才回到办公室去关灯锁门，本想到对面胡同里一家杂货店买点吃的，没料到却成了俘虏。

毕剑借着窗外的灯光已看清了这个俘虏。很瘦弱的一个特务，书生的样子。毕剑便开口道：你是做内勤的吧？

俘虏便上牙磕着下牙，兢兢战战地道：我是办公室文员，我姓孟。

共产党已潜入沈阳城的消息早就在保密局里传开了，不用问，他马上明白了他们的身份。一边打着战一边道：长官，我就是坐办公室的，整理个文件，我就是个打杂的。

毕剑知道审讯的过程并不会复杂，这是个没有经验的特务。他问到了田光，这次打听被捕田光的下落是他们此次进城的任务之一，如果田光还在狱中关着，他们要不惜一切代价营救出去。小特务交代，田光几个月前就被押解到南京了，看来他们以前得到的情报是准确的。小特务还交代，二处和保密局沈阳站的人已经合到了一起，化整为零，做好了沈阳失守后潜伏的准备。今天晚上的会就是为潜伏召开的。

毕剑想到了老爷子，便问：老爷子在哪？

小特务摇着头说：老爷子我们只听说过，他究竟是谁，我不知道。

两　人

　　锦州失守，整个东北剿总就乱成了一锅粥。在东北剿总眼里，锦州就是铜墙铁壁，海上、陆地的援军加在一起有几十万人马，锦州不仅是沈阳的门户，也是整个南满的门户。守住了锦州，南满就是安全的。蒋委员长亲自飞临沈阳为将士加油打气，没料到锦州失守了。总指挥卫立煌坐不住了，他知道，锦州失守，一马平川的沈阳就成了摆设。眼见着东北联军把沈阳合围了，他一边调兵遣将，一边做着后事的安排。退路他已经想好了，营口的海上是他们唯一的退路，整个辽南地区还在国军控制范围内，这是一条事关整个沈阳守军的生死线。

　　国防部派驻到东北剿总的情报高级顾问老爷子，接受了剿总的最新委任，东北情报专员，中将军衔，他的权限已不仅是东北剿总，还包括保密局东北站。这份任命注定他将留在东北，伺机等待大部队的反攻，这份牺牲换来的是虚虚实实的中将军衔的任职。老爷子知道，未来将是艰苦卓绝，危险丛生的潜伏之路，所有留下的人都要化整为零，在他的指挥下为大部队反攻做准备。

老爷子年龄并不大，四十刚出头，在陪都重庆时，他被戴笠封为军统的八大金刚，被派往上海和南京执行过锄奸任务。盘踞在上海南京一带的汪伪政府，网罗了一大批汉奸。老爷子出山，果然不负众望，他有几次机会已无限接近汪精卫，还是差之毫厘地失败了。他虽然刺杀汪精卫没有成功，但汪伪政府下的汉奸，被他杀过无数，那些汉奸一提起老爷子都闻风丧胆。老爷子这个外号是戴老板亲自封的，因为他的老相和沉稳，自从被封为老爷子后，他越发地神秘起来，搞情报的人不神秘就等于把自己暴露在敌人的枪口下。后来，许多人只知老爷子的代号，甚至很难和他的真人对上号。

日本人投降后，为了和共产党抢占东北，卫立煌亲自点将，把老爷子带在了身边。他对外的身份是剿总参谋团的顾问，实则，他在做着情报工作。老爷子果然不负众望，接连出手，多次捣毁了共产党的电台和地下组织。南满一带不用说了，田光和朱红被捕，就是他一手精心策划的好戏，还有北满的哈尔滨和长春一带，被他下令捣毁的共产党地下组织不计其数。他做这一切，却少有人知道是他的功劳，不明真相的人，以为是剿总二处的功劳。只有剿总和国防部的人才会把功劳记在他的头上。从刺杀汪精卫开始，他就学会了伪装自己的身份。隐藏越深，自己才能看得越明白，只有明白头脑清晰才安全。就连剿总情报二处的人，也只知道老爷子来到了东北，不时地给他们发号施令，甚至都没人能说清楚老爷子的真实身份，但老爷子的视线又无处不在。这就是老爷子要的效果。

就在沈阳岌岌可危之时，他又被委以重任，从少将变成了中将，职位变成了东北情报专员。他明白这一切意味着什么，若是国军有朝一日反攻，他将是最大功臣，若是国军从此一败涂地，他就是被牺牲掉的一粒尘埃。无论成败兴衰，他是国军的一分子，他没有别的选择。但他向卫立煌提出了一个要求，就是把自己的老婆孩子送到上海去，让他后顾无忧。在上海锄奸时，他用经费在上海的静安区一个弄堂里买下了一个小院子，日本投降后，他带老婆孩子在那小住过几日，那是他人生中最惬意的一段时光。不料，他又被派到了东北，只好带着老婆孩子出现在了东北剿总。

老婆是南京人，在南京失守前，他是军统少校组长，老婆虽算不上大家闺秀，岳父是一家医院的牙医，岳母是护士，好歹也算是知识分子家庭，若是老婆婉春不嫁给自己，也许早就是名护士了。那会老婆刚从护校毕业，当时，他娶婉春为妻，也算是门当户对，他是军统中即将冉冉升起的一颗情报明星。果然不久之后，他就被戴老板看中了，南京失守之后，他被戴老板带到了重庆。他的儿子龙川就是在重庆出生的。戴老板后来飞机失事，虽然毛人凤不像戴老板那么器重他，他翅膀已经硬了。后来离开保密局系统，先是到了国防部二厅当了一名处长，再后来又摇身一变，成了东北剿总司令长官卫立煌的人，从国防部把他带到了东北剿总，此时他对外已是少将顾问参谋了。

毛人凤对他态度如何，已奈何不了他了。

老婆孩子是一天傍晚上的飞机，撤走的家眷，剿总司令部有规定，只允许带一个箱子。箱子是他亲自收拾的，这些年的积蓄他都换成了金条，在老爷子的观念里，那些纸钞永远是靠不住的，只有变成黄货才让人放心。一个皮箱里码满了金条，最后他又找出在上海的房契放在上面，冲老婆说：婉春，别的不要带了，缺什么去上海再买。老婆和孩子泪水涟涟地向他告别，孩子这一年八岁，抱住他的腿，仰起头哭泣着：爸爸，我想让你一起走。他摸着儿子的头，心里便有了万千感触。老婆婉春也泪水涟涟地望着他道：马龙一，咱们何时才能团聚。他苦笑着冲老婆道：国军反攻之日，就是咱们重聚的日子。老婆又问：沈阳真的守不住了？不是还有几十万的军队吗？他摇摇头，只能苦笑了。

他亲自开车把老婆孩子送到了机场，当飞机起飞了，越升越高，最后消失在他的视线里，盘绕在他心头的不知是忧伤还是轻松，也许二者兼而有之。

当他得知锦州电报组已落入到共产党之手时，剿总二处已经下达了修改所有电台频率和密码的决定，危机之下的紧急处理，这种小事自然不用他操心，但他意识到，共产党此时已潜进城内了。

东北剿总二处，最鼎盛时有十五个电报组，遍布整个东北。随着东北的陷落，那些电报组无一例外地都落入到了共产党的手里，此时，离他最近的新民电报组还掌握在自己的手里。二处虽是剿总的编制，但却受到保密局督察处的掣肘，保密局的人随时随地对他们的情报进行监督。二处获得的情报要和保密局共享，而保密局的情报却直接报告给了南京，他身处事外，觉得这是搞情报人的大患，情报知道的人越少才会越安全。他虽然看不惯，但碍于这种体制，他又有苦说不出。好在他是国防部的人，无论情报从哪个口进出，都不会影响到他的情报来源。

他以老爷子的名义命令二处把所有情报人员，包括电报组的成员，重新编组，目的就是为了潜伏。他不想多带一个人，多一个人就多份危险，他作为东北剿总情报专员，身边有部电台是必不可少的，他要在暗处指挥所有潜伏人员。别人可以不知道他，他不能不知道手下时时刻刻在想什么，在做什么，这是为官之道，也是为人之道。

新民电报组的电报员赵静茹又一次走进了他的视野。赵静茹毕业于南京电讯班。他作为临时教官，为他们上过课，那会他还不是老爷子，在军统还不被人重视。那会赵静茹还是个小姑娘，初中刚毕业，便被父亲送到了这个电讯班。他还知道，赵静茹的父亲是徐州守军的少将长官。自己的老家在山东枣庄，离徐州并不远，他记得还和赵静茹说过自己和她是半个老乡。那会小姑娘的赵静茹只是冲他笑。

东北剿总二处这些电报组，当时分派任务时，是下面情报科委派的，他并没有过问。他查看过这些电报组人员名单，发现过赵静茹的名字，当时也并没过多注意。赵静茹参加的那期电讯班还没结业，南京就失守了。他被调往重庆，那批电报组人员的命运他并不了解。

此时的赵静茹已经是老资格电报员了，军衔已升至少校。南京失守时，他们那批电讯班的人还差半年结业，他们只能提前被分派到军统的各个部门去了。她一直没有离开南京，被分配到了军统南京站的电报组里。日本人占领了南京，她和所有军统站的人员就地潜伏。几年潜伏的历练，她见过了太多的生死，她早已从涉世未深的小姑娘，成长为一名合格的军统情报人员。在南京潜伏的时间里，她破获了日军要袭击珍珠港的情报，这份情报被送往重庆，重庆又辗转着把情报送到了美国总统的案头。不知是美国人怠慢了中国人提供的情报，还是他们另有阴谋，日本人袭击珍珠港还是得手了。虽然，她的情报没有得到美国人的重视，她还是受到了军统的表彰，立了功，军衔从一个小小的少尉，晋升为上尉。东北剿总成立，她又从南京被派到了东北，军衔又一次得到了晋升。此时，她才二十三岁，已是军中情报界最年轻的少校了。

赵静茹来到东北时，她已经恋爱了，她的恋爱对象是保密局沈阳督察处二室主任李少秋。两人相识于南京，那会李少秋是军统锄奸小组的组长，往来于上海和南京之间。他们爱情的开始，还缘于李少秋对她的相救。电台设在法租界，但租界并不是绝对安全，汪伪政府最大的特务组织76号，这些汉奸一直以来是军统锄奸的对象，当然这些特务也把他们当成了眼中钉，反杀军统锄奸队，破坏军统地下电台是76号特务的常事。

赵静茹这部在法租界的电台被特务盯上了，特务们是在一天深夜开始了行动。那天，她刚监听完日本电台的情报，还没来得及把电台收起来，在门外的译电员姚文军就冲进来冲她道：不好，我们被包围了。慌乱之中，她打开了后窗，刚探出头，就看见窗外站立着的 76 号特务，她忙又把窗子合上，把电台重新又插上电源，她发出了一串最后的求救信号。在他们周围还有两部军统的电台，其中有一部就是锄奸行动队的电台。时间这么晚了，同伙的电台能否收到她发出的求救信息，她不得而知，她的行为完全是孤注一掷的做法。没料到，李少秋正在电台旁值班。这是一封明码电报，不需要翻译。李少秋便带着行动队的人，直奔电台而来。

此时，76 号特务正押着她和译电员姚文军向法租界外面走，再过一个路口就离开法租界了。租界内相对安全，这里执行的是租界本国法律，外人一律不得侵入，每个租界都有自己的警察和武装。当初军统把大本营安排在租界地，就是考虑到租界内相对安全这一点。这些特务在深夜动手就是为了避开租界的警察。

她知道 76 号是个什么地方，有许多军统人员被俘都关在 76 号里，还有许多军统人员就此叛变，这些叛徒回过头来再对付军统就容易多了。

正在这时，李少秋带着几名锄奸队员把 76 号特务又包围了起来。双方在租界地都不敢开枪，怕引来租界地的军警，两伙人展开了肉搏，她趁乱和姚文军逃了出来。他们已经跑了好远了，才听到租界警察的哨声。

那次之后，他们电报组换了地方，和行动组的人住在了一起。李少秋便走到了她的生活中。后来，她才知道李少秋也是徐州人，他是从十九路军加入军统的，也在南京培训过，但要比她早几年。

李少秋高高的个子，穿一件风衣，经常戴着墨镜，这是锄奸队执行任务时的打扮，腰里别着短枪和匕首。潇洒风流的一个年轻党国军官。从那以后，两人成了无话不谈的朋友，他每次外出执行完任务，都会给她带来一些南京的小吃，有夫子庙的葱油饼，五色小糕，有几次还用饭盒给她带回了鸭血汤。

因为军统纪律规定，电报组的人是不允许离开租界的，他们没有机会走出租界半步，租界便成了他们整个世界。李少秋不仅给她带来了小吃，还带来了外面的新闻。每天盼着见到李少秋成了她一天最幸福的时光。有时看到行动队外出执行任务，她又为李少秋担心，直到看到李少秋又一次安全回来，她悬着的一颗心才放下。

直到 1945 年日本人宣布投降，潜伏在南京的军统，受到了重庆方面的表彰，她和李少秋还有另外几个人，被宣布派往东北。她成了剿总二处电报组成员，李少秋则仍在军统工作，成了保密局督察处二室主任。许是天机和缘分，让两个同乡走到了一起，在保密局系统都知道李少秋和赵静茹是一对，她虽然在新民电报组，他每周都会来看她，有时自己开车，有时干脆坐火车。在兵荒马乱的东北仍然没有阻挡住他们爱情的脚步。两人在一年前曾商议过结婚的大事，是赵静茹的父亲一封电报阻止了他们结婚的梦想。在这之前，她给远在徐州的父母写过信，告知父母自己要和李少秋结婚的想法。她从恋爱开始就给父母写过信，父亲也回过信，没有阻止，也谈不上鼓励，只是在信中说，在合适的时候把李少秋带回到徐州让父母看看。东北的战事一直在吃紧，看不到把东北联军赶出东北的希望，整个东北地盘属于国军的越来越小，从哈尔滨到长春，最后又到四平都成了东北联军的地盘。

父亲的电报简明扼要，只有短短一句话：局势尚不稳定，待局势稍稳，你二人回徐州完婚。她不知父亲的用意何为，但父亲这封电报给他们火热的爱情兜头浇了一盆冰水。她是个听话的孩子，当年参军就是在父亲的鼓励下她才弃笔从戎的，父亲一直在鼓励她从军报国。她从记事开始，父亲就是名军人，父亲的铁血精神成了她的榜样。淞沪会战打响，父亲的部队被调到了前线，父亲途经南京时，还见了她一面。那会她已经提前从南京电讯班结业，分配到了军统南京站工作。父亲当时就披着一件军人风衣，腰间别着短枪，站在她的宿舍门前。从小到大父亲在她眼里就是高大的，此时仍然高大，她觉得父亲就是一堵墙，让她感到安全。后来她义无反顾地爱上李少秋，也许在她潜意识里，李少秋也像那堵墙。那次，父亲注视她许久，刚毅的脸上绽放出一缕笑容，温柔着声音说：闺女，爸要上战场了。她扑在父亲的身上，揽住父亲的肩头，她已经好久没有如此亲近地面对父亲了，她听见父亲胸膛里有力的心脏跳动声。那一瞬，她感受到是那么安全和美好。父亲用大手用力地拍一拍她的后背，就像小时候哄她睡觉时一样。她眼里突然含了泪，挣开父亲的怀抱，情真意切地：爹，你保重。父亲胸有成竹地冲她点了点头，嘴角掠过一抹成竹在胸的笑容，然后父亲轻描淡写地道：只要父亲在，上海南京就不会失守。她突然很感动，冲父亲敬了个军礼。父亲挥下手，转身走去，风掠起父亲风衣的一角，她看到了一个军人的后背。

　　没有料到的是，两个月后，拥有几十万军队的淞沪会战还是失败了。上海南京落入到了日本人手里。父亲带着残兵败将也退守回到了徐州。她就此和父亲失去了联系，一年后，徐州又一次失守，父亲和他的部队被命令撤到了重庆。直到日本人投降，父亲带着他的部队又一次回到了徐州，才又一次和她取得了联系。她那会天真地想，日本人投降了，战争从此就结束了，她可以脱下军装回到徐州和父母团聚。没想到，她又被派往了东北。

　　她遵从了父亲的建议，把结婚的想法暂时放下了，她没等来局势稳定，南满的大门锦州失守，沈阳也眼见着朝不保夕了。电报组从新民被调回到沈阳，又一次让她想起南京失守前的情形，他们接到了军统的命令，就地潜伏。那会，他们也是如此地匆忙和慌乱，丢下了许多家当，焚烧了许多文件。整个军统南京站化整为零，潜伏下来。眼下的沈阳城内的景象，让她恍惚，仿佛又回到了南京陷落前。此时她并不知道老爷子在打她的主意，更不知道老爷子的决定将改变她一生的命运。

　　暗中的老爷子想到了潜伏后的安全，在东北剿总只有二处的处长郑兆一知道他的真实身份，此外没人知道他的身份，这为潜伏后的安全提供了保证，但把赵静茹留在身边也是隐患。没人认识他，但二处的人包括电报组的人却认识赵静茹，如何把赵静茹洗干净了，他又要从长计议了。

黎 明

　　锦州电台落入到东北联军之手，保密局督察处已经把电台频率做了修改。此时毕剑和刘刚手里的电台成了摆设。刘刚并不甘心，在东亚商贸公司顶楼董事长办公室里，保密局沈阳站的电台和东北剿总指挥部的电台天线尽收眼底，手里的电台却收不到敌方的任何信号，他们进城潜伏的目的将前功尽弃。刘刚不甘心让手里的电台成为一件摆设，从昨晚开始，他打开电台一直在搜索着敌人电台的信号，一部电台捕捉到其他电台信号并不难，难的是能在众多杂乱的信号中寻找到有用的信息。这里不仅有军用电台，还有许多民用甚至是私家电台，有的是为了做生意，有的是为了逃命。所有的电台在看不见的地方活跃起来，繁忙的信号织成了一张天网，纵横交错，纷乱如麻。

　　自从到东北，刘刚就成了毕剑的左膀右臂，刘刚在此之前，一直在重庆八路军办事处工作，他不仅是办事处电台台长，也是唯一的一名电报员。他积累了许多和国民党特工周旋的经验。抗战时期，虽然是国共合作的蜜月期，但国民党并不放心八路军任何单位，就是他们的办事处也经常受到军统人员的监视。有许多次，他向延安传送情报，都受到了特务电台的干扰。国军的电台是美国进口的，功率大，干扰能力强。重庆八路军办事处用的是从日本人手里缴获的老旧电台，功率小不说，还隔三岔五坏掉。不论何时电台坏掉，他都要在最短时间内把坏的电台抢修出来，手里没有电台的零部件，他只能去黑市中淘。他只要一有时间，就去重庆的电器市场转悠，他不仅成了黑市上的老主顾，甚至还结交了许多朋友。凡是和电台有关的零部件，不论是什么型号的，他都收集，最后那些零部件足够他攒几部电台的了。开始时，为了保密要求，所有办事处的电台都和延安总台直接联系，因为敌人的干扰破坏，重庆的电台不能直接把情报发送给延安。他请示上级，重庆的电台和西安办事处的电台取得横向联系，然后再把情报发往延安，为的就是减少敌人的干扰。从那以后，他们的情报再也没有延时过。

终于刘刚在漫长的寻找中，听到了一个规律又清晰的信号，兴奋地冲他说：科长，我找到了剿总指挥部的电台。

在战时，能切进敌人的电台，就像用一把匕首捅进了敌人的心脏。毕剑知道，切进敌人的电台是第一步工作，能破译敌人的电码才是真正找到了钥匙。敌人不仅改变了频率还更改了密码，之前缴获到的密码本已派不上用场了，只能把电报再转发到城外的社会工作部去找专人破译了。

又一个黎明到来，东北剿总的院内乱了。进进出出的汽车，还有拉载着货物的卡车，蚂蚁搬家地驶出。

电台收到城外指挥部的一份电报，是他们传回去的电报破译出来的信息，东北剿总司令长官卫立煌昨晚已乘机逃离了沈阳。

这封电报意味着，沈阳城内的守军大势已去。果然，仅仅又一个黎明的到来，东北剿总司令部已人去楼空了。城北已被攻陷，一群残兵败将向城南蜂拥而去。

此时，敌人的电台已停止了工作，他们再坚守在这里已失去意义，毕剑带着刘刚从东亚商贸公司那幢楼里撤出来。停在楼后锅炉房煤堆后的吉普车还在，毕剑驾驶着车向沈阳的东郊驶去。车越向前驶去，枪炮声越加的清晰。车行驶到浑河边的一片树林里停下了，这是朱红殉难的地方，朱红被捕牺牲后，他曾潜进过沈阳城，在这片树林里找到了朱红的遗体。朱红是他草草掩埋的，他怕忘记朱红的殉难地，还在树上留下了朱红的名字。此时十一月份的沈阳，已下过两场雪了，雪虽然不大，已把这片树林遮盖得严严实实。后来又有许多次，他潜伏进沈阳城执行任务，执行完任务他都忍不住来到朱红的殉难地，他不敢接近，怕有特务盯梢，他只是远远地向这片树林里张望。每次张望，仿佛朱红就站在他的眼前。一年前，在哈尔滨，朱红被命令潜进沈阳城建立电台，那是他们最后的相见也是最后的诀别。他送她登上了南下的列车，在站台上，两人相视凝望，第一遍开车铃声已经响起，她仍然没动，目光留恋地停在他的脸上，半晌，她道：再抱我一次吧。他张开手臂，她已经死死地抱住了他。她狠狠地在他肩上咬了一口，他甚至感到了疼痛。他吸了一口气，她在他耳旁说：不许忘记我。说完她的样子还带着几分调皮。

一年前的诀别，恍若就在昨天。半年前朱红被捕，他接到了上级营救朱红的指示，潜进沈阳城内，配合地下组织营救朱红。可惜那次营救失败了。

地下组织的人带着他只找到了浑河岸边树林里朱红的遗体。他匆匆地为她建了一座坟茔，在树上刻下了她的名字。这一次，他是第二次如此近地站在了她的面前。她的坟茔已被雪覆盖了，如果不是树上朱红的名字，他很难相信，眼前小小的雪丘底下埋着的竟是朱红。枪炮声又近了一些，他似乎听到了同志们的喊杀声。

他在心里冲朱红说：沈阳就要解放了。

他还说：我要为你建一座新坟。

他又说：朱红，你抬头看一看吧，同志马上就要进城了。

他不知自己在朱红墓前伫立了多久，说了多少话。他抬起头时，看见了一列队伍，队伍中有几面招展的旗帜。刘刚从树林外跑进来道：科长，我们的部队进城了。

他的目光透过树隙看到了那支越来越近的队伍。忍了许久的眼泪终于流了下来。

初 春

　　沈阳的三月已经有了春意，房前屋顶的雪已经融化了。太阳一出，整个城市就变得湿漉漉的。

　　沈阳城解放已经四个多月了，潜伏在沈阳城内城外的国民党特务一百余号人已悉数归案了。每当有特务归案，毕剑都要亲自审讯，他此时已经是公安局侦查处处长了。审讯这些特务他的目的只有一个，就是在这些特务的口供中，发现老爷子的蛛丝马迹。此时的老爷子就像从人间蒸发了，没有留下一丝痕迹。每当发现有一个尚未归案的特务线索时，他都充满了期待，待特务归案，结果仍然不是老爷子。名单上的特务们，眼见着一个又一个归案，唯独不见老爷子的身影。在特务交代的线索中，竟没有一个人知道老爷子是谁，甚至连他的真名实姓都说不清楚，但他从事前掌握的情报判断，老爷子已经潜伏到了沈阳城内。毕剑真切地感受到遇到了对手，从四野进入到东北，老爷子便成了对手，现在整个东北都解放了，昔日的对手一个个成了人民政府的俘虏，却唯独不见老爷子归案。从国民党国防部和东北剿总的一份电报中获悉，老爷子作为东北情报专员就在沈阳城内潜伏。沈阳城已解放四个多月了，各级政府也相继成立，工厂复产，商人们也开始经营。从事前掌握的名单中对比，潜伏的特务除老爷子和逃跑的李银河尚未归案外，其他的特务已被捕，正等待政府和人民的审判。

从入城到现在，毕剑一直处在抓捕老爷子的亢奋中，他每天都期待着抓捕老爷子的好消息。朱红的墓已迁到了烈士陵园，和为解放这座城市牺牲的战友们葬到了一起。他看到朱红新墓地旁载着松柏，还摆满了鲜花，心里的遗憾已经画上了句号。

这天刚一上班，他正准备再看一遍特务的卷宗，希望能在这些讯问笔录中发现老爷子的蛛丝马迹。刘刚敲门进来，他站在毕剑办公桌前，小声地：处长，有个同志要见你。

毕剑的眉毛扬了一下，刘刚的样子有些腼腆地补充道：是个女同志，人长得挺漂亮，说是要见领导。

毕剑站了起来，做了一个请的手势，刘刚打开门，门口果然站着一位年轻女同志，穿着得体，头发盘在脑后，舒适干练的样子。凭经验毕剑断定这是位知识分子。伸出手，女人怔了一下，显然她还没习惯握手，伸手碰了下毕剑的手又马上缩了回去。毕剑忙让座，又让刘刚为这位同志倒了一杯水。

女人便开口介绍自己道：同志，我是三经街小学的一名老师，我姓李，我叫李巧莲。今天找到你们长官，不，是首长，是为找我妹妹来的。

李巧莲拢了一下自己的头发，目光望向毕剑，充满了渴望和信任。

我老家在河南商丘。李巧莲开始了关于她妹妹的叙述：我五岁那年，老家闹了虫灾，所有的庄稼连根都没有留下。我的家乡几乎所有人都开始逃难。我父亲以前是做小生意的，家里原本还有些积蓄，可一走上逃难的路，才知道离乡背井的艰难。我爸我妈带着我和我妹妹，对了，我妹妹叫李桂莲，比我小两岁，我们逃难到徐州时，我妹妹得了天花，在徐州城里找郎中看病，不料想，我们遇到了假郎中，不仅骗光了我家积蓄，妹妹的病也没治好。母亲为了救妹妹，没有办法，只能跪在马路边求好心人帮忙。

也有好心人给我们留下一些吃的，喝的，穷人都没钱，一连三天，妹妹眼见着快不行了，也没讨到救妹妹治病的钱。后来，好像是中午，有一辆军车路过我母亲面前停下来了，下来一个军官，站在远处打量着母亲怀里的妹妹。我们以为碰到了好心人，肯施舍给我们，父亲带着我过去，给这位长官跪下了。这位长官三十多岁的样子，看着人挺面善，他冲我母亲说：这孩子得了天花？我母亲说：是，遇到了假郎中被骗了。希望有好心人，救救孩子。那位长官没有说话，点了支烟，在母亲面前踱步，很为难的样子。后来他提出要收养妹妹，并说，一定会治好妹妹的病。我和我父亲都不解地望着这位长官。这位长官见我们犹豫才告诉我们，他是国军二十四师的一名团长，结婚好多年了，一直没有孩子。一直想收养一个孩子。如果我们同意，他就想收养妹妹。

起初我母亲和我父亲都不肯，那个长官又说不白收养妹妹，他会给我们钱。父母还是不肯，那个长官就坐上车，开出去了一段。后来我父亲冲我母亲说：把孩子送人吧，不送就是个死，送人也许是个生路。后来我父亲说：这个长官面善，不像是坏人。为了救妹妹，我们只能这样子。那个长官的车开得很慢，似乎知道我们会回心转意，父亲冲车招手时，那辆车转过头就开回来了。他下车时，从车里拿出一件旧衣服，把我妹妹包起来抱在怀里，车上又下来一个勤务兵，拿出几块银元塞到父亲手里。那会，我母亲哭，我父亲也哭，我被吓傻了，站在那里，不知是要哭还是要喊妹妹。那个军官抱着妹妹还冲我们鞠了一躬，说谢谢我们。然后就转身向车走过去，母亲不断叫着我妹妹的名字。我也叫，父亲一直在流泪。那个军官冲我们回过头来，说了最后一句话，告诉我们，一定能治好妹妹的病。他抱着妹妹上车，车再也没有停下来。

我们没别的去路，只能一路向北逃难，父母失去了妹妹，母亲一股火也病了，到山海关时，母亲开始咳血，几天后母亲就不行了。

我和父亲一直走到沈阳，才停下来。我父亲用妹妹换来的几块银元开了一家杂货店。日子还说得过去，第二年父亲就让我去读书。我一直读到初中毕业，就到三经小学当老师，我和我父亲这么多年也没忘记我妹妹，之后找过几次，徐州部队调防很勤，再也没有打听到二十四师的下落。三年前，日本投降之后，我父亲去过徐州，在那里住过几个月，到处打听二十四师，部队是找到了，可没找到救我妹妹那个善人。我父亲在徐州连妹妹的影子也没有见到，回到沈阳一股火，也病倒了，再也没有起来。我父亲是两年前病死的。

李巧莲说到这泪水流了下来，她渴望地望着毕剑，站起身来：我从报纸上看到新闻了，徐州也解放了。同志，你们能不能帮忙联系当地政府找到我妹妹。

说到这李巧莲跪下了，毕剑忙上前，把她扶起来道：同志，现在是新社会，帮群众解决困难是新政府应该做的。

她抓住他的衣袖又用了一些力气：同志，求求你们了，只要帮我找到妹妹，让我做什么都行。

从那以后，这个叫李巧莲的女教师隔三岔五都要来找毕剑。毕剑依据她提供的线索，以沈阳市公安局的名义向徐州市军管会发出了找人的函件，但一直没有收到回信。凭毕剑的经验，李巧莲的妹妹送给了国民党军官，一是部队调防，二是军队的伤亡，这个收养人在不在这个世界上了都不好说。在饥荒和战争年代，有太多的离散故事。他把自己的想法和李巧莲说了，她并不答话，只是默默地流泪。最后他安慰她道：徐州方面一回消息，马上联系你。她没点头也没摇头，就那么一边流泪一边望着他。他知道，寻找妹妹成了李巧莲的心病，就像他寻找老爷子，老爷子一天不抓到，他的心病就不会消除。

他现在掌握的老爷子资料太少了，只知道年纪在四十出头，山东人，真名马龙一。仅凭这些模糊的线索找到老爷子无异大海捞针。但多年的情报经验告诉他，老爷子不会就此无声无息，他肯定还会和外界联系，只要他联系就不会不留下线索。

这一天，他刚下班走出公安局大门口，此时公安局办公地点就是当年保密局沈阳站的办公楼，每次走进办公楼，他似乎仍能嗅到当年保密局的一丝气息。他总觉得怪怪的，有种时光错乱的感觉。这天，他走出大门，正想向后院走去，过一个月亮门，就是一栋宿舍楼，有一个单间是他的宿舍。以前是沈阳站一个科长的宿舍。公安局决定把办公地放在这里后，请工人把这里都粉刷了一遍，但他感觉仍然去不掉特务们的味道。

他听见有人叫他，他立住脚，看到了李巧莲，是她在喊他。他停下脚步，看着她。他和她打过几次交道，她给他的印象是个明事理的姑娘，毕竟她是知识分子。从她断续的叙述中，对她的身世多了几分同情。他见她又一次出现在他的面前，充满歉意地说：你妹妹的事还没有消息。她低下头，眼睛望着别处，突然竟有了几分羞涩，她一只手一直背在身后，瞟了他一眼才道：今天我不是来打听我妹的消息的。这才鼓足了勇气，从身后拿出一个饭盒，饭盒被一条新毛巾包裹着，递到他面前道：这是我包的饺子。他怔住了，望眼她，又望眼递到自己面前的饭盒，他竟一时不知如何是好。

她上前一步，双手把饭盒放到他的怀里，他下意识地接了。她转身向马路对面跑去，她的一条长辫子在腰际甩来甩去，眼前的李巧莲让他莫名地想起了恋人朱红。朱红也有一条这样的辫子，走起路来也是这么来回摆动。他一时有些恍惚，直到她消失在往来的人群中。

那天，他吃了她亲手包的饺子。是茴香馅的，很好吃。吃过了饺子，又把饭盒洗净，他拿出一些钱和饭盒放到一起。他不能白吃她的饺子，这是纪律也是他的心意。

再次见到巧莲时，是在自己的宿舍门口，她这次比以前大方了许多，手里提着菜，见他过来，大方地说：毕处长，我等你一会了。他有些惊讶，上次她送饺子的饭盒和毛巾还在他办公室里放着。他希望下次见到她时还给她。不料，她却出现在他的宿舍门前，他回忆自己从来没告诉过她自己住在这里。他一边拿钥匙开门，一边道：你怎么找到这来了？她抿嘴笑道：我鼻子下没有嘴呀。他望着她，她的样子俏皮而又生动。果然，她似乎对这里已经很熟络的样子，拿过屋内墙角的洗菜盆，迈动着轻盈的步伐去水房洗菜去了。她这一系列举动，让他有些丈二和尚。

少顷，她从水房里出来，又来到公共厨房，那里有几处生着的炉火，锅碗瓢盆也一应俱全，这是他们搬过来后重新购置的。虽然公安局成立了食堂，但还是有许多在外面办事的人，有时赶不上食堂开饭的点，便在集体宿舍里建了一个自助的伙房。他也在那里做过饭，他正在犹豫间，她已经在伙房里忙了起来，他走过去站在伙房门口，看着她熟练地忙着。

直到她把饭菜端到他的宿舍里，两人面对面坐到桌前时，他才说：你妹妹的事我会放在心上的，以后这就不用了。她笑了，很灿烂那种，挥挥手说：找我妹妹的事不急，都十几年了，只要她还在，就一定能找到她。

关于她妹妹的去向，他查过资料，二十四师不仅调过防，还参加过淞沪会战。那次战役撤下来的部队不多，他甚至有了最坏的想法，也许她妹妹的养父阵亡在前线也不是不可能，当年淞沪战役死伤的师团职军官不计其数。想到这，他的心为她悲哀了一阵子。见她这么说，便也附和道：等全国解放，寻找起来会方便许多。然后埋下头吃着她做的饭，便别有一番滋味在心头了。

她望着他吃饭，又灿若夏花地：处长同志，好吃不？！

他客气地：你的手艺不错，谢谢你。

她不客气地道：那是，我从上小学开始就做饭，爸爸一直夸我做饭的手艺好。说到这，她似乎又想起了伤心的往事。眼神里闪过一缕忧伤，但转瞬又不见了。

他放下碗筷，她欲拿起洗涮，他忙制止了她，用手臂护着桌上的碗筷道：李巧莲同志，不能再麻烦你了。

她似乎倒没客气，他自己收拾了碗筷去水房刷洗。当他回来时，她正在帮他收拾房间，床单捋平了，被子又重新叠了，甚至地面也被她清扫了。她正蹲下身子，把他换下来还没洗过的衣服抱在怀里。

他手足无措地堵在门口，一连声地：李巧莲同志，这可使不得，我们是有纪律的。

她笑道：我知道，你们有三大纪律，八项注意。可你是我的恩人，我帮你做点事是应该的。

他忙辩解道：帮你找妹妹是我们的工作。

她抱着他的衣服已经走到了门口，他的身子仍堵在门口，她伸手拉他，他坚持守护自己的底线。从上次收下她的饺子，到这一次，他已经不断放弃自己的底线了。从参加革命到现在，除了朱红为他洗过衣服之外，还没有人为他做过这样的事。

她拉下他的胳膊，两人很近地面对面立在门口，此时，刘刚正从楼道尽头走过来，叫了声：处长，怎么了？他忙闪开身子。李巧莲已经闪过身子从他房间走了出去，一边往水房走，一边大大方方地和刘刚打着招呼道：刘科长你好，咱们见过。刘刚看了她，似乎想起了什么，忙道：李同志好。刘刚来到毕剑门前时，他正尴尬地立在那里，脸红一阵白一阵的。刘刚又扭头向水房方向望了一眼道：处长，这么快。毕剑挥起手，拍了一下刘刚的头道：胡说什么。刘刚吐了下舌头，闪身钻进自己的宿舍里。此时，走廊里陆续有人回来，他们大部分在食堂刚吃过饭，他回来比别人早一点是因为小南派出所报告说，群众举报，又抓捕了一个国民党军官。他想起了老爷子，才第一时间赶到小南派出所，结果不是。这是一个还没开战就逃跑的军官，藏在一个相好的家里，派出所的人入户核查户口，把这个国军军官搂草打兔子抓到了。他本想先回宿舍把脏衣服洗了再去食堂吃饭，没料到碰上了李巧莲。

李巧莲湿淋淋地站在他面前时，已华灯初上，房间的灯已被他打开了。她站在他面前道：衣服晾在水房里，明天别忘了去收。

他已经把俘虏特务的卷宗拿回了宿舍，他一遍遍在这些口供里翻找着老爷子的线索，可此时的老爷子似乎人间蒸发了。好在，全市在进行人口登记，这是一次地毯式的大搜查，他期待着好消息传来。

此时的李巧莲看到了他要忙工作，忙道：处长同志你忙，我就不打扰了。我还要回去备课。说完走到门口，想起了什么似的又回身道：以后想吃啥，给我们学校打电话，告诉我，我给你送来。

他站起来，忙摆着手说：不麻烦。除了这三个字，他真不知说什么好。他送她出来，下了楼，站在楼门前道：李巧莲同志，再见。她立在路灯的灯影里，大方地：回去吧，你工作忙。想起什么似的又补充道：再忙也要注意身体呀。说完转过身，风风火火地走了，腰际的辫子左右摆动着。他又一次想到了朱红。不知为什么，每次见到李巧莲都会让他想起朱红。

他刚回到宿舍，刘刚就敲门进来了。刘刚刚洗过脸，面孔红扑扑的站在他的面前，他用目光问询地望着刘刚。刘刚在屋内左右瞧了才道：走了？什么走了？他抢白一句。刘刚不怀好意地笑一笑，没事找事地说：那什么处长，星期六刘主任要结婚，你去不去？刘刚说的刘主任是他们的老领导，东北局社会部的刘副部长，此时担任沈阳市军管会的副主任，进城之后，有热心人给他介绍了一个对象，是教会医院的一名护士。定在周六结婚。刘主任以前结过婚，女方在八路军一所医院工作，也是名护士。在一次敌人扫荡时，医院转移，被日本兵包围了，她为了掩护伤员撤退，和医院里的一些人留下阻击敌人，就是在那次阻击中牺牲了。刘主任已经快四十岁的人了，不论上级还是下级都为他的婚姻着急上火，这么多年他一直没有找，不是他不想找，也的确没那个条件。部队一直在战略转移中，东北局的人也是和部队一样动荡不安，现在终于进城了，一切都安顿下来了。快四十岁的刘主任终于要成家了，这是大喜事，他当然要去参加刘主任的婚礼。

刘刚又闲扯了几句，便走了。他本想再翻阅那些特务审讯笔录，脑子却开了小差。他和朱红来到东北后，两人的关系公开，为此两人还向上级打了恋爱报告，找两人谈话的就是刘主任，那会是社会部的副部长，当时刘副部长真诚地说：等东北解放，我给你们做主婚人。美好的祝福言犹在耳，斯人已逝。朱红从浑河边那片树林里迁到新墓地时，就是刘主任主持的，后来刘主任拍着他的肩膀说：小毕，朱红是为了我们新中国牺牲的，我们把她放在这。说到这，还用手比着自己的心脏位置。但话锋又一转道：我们活着的人，还得继续工作，为了新中国的建设。

从朱红他又想到了李巧莲，他想把李巧莲的影子赶出自己的脑海，却总是在心底深处若隐若现，为了把她驱离，他起身倒了杯水，重新坐到桌子前，打开了一份特务卷宗。这些卷宗他不知看过多少遍了，几乎都能背下来了。所有特务都能证明，他们受老爷子领导，老爷子也给他们发过指示，却都不知老爷子身在何地。

革 面

沈阳城南有座小院，一栋灰色小楼矗立其中。楼不高，只是座二层小楼，院子里有几棵树，此时树已冒芽，迎接着 1949 年这个春天。

一位穿长衫戴礼帽的四十来岁男人，背着手站在树下，似乎在欣赏正在抽芽的树木。屋内年轻女人穿了件粉色夹衣，立在窗前，仿佛是春天里绽开的一朵花。此时，昔日的老爷子，名字已改成了王守业。屋内的赵静茹也有了自己的新名,许碧芬。他们的名字和身份早就是他计划好的一部分。为了让戏更真实可行，他还导演了一场赵静茹撤离沈阳的戏，当着所有二处人的面宣读一份南京命令，让赵静茹撤离沈阳去南京报到。几乎所有人都相信赵静茹一定是通过自己父亲的关系调离即将陷落的沈阳城的。他还让人用车把她送到了机场，是他又开车把她从机场接回来，她便再也没有在众人面前露过面。他要安全，身边的人也要做得天衣无缝才行。

真正的王守业和许碧芬是东亚商贸公司的老板和太太。两人神不知鬼不觉地失踪是沈阳失守前几个月的事，老爷子看上了东亚商贸公司那栋小楼，要把它征调过来变成二处的办公地点。差人找王守业谈过，王老板以前和日本人做生意，日本人投降后又和苏联人做上了生意。和日本人做生意时是倒腾药品，日本人投降了，又和苏联的一个非法团伙倒腾枪支弹药。枪支弹药是苏联红军从日本人手里缴获的，苏联人看不上这些日本造，便把缴获的枪支弹药堆放在沈阳东郊两个库房里。苏联军队把沈阳交给了从延安过来的共产党军队，那两间军火库却没有移交，而是有胆大的军官转手卖给了一位苏联商人。东北联军出于战略考虑，退出沈阳城，向北满转移，沈阳又落入到国军手里，东郊那两间军火库却一直没人问津。东亚商贸公司的王守业便大胆地在黑市上倒卖这些日本人留下的军火，兵荒马乱的东北，枪支弹药在黑市上很有市场。王守业也仰仗着和苏联人的生意关系，并没把国民党放在眼里。

老爷子命人和王守业谈征收他公司的小楼自然没有结果。以剿总名义王守业都没理这个茬，老爷子自然觉得没面子，便让二处的人去查东亚商贸公司的底细。调查王守业的生意关系并不难，但碍于苏联商人的军队背景，他没马上动手。如果没有这个背景，他下达个命令，以倒卖军火罪，王守业的命早就灰飞烟灭了。到现在东北的大城市里还留有苏联军队的联络处。他只能智取了，让二处的人神不知鬼不觉地把王守业夫妇拿下，关到了东北剿总的牢房，剩下的事他就自己谋划了。他接到潜伏命令后，才对王守业夫妇动了杀机，他要李代桃僵，计划是一步步走的，水落石出便有了这样的结果。

昔日的赵静茹此时的许碧芬心里却是忐忑的，她已经和远在徐州的父亲失去了联系。父亲是徐州驻军的少将长官，沈阳失守前，她和父亲通过电台有过联系，父亲给她回电说：徐州城外已满是共产党的队伍，相信蒋委员长会救徐州于水火之中。

沈阳十一月初落入到共产党手里，那会她已经和老爷子潜入到城南这个院落里，她给父亲发了最后一封电报，十几天之后，父亲才给她回电，徐州也已失守，自己正撤往南京。这是她和父亲最后的联系，何时再能见到父母，成了待解之谜。她十六岁父亲把她送到南京，虽然战事不断，却并没有和父亲失去过联系，更多时候是通过家信，偶尔也通过电台联络。

此时电台在最里间的房间里，一连几天电台一直开着，她不仅联系不上父亲，同时潜伏在城内的电台信息也无影无踪。王守业每天都催她和散落在各潜伏点的电台联络，但都没有一次成功过。她也试图和父亲部队的电台联络，电波发送出去，就像落入到了一片空洞里，没有一点回音。

有一天她去市场买菜，看到一群人都向一个广场方向奔去，广场上搭了一个台子，台子上贴着标语，标语上写的是什么，离得远看不清。她随着人流向那个台子走去，那里围了不少人，人们交头接耳地打听着。近了，她看见台子上标语：落网国民党特务公审大会。先是一个首长模样的人讲话，然后一列大兵押着一群特务走上台来。每个特务胸前都挂了副牌子，上面写着名字。她自从来到东北，便被派到了新民电报组，军统和二处的其他人她并不熟悉，有的连名字都叫不上来，有一部分人有过一两面之交，连脸熟都谈不上。终于，她在那一排特务中间，看到了两个熟悉的名字。他们是新民电报组的同事。瞬间，她的大脑一片空白，然后就看着那群特务被一排荷枪实弹的士兵押了下去。她并不清楚，这些昔日的同行，此时的特务们下场如何。只感到被一种窒息紧紧地包围了。她忘记了去市场买菜，提着空篮子又回到了小院。一进门，他的一双目光就盯在了她的脸上，她几欲瘫倒在地，双手扶在一把椅背上，大口地喘息着。此时的王守业迈近一步，盯着她的眼睛，似乎读出了某种不祥的信息。压低声音道：你现在是许碧芬，不是那个电报员了。说完还把一杯水递到她的面前，她喘息了一会，让自己的心情平复下来，断断续续地把自己看到的和王守业说了。王守业没有吃惊，脸却阴沉着，似乎这一切早就在他的意料之中。的确，今天这一幕他已经料到了，但没想到来得这么快。半晌之后，他就恢复了正常，盯着她的眼睛说：我是王守业，东亚商贸公司的老板，你是许碧芬，是王守业的太太，记住了。他的声音听起来似乎有些凶狠，她只能下意识地点点头。绝望恐惧中她又想到了李少秋。

李少秋是保密局督察处的二室主任，并不在潜伏名单里。沈阳失守前，保密局督察处的人乘坐最后一架飞机撤到了南京。撤退前，两人见的最后一面，是在李少秋的宿舍，宿舍内一片狼藉，李少秋只提了个皮箱。两人四目相向，似乎有千言万语，却都不知从何说起。李少秋把她抱在怀里，她颤抖着声音说：少秋，我怕。他是她的救命恩人，在她的心里，除了父亲之外，李少秋是她最亲近的人。虽然她在新民，两人也并不常见，可一想到他，她就有一种安全感。他抱紧她的手臂用了些力气，在她耳边说：我到南京后，一定想办法把你调回来。那会，沈阳还没有陷落，沈阳城外正炮火连天地交战着。

楼下接李少秋的车按响了喇叭，催促他下楼集合。他放开她，认真地看了眼她道：你要保重，就是有一天我们回不来，我一定会想办法把你接出去。她相信他的话，她把他送到楼下，看他登上了车，车辆启动了，他在车上用力地向她挥着手臂，她的双眼已被泪水模糊了。

此时，她想起了远在南京的父母和恋人，心便舒缓了一些。她立正站好，冲王守业道：是，长官。她的话一出口便后悔了，果然，他冰冷又坚硬的目光扫了过来。他咬着牙说：我是王守业，是你的丈夫。你不要自己找死。

听到丈夫这个词，她总是会想到李少秋，李少秋答应过她，等战争结束就和她结婚。结果，她身处危险之地，她的恋人已飞到了南京。

她对老爷子是陌生的，他是她的长官，以前她甚至不知道剿总参谋团的高级参谋马龙一就是老爷子。他把她从机场接回那一刻才知道他的真实身份。转念又想，如果不是和老爷子在一起，此时，也许和那些特务一样，也被押到公审台上，接受人民的审判，然后还有牢狱生活。

　　她现在唯一的希望是李少秋能兑现他说过的话，把她接走，让日子回到从前。

躲 藏

　　在抚顺煤矿邻近的一片小区里，有个不起眼的院子，李银河刚刚送走几名公安局来人，看几名公安走远，手心里的汗才慢慢退去，腿还是有些软，望了一眼消失在视线里的公安局的人，才转过身，踉跄一下，差点跌倒。迎春立在门口，见李银河差点跌倒，她叫了一声：当家的，你没事吧。过来欲扶李银河。他把她的手推开，虚弱地向屋内走去。此时他的名字变成了李江，迎春的名字又恢复了以前自己的大名刘芍药。李江觉得刘芍药的名字土是土了点，可这名字是父母起的，已经跟了她十几年了，有感情也习惯了，叫也就叫了。

　　沈阳被攻陷前，李江就回过味来了，他是从共产党手里跑出来的，跑了初一能躲过十五吗？

　　在那个清冷的黎明时分，他逃回了西城的家，也见到了迎春。惊慌不安的迎春瘫倒在他怀里，他感受到了她温暖的身体，平息下来后，他仍然感到后怕。锦州陷落让他意识到，沈阳城落入到共产党手里是迟早的事，自己已经在共产党手里挂上号了，虽然逃出来了，一旦沈阳城落入到共产党手里，他是躲不掉的，那几日虽然他让迎春把院门关得死死的，可他的心却越发地不安。

夜晚他几次在梦中惊醒，大张着嘴喘息着。迎春安慰孩子似的拍着惊恐的他，他再也睡不着了，他现在有两个担心，怕共产党再次抓到他，也怕二处的人找到他。此时不论谁找到他，都够他喝一壶的。在共产党眼里他是逃跑的俘虏，在二处人看来，他就是逃兵。如何处置逃兵是有明文规定的。他忐忑了，一连几个夜晚他都在噩梦中惊醒。

又一个黎明到来时，李银河做出一个决定，离开沈阳城，往哪里逃却成了问题。向山海关方向逃，从那里可以进入河北，甚至去北平，关内的地界现在仍然是国民党的，他很快否定了自己的想法。他是从锦州方向过来的，那里铺天盖地的都已经是共产党的天下了，想从那里逃出去，比飞上天都难。况且，他已经脱离了国军的队伍，他现在就是名逃兵，哪有自投罗网的道理。离开沈阳只能北上。他最初想到了本溪，以前本溪有一个老乡，在那当连长，他在沈阳时见过几次这名老乡，还请连长老乡吃过一次饭。那个连长老乡多次邀请他去本溪玩，可他一次也没有去过，倒是连长老乡经常溜出来到沈阳来玩，他娶了迎春后，便很少能见到那个老乡了。这样的想法一经冒出，很快又否定了自己，沈阳危在旦夕了，本溪失守还会远吗？

最后下决心到抚顺来，还是芍药的提议让他改变了决定。芍药告诉他，父亲以前有个朋友就是抚顺煤矿上的，以前每次来沈阳，都会到家里坐坐，后来她才知道，都是山东老乡。因为在矿上工作久了，不仅有人脉，业务也熟，似乎还当了一个管事的。在一个夜黑风高的夜晚，他关好院门，带着芍药潜出了沈阳城。当初买下这个小院时，他庆幸自己在这里安了家，那段日子里，不论他身在何处，一想起这个小院，还有等待他的迎春，他心里就温热地幸福着。此时，他要放弃这个小院和已经熟悉的一切，心里的滋味便可想而知了。

抚顺的煤矿很好找，问过几个人之后，芍药父亲的老乡很快也就找到了。是个五十岁左右的山东汉子，胶东口音很浓郁，芍药起初站在他面前时，他并没有认出她来，犹豫而又胆怯的样子。芍药提了父亲的名字，还说：牟叔叔，你来家里还给我买过糖果。显然这个老乡对芍药的身世并不了解，拍下脑袋道：是芍药哇……你都长这么大了。芍药的父亲去世后，这个老乡便再也没有见过她。这时她不失时机地把他推到面前说：这是我男人。老乡就上下地把他打量了，嘴里不停地说着好。后来才知道，这个老乡已经是矿上一名挖煤队的队长了。日本人在时叫工头。

住处是这个牟队长帮忙找的，矿上塌方一个工人被砸死了，老婆带着孩子刚改嫁，搬到男人那里去住了，房子便空了下来。牟队长出面很便宜就买下来了。他们终于在抚顺安顿了下来。

没几日，他们就听说沈阳城已经成了共产党的天下。一切都不可挽回了，沈阳肯定是不敢再回去了。他要养活芍药，要把日子过下去，两人商量在矿上找份工作，于是又找到了牟队长，牟队长又一次上下把他打量了，啧着嘴说：看你是识文断字的人，挖煤这种力气活你肯定干不了。他把胸脯挺起来说：牟叔，我能行。牟队长就合计着，半晌之后才道：现在矿上军管了，以前的矿长换了，我领你见下军队的首长吧，你有文化，一定能给你安排个好工作。

他一听到要见部队的军人，浑身上下便又出了冷汗，忙打了退堂鼓。回到家，芍药就开导他道：共产党的军人也是人，再说了，没人知道你是国民党的人。现在你是我男人，咱们要吃饭，就得有工作。

最后他还是鼓足勇气，被牟队长带到一间矿上的办公室里。办公室里果然坐了一个军人，他在接电话，电话很快讲完了，牟队长叫了声：马主任，俺给你介绍个人才。牟队长脸上堆着笑，把他从身后拉到马主任的桌前。他一见到马主任就想到了毕剑和刘刚，腿就又软了，虚弱地叫了声：长官。马主任很和蔼的样子，挥了下手说：叫同志，现在是新社会。牟队长就打着圆场说：马主任，这是我家亲戚，从沈阳来的，小伙子识文断字，想到矿上来工作。马主任眉毛扬了一下问：在沈阳是做什么工作的？在来之前，芍药已替他编好了一套说辞，他便把这套说辞说给了眼前的马主任，说自己在政府里打杂的。兵荒马乱的，政府两个月不开饷了，要养家糊口，就投奔到这里来了。马主任又问了他一些问题，诸如文化程度，何时到沈阳工作什么的。他就照葫芦画瓢地答了。马主任说了许多客气的话，让他回家等消息，临走，还热情地把他送到了门口。走出办公室的门，他才长吁一口气。

两天后，牟队长给他带来了口信，让他去矿上上班，到了之后，他知道马主任给他在矿上安排了一个文书的工作。他不知道文书是干什么的，马主任告诉他，就是抄抄写写，接接电话。他没想到，这么快找到了工作，做起来还算轻省。

马主任很和蔼，还不时地在工作之余和他聊几句家常，几天之后，他渐渐地就习惯了这份工作。

又过了些日子，警察开始挨家挨户地登门，统计核对人口，居民都重新登记造册，在这一次，他的名字正式地变成了李江，迎春变成了刘芍药。他心安稳下来，一心一意地过起了日子。不久，芍药发现自己怀孕了。不久的将来，他就要当父亲了，自己不知为什么，却高兴不起来，他仍隐隐地为自己的过去提着心。

有一次，马主任去市军管会开会，带回来一份文件，让他登记造册收起来，他看到了文件的标题：关于全省抓捕潜伏特务的通知。通知上方还写着"绝密"的字样。就是这个标题，让他的大脑瞬间空白一片。许久之后，他才回过神来，自己的身份算什么，是逃兵还是特务？说是特务显然他并没有领受任务，又不是以逃兵的身份在工作。这么琢磨着，刚刚稳定下来的心，又悬了起来。那些日子，他一边提心吊胆，一边竖起耳朵谛听着能捕捉到的一切消息。每天回到家里也都是魂不守舍的样子，有几次，他把睡在梦境中的芍药叫醒，一遍遍地问：你说我这种算不算潜伏的特务？芍药费力地合计着，不解地反问他：啥叫特务？他就说：就是收集情报的人。芍药顿时开朗起来道：你收集情报了吗？他摇头。她就说：那你就不算特务。可我以前干的就是收集情报的事。他还是不放心，芍药就说：政府不是说了吗，以前的事既往不咎了。他虚虚地：政府说的是投诚的那些人。我可没投诚，我是逃出来的。芍药的睡意全无了，她为自己的男人在绞尽脑汁。终于也没想清楚眉目。他叹口气，压低声音说：要不我和政府说清楚，也变成既往不咎人员。他还没说完，芍药就用手捂住了他的嘴，伏在他怀里哭了，一边哭一边说：我可不想让孩子一出生就失去爹，你要是被政府抓起来怎么办？她的泪水打湿了他的肩头，他也没了主意。既然不敢找政府亮明自己的身份，只能硬着头皮小心地活着了。两人相拥在一起，忧忧泣泣地睡去了。

爱 情

毕剑带着侦查处的人来到铁西那条胡同李银河家门前时，发现已经人去屋空了。

毕剑并没有遗忘那个逃跑的电报员，活情报在自己手里逃脱，这是侦查员的耻辱。在沈阳抓捕的这些特务中，没有人能够说清楚李银河的去处，城北寺庙的假住持，名字叫孙大志，也在被捕人员中，为了寻找到李银河，毕剑连续审问了几次这个孙大志。孙大志交代，他和李银河并不熟悉，只是见过几次面，二处的情报人员不到万不得已，不会到寺庙里找他接头。那天晚上，是他帮李银河逃出来的，但逃出来后两人就分道扬镳了。再审其他特务时，他们对李银河也知之甚少，甚至连李银河住在铁西的事都不知道。

毕剑只能再联系锦州市公安局的人，对电报组另外两人进行重新审问，才在两个俘虏口中模糊地知道李银河在铁西的住址。毕剑得到消息后，经过几天的排查，终于找到了李银河的住址，可惜他们来晚了。

对于俘虏，部队有政策，不是罪大恶极的，一般就是两条路可走，愿意留下参军的，部队欢迎，不想留下，发放路费打发俘虏回家。毕剑最初并没有把李银河放在心上的原因是，他毕竟是俘虏，只要不是潜伏特务，继续与人民为敌，政府是可以放过他们这些人的。

李银河消失了，他逃到了哪里，此时在做什么，便成了悬念。他是希望找到李银河挖出老爷子的下落，在所有小特务的口供里，关于老爷子没有一条是有用的信息，他们甚至交代，都不知老爷子是谁，此时的老爷子变成了潜伏特务口中的传说。

关于老爷子有一点特务们交代的答案比较一致，在沈阳陷落二十天前，南京总部给老爷子下达了委任状，他被任命为东北的情报专员，级衔为中将。依据命令，老爷子是东北情报负责人。在东北联军进城时，他们各个潜伏小组曾接到过老爷子用电报发来的命令：就地潜伏，等待新的命令。这是老爷子的最后一道命令，时间定格在 11 月 3 日，也就是沈阳解放的次日。

毕剑也多次审问过这些潜伏的电报员，让他们鉴别发出这条命令的电报员，他们莫衷一是，有人说从发电报的手法上看很像新民电报组的电报员赵静茹，可她在他们眼皮底下接到命令已经回南京了。还有人说接收电报时很紧张，他们就躲在民宅里，外面大街上就是进城的部队，他们不可能不紧张，哪有时间分辨发报者的身份。从特务们交代的信息当中，他凭经验判断，这些被俘的潜伏特务并没有说假话。老爷子发出的电报内容，也许是他自己发的，也许是有人替他发的。赵静茹并不在他掌握的潜伏名单内，老爷子的计划成功地迷惑了毕剑，为了以后老爷子和赵静茹的潜伏，埋下了伏笔。

毕剑料定，老爷子就躲在沈阳城内的某个角落里。虽然他手下的特务落网了，但他并没有落网，只要他还在，不可能不和外界联系，搜索城内的电报往来信号就成了抓捕老爷子的希望。他安排监听人员，分散到城内的几个方向，只要老爷子接收或发送电报，就能找到老爷子的下落。

这段日子，毕剑的心情并不平静，他不知为什么，李巧莲理直气壮地走进了他的生活。她每次来，不仅送饭洗衣服，有两次，她还长驱直入地闯入到他的宿舍，为他拆洗被褥，她一边做事一边说：这都硬了，贴在身上怎么能舒服。她把洗过的被褥晾晒在院子里，又抽出空当为他打扫宿舍的卫生，桌椅板凳每个角落都擦洗到了。他几次拒绝，她就像没看到没听到一样，该干什么还干什么，经过她的努力，他的房间已经焕然一新了。她这才抬起头来，他看到她鼻尖浸出的汗水，拿过毛巾递给她道：李巧莲同志，谢谢你。她一副无所谓的样子说：不要说谢，这么客气干啥。李巧莲在他宿舍忙进忙出时，同住在单身宿舍里的同事，不知是有意还是无意，纷纷把门都留了一条缝，不时地进进出出，路过他的门前时，都故意停留一下，和手足无措的他说上一两句可有可无的话，目光却停留在李巧莲的身上。最上心的还数刘刚，自从到了东北后，刘刚一直在情报科工作，两人既是上下级，同时也是无话不说的朋友。刘刚的年龄比毕剑小上几岁，私下里就毕哥长毕哥短地叫，包括毕剑和朱红的爱情他也是见证人之一。朱红牺牲后，毕剑痛苦了很长时间，他一直在劝慰，发誓为朱红报仇。他随毕剑先期潜进沈阳城，就是为了掌握老爷子的行踪。朱红是老爷子下令抓捕的，也是他下令杀害的，老爷子是毕剑的心病。可惜，沈阳城已经解放大半年了，该抓的潜伏特务都抓到了，唯独老爷子却神秘地消失了。毕剑一直在自责自己情报工作没有做好，刘刚便开导他说：只要那个老爷子还在东北，我们早晚都会抓到他。此时的刘刚已升为公安局侦查科的科长，他带领侦查科的人，日日夜夜从来没停歇过侦查工作。抓捕这些潜伏特务时，侦查科立下了汗马功劳。

此时，刘刚身子倚在毕剑宿舍的门框上，看着李巧莲正在飞针走线地缝褥子，又看眼坐在桌前看文件的毕剑说：处长，以后你要给我们找嫂子，就要找巧莲这样的人。毕剑抬起头瞪了他一眼。巧莲虽没抬头，笑意却挂在了脸上，有几分娇羞也有几分得意。

毕剑把刘刚轰走，把门掩上，严肃地立在李巧莲一旁，正经道：李巧莲同志，你这段时间对我的照顾，我很感谢，今天我正式地再重申一次，以后你不要来了，让同志们误会不好。

李巧莲抬起头，望一眼毕剑，又把针在头发里习惯地抿一下道：毕处长，你这么说我可不爱听，你结婚了吗，我破坏你家庭了吗？我又怎么影响你了？

李巧莲的话让毕剑无话可说，又手足无措，他在空地上踱了两步道：咱们没有什么关系，你这样做，我心里过意不去。

巧莲把针别在被子上，挺起腰身一字一顿地：你帮我找妹妹，这是多大的事，咱们就当作交换可以吧。你心里不用过意不去，我愿意这么做。

说完，她又拿起针，不再抬头了。她接近他并没有答谢找妹妹这么简单。刚开始接近他，的确是为了寻找自己的妹妹，接触几次之后，心里不知哪根神经被撬动了，在她以前的经历里，从来没有遇到过像毕剑这种人。不知为什么，她一见到他心里就有种踏实，就像是自己的父亲，她从小和父亲一起生活，少了母爱却多了父亲的慈爱。父亲的小生意让他们的日子并不富裕，父亲还是节衣缩食让她上学。她一直读完初小，找到老师工作时，父亲才和她说了实话。父亲一直对妹妹桂莲有着深深的负罪感，一直认为当初没有治好妹妹的病是自己无能，父亲把对妹妹的爱都加在了她一个人的身上。父亲临死之前，死死地拉着她的手，留下最后的遗言，就是让她找到妹妹桂莲。父亲去了，眼睛都没闭上。父亲在世时，没能找到妹妹，父亲去世了，又把寻找妹妹的愿望寄托在她的身上。她依稀记得小时候，父亲一次次去徐州，每次都满怀希望，过了许久又失望地回来。父亲的失望也让她心里压着一块石头。有许多次，父亲在睡梦中都在呼喊妹妹的名字。妹妹被送走那一年她才五岁，并没有体会到失去亲人的痛，初失去妹妹时，她只觉得生活中少了个玩伴，身边少了个人。那会，他们正在逃难的路上，甚至来不及悲伤。她只是觉得从那时开始，父亲开始话语少了。一直来到沈阳，开了这家小店，他们才算稳定下来。每每父亲看着自己经营的杂货店时，便哽咽地说：这是你妹妹换来的。父亲一直认为，是卖了妹妹才换回了这间杂货店。父亲一直到死，都被这种复杂的情感所煎熬着。

解放的沈阳城，让她看到了找到妹妹的希望。

最初见到毕剑，她似乎看到了找到妹妹的希望，结果却并不像她想象的那么顺利。如果说，最初她是为了妹妹有意走近毕剑，可几次之后，她是心甘情愿地接近他，照料他。她也说不清这其中自己心理的变化。在他身边不仅踏实，更多的是愉悦，只要一有时间就想见到他。那会她还不知爱情是什么。

军管会刘副主任结婚了，年近四十的刘主任娶了一位二十出头的年轻女护士，人就很幸福的样子，面容比之前也滋润了许多，人似乎一下子年轻了几岁。

这天上午，刘主任来到公安局毕剑的办公室，毕剑要起身，他挥了下手掌，自己拖了把椅子坐在毕剑对面。在社会部时，两人就是无话不谈的好朋友。刘主任叫刘宝库，江西瑞金人，红军开始长征前就参了军。红军长征时，他还是名红小鬼，在延安搞过大生产，在鲁西南根据地搞过地下工作。他一直是毕剑的上线，两人又一起随四野部队来到了东北，参加了东北局的工作。刘宝库主任说一口南腔北调的普通话，每吐一个字都很较劲的样子，舌头总不听指挥，吐出的发音就南腔北调的。但这并不影响他的表达，他看了毕剑就较劲地说：小毕，今年三十几了？毕剑就说：三十四，我比你小四岁。刘宝库就把手掌拍到毕剑的办公桌上道：三十四了，该成个家了。我跟你说，结了婚之后才知道，没女人的日子是地狱，有了女人的日子那才叫天堂。说完朗声地笑，震得整个办公室嗡嗡地响。刘刚不知何时听到了动静走进来，立在二人面前，看看这个，瞅瞅那个。刘宝库又挥了下手，冲刘刚说：我要帮你们处长介绍个女朋友，我老婆的同事，叫韩君。我结婚时，这姑娘去了，你们有没有看见？

刘宝库结婚，不仅毕剑刘刚这些社会部老人都参加了，还有其他单位许多人也都参加了。现场陪着新娘的，的确有几个姑娘，可谁知道刘宝库说的韩君又是哪一位呢？毕剑没说话，表情有些复杂，一言难尽的样子，刘刚却搭茬说：主任呀，别忘了我，我也是快三十的人了。

刘宝库就虎起脸说：莫急，你们处长都三十四了，介绍完你们处长，再给你介绍。说完嘴里哈哈着，起了身，拍一拍刘刚的肩，指着毕剑说：小毕听我的安排，我先走了。刘宝库走出门，不一会，又从公安局局长屋里传来刘宝库主任高门大嗓的说话声。

毕剑并没把刘主任的话当真，他从内心对其他姑娘也没什么兴趣，主要还是因为朱红。现在算起来，朱红牺牲快两年了，两年的时间犹在昨天，往事历历在目，朱红的音容笑貌就在眼前。他还记得朱红发出的最后一封电报：我已被敌人包围了，同志们再见，亲爱的再见了。每次想起这份电文，仿佛又看见了朱红被敌人包围的情境，她又是怀着怎样一颗诀别的心发的这封电报的呀。每每想起，他的心都会疼上一阵。

教师李巧莲走进了他的生活，他不是情商很低的男人，情商低也不会培养出情报人员。他当然明白她的用意，在某一时刻，他几乎错把巧莲当成朱红。两人在青岛石老人那个村庄时，朱红就是这么照顾过他，洗衣做饭，收拾房间，俨然成了女主人。在村人邻居的眼中，他们是幸福的夫妻，女主内男主外，琴瑟和谐的一对新人。

他看着巧莲忙碌的身影，她们的身影重叠在一起，但理智告诉他，她们不是一个人，巧莲代替不了朱红。

周六快下班时，办公桌的电话响了，听见电话那端刘主任瓮着声音说：小毕，晚上来我家吃饺子。刘主任的电话语气似邀请似命令。他知道此时，在自己的宿舍里，李巧莲也在包饺子。周三的时候，李巧莲来过一次，给他送洗好又熨好的衣服，顺便还带了一兜水果。她把东西放下后，歉意地说：这两天给学生补课，来晚了，等周六我来给你包饺子。面对她的热情，他无数次地拒绝过，但对她来说一点用也没有，她似乎没听懂他的话，该干什么还干什么。

他接到了刘主任电话，知道不能不去，虽然不太情愿。以前，他们都单身，东北局从哈尔滨又搬到了沈阳，刘主任那会是刘副部长，偶尔也召集这些单身的人打牙祭，更多时候他们就凑在一起包饺子吃。那是一段虽然艰苦却欢乐的时光，他们的感情和信任就是在那时建立起来的。虽然刘主任在电话里并没有明说这次吃饺子目的何在，他也猜出了几分，他又想到了那个韩君。他出门时多了个心眼，推开侦查科的门，刘刚果然还没走，正在办公桌上整理材料，他就冲刘刚挥下手道：别忙了，跟我走。刘刚不解地：有任务？他没说话，刘刚就快速地跟上来。出了办公楼的门，拐过月亮门，这是他们的宿舍。再往里走，又是个月亮门，那里有几栋小洋楼，以前是东北剿总当官的住处，现在分给了军管会的领导。两三家住一栋小楼，虽说谈不上拥挤，但也说不上阔绰。

他向一个单元门走去，刘刚紧赶一步道：去刘主任家呀，怎么不早说？二人一前一后敲开了刘主任家的门。饺子果然包好了，两个年轻女人一个屋里一个厨房地忙碌着，包好的饺子放在客厅的茶几上，厨房的水烧开了，热气蒸腾的样子，就等下锅了。厨房的女人他们认识，那是刘主任的新婚妻子，客厅里这位一定是刘主任说的韩君了。姑娘很瘦，个子很高，脸孔有些黑，但却显得干净利落的样子。

刘主任坐在沙发上，挥着手把两人介绍了，又把目光落在刘刚脸上，开玩笑地说：刘刚，你还小，急什么？刘刚做了个鬼脸说：那我就先预演一下。

虽然吃饺子，刘主任还是开了一瓶酒，给三个人的杯子倒上，一边倒一边说：饺子就酒，越喝越有。几杯酒下肚，刘主任的话就更多了，他一边介绍毕剑，一边介绍那个叫韩君的姑娘。毕剑有些走神，想着李巧莲还在家等他，心想，这时候饺子该包好了吧。韩君似乎把刘主任的话句句都听进去了，不时地抬眼偷瞄着毕剑，脸也跟着红了。

不知过了多久，这顿饭终于吃完了，毕剑一点也不兴奋，倒是刘刚不时地在一旁插科打诨，开玩笑地和韩君说：嫂子，你们都成家立业了，可别忘了我这光棍一条。众人都笑，这顿饭在一种欢乐的气氛中结束了。

毕剑回到自己宿舍时，果然看见包好的饺子，巧莲坐在桌前在翻着一本书，那是本小说，是他还没看完的一本书，名字叫《红与黑》。李巧莲见他回来，忙起身道：怎么回来这么晚，我煮饺子去。水都烧开几遍了。说完就要往外走。他忙说：我吃过了，对不起，今天是刘主任请客，不去不好，吃的也是饺子。他从心里觉得对不住巧莲的一番好心，才一口气说了这么多。她听了，怔了一下，似乎闻到了酒味，忙又道：你喝酒了？那我给你打盆洗脚水，泡泡脚，早点休息。说完，从床下拿起洗脚盆出去了。

她前脚刚出去，刘刚脸红扑扑的走进来，他仍然沉浸在酒后的兴奋中，望着心绪复杂的毕剑说：处长，我觉得那个韩君不错，人长得漂亮又会说话。刘主任就是偏心，只想为你张罗女朋友，我都快三十了，也不考虑我。

刘刚正在说话时，巧莲端着水就站在他的身后，直到他把话讲完，她才绕过他，来到了毕剑的面前把水放下，平淡地说：快泡脚吧，一会水都凉了。

刘刚怔了一下，这才看到包好的饺子，哎呀了一声道：你看看，你们都有人惦记，你们忙，那我走了。

说完走到门口，还带上了门。关门前冲毕剑眨了眨眼睛。

李巧莲盯着毕剑的眼睛，半晌道：你们领导给你介绍女朋友了？

毕剑望了眼她，把脚放到水盆里，他不想瞒她，只是嗯了一声。她不再说话了，沉思片刻后：你在领导家吃饱了么，要不我再给你煮几个饺子，这饺子我放了大油还放了肉，一定很好吃。

他歉意地道：这么晚了你还没吃，煮好了你吃。

她没动，虚虚地望着他的脸：那个姑娘真的很漂亮？

他没说话，把目光从她脸上移开。

她又问：你看上了？

他没说话，低下头，心里充满了歉意。他再抬头时，看见她已经走了。他听着她的脚步从楼道里越走越远，有些凌乱。

危 局

　　王守业是在一天深夜，在院内的树下重新又把电台刨出来，让许碧芬调试好。在夜深人静的房间内，接通电台，看着电台上闪烁着的指示灯，他们各自似乎看到了自己的希望。

　　沈阳解放了，接着又是北平和平解放，国军都撤到了长江以南。王守业当初接到潜伏在东北的命令时，他只能用富贵险中求来形容自己当时的心境，把老婆孩子送上飞机那一刻，他是一身轻松的，他要留在东北干一番大事业。那会，他没料到国军退得这么快，当初他领受南京的任务潜伏在东北，本以为用不上三两年的时间，国军还会打回来。那时，他就是有功之臣，是国军中将，他的身份就不仅仅是东北的情报专员了。他还没有来得及把自己美好的设想钩织起来，他精心策划的情报网便灰飞烟灭了。情报点一个又一个被端掉，失去了音信，那些日子他是胆战心惊过来的。虽然，他和赵静茹李代桃僵地换了身份，公安局的人也几次上门核查过他们的身份，并没有看出什么破绽，他的心却一直飘在半空，总觉得自己有朝一日也会被发现。夜晚睡不着时，他又捋了几遍潜伏的过程，并没有什么破绽，但仍然提心吊胆的。

这段日子，他每天都要出门，在大街上走走，看一看改朝换代的沈阳。然后买份报纸，还添置了一款收音机，外界所有的信息，他都是通过报纸和收音机得到的。国军一退再退，内心先是失望，后来又变得冰冷。唯一的信念就是觉得南京方面不会忘记他这个中将，支持他潜伏下去的就是自己这个身份了。

最初把赵静茹，此时的许碧芬，安排在自己的身边，他也是有几重考虑的。关于赵静茹的身份他是略知一二的，父亲是徐州守军的少将总指挥，他在上海时对赵静茹的父亲赵守方也知晓一些，知道他是中统陈果夫的小兄弟。他是何时勾搭上并成为陈果夫的小兄弟，他并不了解，但无论如何，在党国高层也算是有靠山的人。虽然赵守方职位不高，安排在徐州驻守，也能看出南京方面对赵守方少将的重视，徐州是南京的北大门，对南京的安危至关重要。在上海时，他还算是军统的人，中统和军统多有不睦，这是权力斗争的结果，但终究都是在为党国效劳。

他来到东北剿总二处之后，赵守方给剿总卫立煌的副官发过几份电报，孙副官和赵守方是黄埔军校同一届的同窗。其中有一份电报当中就提到了小女赵静茹，让孙副官关照之类的话，电报就是二处的电台翻译的，他亲手送给了孙副官。从那时起，他对赵静茹就多留了个心眼，把赵静茹的档案调出来，仔细查看过。档案中赵静茹的照片看上去很漂亮，在南京军统潜伏时曾立过大功，被授予过青天白日勋章。那会他就对这个女子刮目相看。当接到南京潜伏命令时，他第一个想到的就是赵静茹。凭赵静茹的关系，日后有什么麻烦自己也算多一份保障。沈阳陷落后不久，他就在电台里得知徐州也失守了。后来又得知赵守方撤退到了南京。眼下的局面对自己越来越不利了，他想和南京联系上，得知上峰究竟对自己有何打算。

此时的时间已进入到了 1949 年的 6 月份，他在收音机里得到消息，中共中央已经从西柏坡迁到了北京。这意味着中共有建国的可能性。有几次，他还收到了南京方面的广播电台信号，在南京广播中，他得到一个信息，蒋委员长提出了分江而治，也就是说江北的地界属于中共，长江以南还是国军的天下。如果两党分江而治，自己的任务又是什么，自己的命运又该何去何从。

电台已经架试好几天了，他希望南京方面能和他联络，以此得到新的指令，然而电台依旧静默着，就像一只断了线的风筝。

这天夜里，他下定决心，要主动和南京方面取得联系，虽然他知道这样的情况会有几分冒险，共产党会根据电波方位找到他这部电台。前几天，他在家门前的马路上，看到了经过伪装的监听电波信号的侦查车在马路上驶过，虽然经过伪装，但还是瞒不住他的眼睛，他就是干情报出身的。他看到电台侦查车那一刻，有些紧张，他知道，共产党情报部门不可能不知道他还在沈阳城内，只是还没有发现他而已。他庆幸自己在潜伏前的精心安排。他又想到了王守业和许碧芬两口子，处决他们时，两口子太想活了，甚至不惜用全部家当换取自己的性命。他要的不是他们的家当，而是他们的身份。

自从潜伏以来，许碧芬似乎换了一个人，脱去了国军制服，换成了便装，她的样子更像是名刚毕业的大学生。除了一日三餐做饭外，更多时候，她都坐在书房里看小说。大半年的潜伏生活，她已经看完了《红楼梦》，现在正在看《金瓶梅》。书房里的书都是真王守业和许碧芬留下的，他们李代桃僵之后，照单全收了。真实的许碧芬要比赵静茹大上二岁。他们选择住在这里也是他权衡后的结果。在沈阳失守前，王守业的街坊都带着细软远走高飞了，到现在为止，房屋还是空的。他之所以敢冒名顶替王守业的身份登堂入室，是基于对倒卖军火的王守业的了解，因为他的生意，往来的大都是苏联人，还有当地的一些黑社会组织。在沈阳失守前，这些拥有黑社会的组织也土崩瓦解了，有的逃之夭夭，有的隐姓埋名销声匿迹了，没人再关心王守业了。但他也知道，目前的处境是暂时的，为了更好地保护自己，他还想好了另外退路。

他现在要和南京取得联系，他得到了南京最新指令，也许会改变他的命运。即便危险他也要做最后的尝试。午夜时分，他起草了一份电文，电文很简短，只有一行字：沈阳情报网已经陷落，下步行动请明示。落款老爷子。老爷子是他从事情报以来的代号，一直没有变过。

许碧芬很快译好电文，呼叫南京成功后，很快便把电报发了出去。南京方面并没有马上给他答复，电台只能开着，做好了随时接收电报的准备。他知道，电文会在早晨才能送到国防部长官的案头前，如何回应他，得等长官批复。在等待南京回电前，他做了许多设想，有可能他会接到前往南京报到的命令，长江以北都是共产党的天下了，他通过什么路线才能到达南京，这不能不是他考虑的问题。也许去南京的路并没有那么好走，也许会绕道而行。他想到了重庆、昆明、成都等几个地方，他还找出地图，按图索骥地规划好了撤退的路线。其次，如果国防部不让他去南京，改到其他地方去赴命也不是下策。此时他的身份已经是中将了，不论到何处赴任，他都会是受到党国重用的中将。想到自己中将身份，心里又多了满足和希望。如果南京方面继续让他潜伏怎么办，这是他不敢想也不愿意想的现实。不知何时，他倚在客厅的沙发上已经睡着了，他还做了个梦，梦见自己去了上海，和妻儿团聚在了一起。他的幸福并没有延续下去，他被许碧芬从梦中叫醒了，许碧芬把一张纸递到他面前说了句：这是国防部的电报。他满怀欣喜地接过这张纸，电文的内容犹如兜头泼来的一盆冰水，这是他意料中的最坏结果。电文只有几个字：就地潜伏等待新的命令。短短的一行字，他足足看了几遍。他呆呆地坐在沙发上,捏着那张纸条他坐了许久，最后他还是找到火柴，划着把这张纸点燃，最后变成灰烬。危险让他灵醒，他吩咐许碧芬道：把电台收起来。许碧芬从另外一间房间里告诉他：早就收好了。他吁了口气，站起身，走到她的房间，把电台提在手里，一时竟不知把电台藏到哪里合适。

院内那棵树下已经不保险了。藏在屋内更是不可能，也许马上，共产党就会在这一带挨家挨户地搜查。早知道这个结果，他就不该冒险向南京发送这份可有可无的电报。他提着电台，想到了另外一个住处，也是王守业在城北留下的房产。他回到自己房间里，从床下拖出一只旅行箱，把电台放进去，又胡乱抓过几件衣服一同塞到旅行箱里，这才向门外走去。他走到门口时，回过头冲许碧芬说：把院门插好，我在外面把门锁上，不论谁敲门你都不要开。说完匆匆忙忙地走了，来到街上，他叫了一辆人力车，坐在车上，走过两条街，见周围的人并没人注意自己，他才长吁口气。他看着身边的旅行箱，有些恨这部电台了，没有给他带来任何好消息，还成了他暴露身份的证据，他恨不能把它抛掉，扔得远远的，就此和它再无关系。但转念一想，说不定何时，它又会给他带来新的指令，让他脱离苦海，让他到某处担任要职。这么想过了，电台又成了他的希望，下意识地把旅行箱又向身体靠了靠。安顿好电台，他是一路走回南城这个家的，他要让自己冷静下来，他一边走，一边想将来的命运，如何隐藏自己，又该如何生活。剿总撤退时留下的经费还都在院子的树下埋着，眼前生活不发愁，但为了能够长久地隐姓埋名，他不能整日游手好闲地过日子，这样迟早会暴露自己。要让自己安全，就要做个普通人。他一边走一边想，到了家门口那条街上，他又看到了那辆电台侦查车，街上的行人很多，车却很少，他一眼就认出了那辆电台侦查车，侦查车犹犹豫豫地在他眼前驶过。他下意识地躲到一棵树后，远远地观察着这辆车驶过去，在前方不远的路口又掉头，又向回驶来。经验告诉他，昨天晚上的电波已经被电台侦查车发现了，只是还没具体侦查到确切位置而已。想到这，他慌张地穿过这条街，向胡同里走去。他进门，把门又一次插好，看见许碧芬正若无其事地仍在书房里看书。他顾不了许多，走到她的卧室里，不管三七二十一地把她的被褥抱到了自己的房间，扔到自己的床上。许碧芬不明事理地站在他的身后，惊讶地盯着他道：这是干什么？他气恼地：共产党说不定什么时候就挨家搜查了。别忘了，咱们的身份是夫妻。

她听了这话，似乎松了口气，他对她的样子很不满意，压低声音，却恨恨地说：你现在是许碧芬，我是王守业。

她平静地望着他，淡淡地说：我知道。咱们的身份登记过。

他莫名地对她的冷静和事不关己的样子而感到恼火。又一次恨恨地说：别忘了，咱们现在是一根绳上的蚂蚱，我好不了，你也逃不了干系。

她没说话，还是那么平静地望着他。

她的平静只有自己知道仅仅停留在表面上而已，她又何尝不想离开这座城市呢。她想到了撤到南京的父亲，还有恋人李少秋，世界上和她最亲近的两个人都离她而去了。她后悔当初自己的决定，保密局督察处的人接到了撤离的命令，而他们剿总二处和保密局沈阳站的人得到的命令却是潜伏。李少秋为此找过她，希望通过父亲的关系让她也撤离，她又想起了在南京潜伏的日子，虽有惊无险，但还是过来了。有了南京时的潜伏经历，起初她并没有把这次潜伏当回事。心想，这次也是国军的一次战略撤退，用不了多久，国军还会打回来的。她从小到大就生活在军人家庭里，胜败输赢的确是兵家常事，日本人进攻徐州时，父亲不仅带着他们一家，还带着部队一起逃亡。他们先是逃到了苏北，又到了山东，最后进入河北，兜兜转转，日本人投降，父亲的部队又回到了徐州。眼前的成败就是兵家常事，她年纪不大，经历却比一般人多了许多。她和李少秋分手时，没有生离死别的疼痛，就像送恋人出差，分手是暂时的，过不了多久，他们还会相聚的。反倒是李少秋却是一副痛不欲生的样子，在登机前，死命地抱着她，眼泪还落在了她的肩上。她推开他，还开玩笑地冲他说：到了南京你可不要拈花惹草。她为了缓和气氛说的是一句玩笑话，他却郑重地点头。以前是李少秋一直求着她要结婚，是父亲让她等等，究竟等什么，她心里说不清。直到现在她才明白了父亲的用意，对军人这个职业和战争的理解，看来父亲比她要深得多。她不知李少秋现在南京是个什么样子，是不是已经忘了她。每次这么想过，心底里就涌出一阵哀伤。世事难料，离别愁绪只是人生的一个插曲而已。此次潜伏和在南京的潜伏不同，那会她的身边有李少秋，还有南京站的同事，现在她的身边只有一个高深莫测的老爷子，她甚至不知道他的真实姓名。最初她下决心留在老爷子身边，只是觉得很快就会过去的。

现实出乎她的设想，先是父亲驻守的徐州失守，就是沈阳失守后不到一个月，又过不久，天津失守，北平也和平解放了，被寄予厚望的傅作义举起了白旗。这些消息都是她通过王守业在街上买回的报纸中得到的，还有收音机里的电台，整日轮流播放着这样的新闻。她原本怀揣着希望，随着这样的消息传来，她的心一点点地缩紧，希望也随之黯淡下去。最后的幻想就是国共两党分江而治，一南一北。即便国军再也打不回来，只要还能占据半壁江山，她总会有机会见到父亲和恋人。

很快她的幻想再一次被击碎了，1949年元旦，王守业在街上买回一张《人民日报》号外版，报纸上用套红的字体印着《将革命进行到底》的大幅标题文章。许碧芬看着《人民日报》的号外文章，明白南京已经岌岌可危了，和李少秋分手时他说过的话：你要是回不去，我就去接你。这句话犹在耳边，可此时，李少秋就是插翅也很难再来到自己身边了。

希望尽失之后，就是决绝。她下定了决心，要离开沈阳，用最快的速度回到南京去。下定决心之后，她偷偷简单地收拾好了自己的换洗衣服，还有一些零用钱，这是她平时攒下的，沈阳解放后，换成了新钱币。新中国的人民币还没发行，但解放区的钱币已经统一了起来。她在包袱里还塞了几块银元。在王守业又一次外出时，她偷偷地溜出了家门，为了安全，她并没直接坐火车，而是沿着铁路向南走。包袱里藏了一张地图，每走一段，她就会拿出地图看一看方向。一直走到山海关，此时，她离开沈阳已经二十多天了，她在山海关才坐上火车，此时北平已经改名叫北京了。到了北京后，她并没敢做过多停留，车站内外到处都是军人晃动的影子，他们查询着往来的旅客，她甚至都不敢出站，又坐上了通往郑州的火车。此时，她心里只有一个念头，只要向南每走一步，就离南京近了一些。有车她就坐车，没车她就步行，一个多月后，她走到河南，来到了湖北地界。兜兜转转的就是为了安全，她终于看到了长江，此时的长江已过了雨季，不急不缓地流着。她的目光越过了长江以南，那里的景色虽和江北并无二致，但此刻，却是那么亲切。虽然，她此时离南京还有很远的路要走，从地图上看，她要走到安徽，才能过江到南京。无论如何，她已走过了千山万水，离南京越来越近了。她顺着长江北岸一直向东，她知道南京在东面。她走得并不顺利，沿江北岸，经常看到驻扎的部队，他们在那里设了哨卡，检查着过往的行人。她见到有驻军有哨卡的地方，只能绕行。有许多次，她已经来到了江边，甚至蹲下身子，捧起了长江水去喝，她此刻真想有一条渡船，载着她驶向对岸。可是，江面上静悄悄的，她已经找到了有渡口的地方，那里的船只和艄公早已不知去向，她真想插翅飞过江面。

　　她已记不清走了有多久了，从北方的萧条，她看到了南方田地的油绿。后来天又冷了，她不知被淋过多少次雨夹雪，此时，她只有一个信念，顺着长江一直向东，江对岸就是南京了。一想起南京，就有了久违的亲切，她不仅在那里学习潜伏过，还留下过爱情。此时父亲和恋人就在那里向她招手，一想到这里，她的心就热热的。渐渐天又开始热了起来，她知道这是初春的天气了，她再路过村庄时，看到许多木工在村头的空地上造船，造成的船已经有许多了，静静地泊在陆地上，而不是在水里。

她越向东走，看到了越来越多造好的船，一律都停留在陆地上。她几次去村庄讨水喝，讨吃的，她听到最多的信息是，这些船是给解放军用的。共产党造这么多船目的只有一个，那就是驶过长江去，她真想把这消息传达给对岸的父亲和李少秋，让他们做好应对的准备。不论是在南京潜伏还是在东北剿总电报组时，她都是负责发送情报的电报员，那会，一封封加密的电报从她手里发送出去，当然都是敌人的情报。可惜现在她手里没有电台，除了一张地图外，连一张纸片也没有。她在别人眼里就是个流浪的女人。她没看过自己的样子，从离开沈阳到现在，她没洗过一次澡，没有正经地洗过一次衣服。带出来的几件换洗衣服，早就又脏又破了，钱也早已花完，她只能靠乞讨前行了。但她的目标从来没有变过，就是沿着长江向东，走到南京对岸，再想办法渡江。过了江就到南京了，那里有她的亲人，有她的希望。

不知何时，她发起烧来，她知道自己感冒了，一路上她病倒过几次，歇几天又活了过来。这一次不同以往，她饥寒交迫，远远地她看到了一个村庄，她想去讨口饭吃，讨碗水喝，便向那个村庄走去。近在眼前的村庄，似乎比天际还远，她一步步挪着，就是走不到村庄近前。从夕阳西下，一直到天黑，近在眼前的村庄她还是没有走到。不知何时，她晕倒了，黑暗包裹了她。

她醒来时，已经是黎明时分，一个中年妇女的脸庞在她面前晃动着，她还听到中年妇女惊喜的声音：醒了，醒了，这姑娘醒了。后来她知道自己来到了吴家庄,救她的人是中年妇女的丈夫。他和村里的人去给部队送船,在回来的路上发现了晕倒的她,便把她背到家里。她还知道中年妇女叫吴莲英,起初她一句话也不敢讲,生怕哪句话讲错了,给自己带来麻烦。吴莲英是个好心人,包括她的丈夫,那个老实巴交的中年男人,还出村找郎中给她抓了几副汤药,让吴莲英给自己熬了。几天之后,她的病好了,她又要告别好心人向前走,吴莲英夫妇就阻止了她,告诉她不能向前走了,部队要渡江打仗了。还告诉她,解放军造了好多船,已经放到江里了,部队在江上天天演练,就等一声令下渡过长江去。

这个消息在吴莲英夫妇嘴里是喜滋滋的,但她听了却是当头一棒,南京要是陷落,自己的父亲母亲,还有恋人李少秋又该往何处逃。着急上火,她又一次晕了过去。她再次醒来时,是被隆隆的炮声惊醒的,身边只有吴莲英在照料她。她惊魂未定地问:这是哪里打炮?吴莲英就兴奋地告诉她:解放军渡江了,全村人都到村口去看炮火了。

她站起来,头重脚轻地向外走,吴莲英扶着她来到了村口,那里已密密麻麻地站满村人。他们都向长江方向望去,她也顺着村人的目光望过去。此时东边天际已被炮火染红了,她不知谁发射的炮火,也许双方都有,炮火交织在一起。她知道,炮火最稠密的地方就是南京了。天亮了,炮火向南方延伸开去,许多村人都一边欢呼一边高喊着:渡江了,解放军杀到南京城下了。她听着村人的欢呼声,又几欲晕倒。

后来她在吴莲英的搀扶下回到了家里，这一天她不知是怎么过来的。远处的炮火渐渐远去，最后甚至消失，她不知谁输谁赢。傍晚时分，吴莲英的丈夫从外面跑回来，一边跑一边喊：南京解放了。他的身边还多了两个年轻人，事后她才知道，这两个年轻小伙子是他们的儿子，他们为解放军做起了艄公，开着船一直把解放军送到了长江南岸。

她的心彻底凉了，仅有的一点希望也灰飞烟灭了。她和吴莲英夫妇只说在寻找自己的亲人，亲人在何方并不知道。南京陷落，她已经没有必要再过江了。此时的父母和李少秋又在何处呢？她真的要告别吴莲英夫妇了，告别前，她给他们跪下了，没有他们，也许自己就活不到现在，她这一跪是真心实意的。好心的吴莲英丈夫，跑到村里还给她开了一张通行证。也就是这张通行证又一次救了她，她坐火车不再花钱，走到村里讨饭，她也不再偷偷摸摸了。还有几处的政府人员接济她盘缠，她不知怎么回到了徐州，此时的她无家可归，不知自己要往何处去。日本人侵占徐州时，自己家住的地方她还有印象，是一幢灰色的小楼，那里有一个军营，经常有士兵在那里站岗。此时，她又找到了那幢小楼，已成了政府机关，依旧有军人站岗，此时站岗的士兵已换成了解放军。她没敢走近昔日自己的家，日本人投降后，父亲又回到了徐州，那会，她又接到命令调到东北剿总了。父亲是军人，她也是军人。她已经习惯了这种动荡的生活，从南京离开，她便再也没回过家。母亲给她写过信，告诉她把家又安到原来的小灰楼里，怕她回家找不到地方，还特意拍了张小灰楼的照片寄给她，可惜她在这之前一直没机会回家。眼前的小灰楼依然在，但已是物是人非了。孤零零的她不知何处是归途。她想到了沈阳，还有王守业，还有留在沈阳的电台，那里是她唯一可以去的地方了。也许那部隐藏起来的电台还能让她联系上父亲和李少秋，李少秋说过，他会来找她，就是他不来找她，父亲也会找她。她是父母的女儿，他们不会丢下她不管的。守株待兔成了她此时唯一的希望。

这么想过，她又踏上了北上的归途。

又一个落雪的季节，她回到了沈阳，走进了南城那个小院。当她推开门，走进房间时，看见沙发上王守业正端坐在那里，抬起头望着她，把手里一份报纸轻轻地放到茶几上。

执 念

毕剑似乎已经无限接近老爷子了。

布置在南城的侦查电台两次捕捉到了电台信号,一次是在晚上,另外一次在早晨。电波持续时间很短,侦查电台没来得及为发报电台定位,电波就消失了。依据电波的强弱,公安局的侦查电台还是锁定了电波发送区域。

刘刚把这一消息报告给毕剑时,毕剑断定这部电台无疑是老爷子在使用。敌人的潜伏特务,除老爷子外,其他人悉数落网。有几度,他甚至怀疑,老爷子已经离开了沈阳城,甚至是东北。在眼皮子底下放走老爷子,毕剑会遗憾终生。南城发现的电台信号,让他又看到了抓捕老爷子的希望。他找出南城地图,依据刘刚提供的方位,目标缩小在几个居民区。城南的住户大都是一些贫苦的人,许多都是外迁人员,有一大部分是当年闯关东的人,最初在这里搭建草棚子,越来越多闯关东的人聚集在此,慢慢发展成了街区,人员构成复杂,三教九流社会闲杂人等,都在这里会集。

毕剑意识到，打草惊蛇会让老爷子警觉，他一面命令在这里加强警戒，注意往来的可疑人等，另外，又增加了两个固定侦查电台锁定这片区域。任务布置下去之后，他本以为很快就会得到消息，可是，那部电台就像消失了一样，从此沉寂了。

从和老爷子打交道开始，毕剑就知道自己遇到了对手，对付这样的对手只能比他更沉着冷静，才能发现对方破绽。他甚至下命令撤回了监视人员，只留下两部固定的侦查电台，侦查电台的流动车也从南城撤了出来。表面上南城又恢复了原来的样子。

可是那部电台仍沉寂着，就像压根就没有存在过一样。

人民教师李巧莲仍然频繁地出入毕剑的宿舍，她对这里已经很熟悉了，甚至能叫出居住在这里的每个人的名字，每次她都热情地和见到的每个人打招呼，似乎她已经成了这里的主人。

毕剑和刘刚在刘主任家吃了顿饺子，出门就把吃这顿饭的目的忘记了。

第二天，刘主任还打过来一个电话，嘻哈地说：昨天见那个小韩觉得怎么样？经刘主任提醒他才想起，昨天那个女孩叫韩君。对老上级刘主任的关心，他充满了感激。他当年和朱红有过约定，新中国成立那一天，就是他们结婚之日，这是他们共同约定的日子。心爱的人牺牲在了黎明前，他无数次地设想过，要是朱红在该多好哇。许多次在梦里，他又梦见过朱红，他们还是在青岛石老人那家渔民房屋里，他们在那里度过了既紧张又甜蜜的难忘岁月，他们的爱情就是在那里开始的。每次梦境都会回到有海滩有阳光有朱红的日子里。他只能在电话里对刘主任支吾着。刘主任却在电话里似命令又似关心地：毕剑，把爱情要当成头等大事。拿出做地下工作胆大心细的劲来，没有攻不破的堡垒。

包括李巧莲的一次次到来，他不是铁石心肠的人，自然知道她的热情，也感激她无微不至的照顾。可朱红横亘在他的心里，让他无法接受任何走近他的女性。

他只能在电话里委婉地回拒了刘主任的好意。刘主任在电话里只能长叹一声道：小毕，你要放下朱红，才会有新的开始。你放不下她，只能苦了自己。

他知道这样不对，可是他走不出来，就让时间去解心中的锁吧。他这么劝慰自己。

刘主任是他和朱红的见证人，他和朱红相恋时，给上级打过恋爱报告，这份报告就是刘主任批示的。那会刘主任是胶东地下党组织的特委书记。

刘主任亲自给毕剑介绍女朋友的事还是很快在公安局里传开了，传播这条消息的"始作俑者"自然是刘刚，在刘刚的描绘中，那个叫韩君的女护士美若天仙，倾国倾城。

又一天晚上，李巧莲又如往常一样来到了毕剑宿舍，毕剑还没下班，她把毕剑扔到床底下的换洗衣服找了出来，拿到水房去洗。那里有几个人也在洗衣服，她热情地和众人打了招呼，便埋下头开始洗衣服。她突然听到有人在小声议论：听说了吗，前两天刘副主任给毕处长介绍了个女朋友。另一个人就问：干什么的呀，长得漂不漂亮？那个人就说：刘科长陪他去的，听刘科长说，女方是医院护士，人长得就跟画片一样。

她抬起头，望着说话的人，那几个人也在偷眼打量着她的反应。人们都知道她和毕剑的关系，她在追求他们的处长，可毕剑处长却无动于衷。最初，他们见到她时，都热情地嫂子长嫂子短地叫。她听了既羞涩又幸福，每次都红着脸羞羞答答地应着，心里自然是美滋滋的。渐渐地，她发现了这些人对她称谓的变化，每次仍然热情地和她打招呼，称谓变成了姐，有的干脆称她为同志。她明白，这一切都源于毕剑对她的态度。毕剑都没接受她，别人又怎么能称呼她为嫂子呢。嫂子这称谓，是被认可的标志。

她对毕剑情感上的变化，也出乎自己的意料。头几次来到公安局是为了寻找自己的妹妹。这么多年，妹妹都是她心头挥之不去的一桩大事。许多次梦里醒来，便再也睡不着了。她自己都不知道妹妹是死是活，寻找妹妹只是她心里的一种慰藉。父亲临死之前，拉着她的手，叮嘱着让她无论如何要找到妹妹，她知道，妹妹又何尝不是梗在父亲心里的一块骨头。妹妹成了她和父亲心里永远的痛。

接触毕剑几次之后，毕剑让她心里踏实，莫名地竟有了安全感，还有种亲切。一见到毕剑就让她想起父亲，她不知这是怎么一种情感。她从小就和父亲相依为命，也许因为已经失去了妹妹，父亲再苦再累没有让她受过委屈。父亲开了那间杂货店，日子仍朝不保夕，但还坚持让她读书，读完小学时，她提出不准备再读书了，她要帮父亲操持这个家，干不了别的，哪怕给人做缝缝补补的事，也算是为了父亲分担一些压力。父亲严厉地拒绝了她的请求，她记得那次，父亲坐在杂货店的门槛上，一边抽烟一边说：我再难再累，也要让你读完初小。那会，穷人家的孩子很少有读书的，更别提读过初小的人了。她不能违背父亲，可心里为父亲从没安生过。有几次她在梦里醒来，见父亲还没回来，他们就住在杂货店的里间里，她知道深更半夜的杂货店早就关门了，这会没人再买东西了。有几次她一直等到天快亮了，父亲才回来，她哭喊着追问父亲的去处，父亲见瞒不过，告诉她去火车站的货场了。父亲到货场给人干力工，扛麻袋，一夜下来，总会挣上仨瓜俩枣。她哭着求父亲，自己不读书了，让父亲再也不去货场干苦力了。父亲打了她一巴掌，那是父亲第一次打她，也是最后一次打她，那次她在父亲眼里读懂了执念。她只能把书读下去，快毕业那一年，父亲开始咳血，她要带父亲去看医生，父亲每次都轻描淡写地说：没事，就是抽烟抽多了。其实那会，父亲已经不抽烟了。她终于毕业了，还找到了小学老师的工作，那天，她欢天喜地地回到家时，父亲已经不行了，身子歪倒在杂货店的门柜上，嘴角流着血。她拉过父亲的手，一边呼喊，一边摇晃着父亲。父亲睁开眼睛，看到她手里拿着的工作书，父亲张开嘴笑了，一口鲜血又喷涌而出。父亲的遗言有两条，第一条是让她一定找个好人家，别受欺负；第二条就是父亲心心念念的寻找妹妹，不论死活都要找到。

父亲倚在门柜上走了，最让她踏实的靠山没有了。她从此变得无依无靠，孤苦伶仃。

她在毕剑身上找到了这种安全感，毕剑变成了磁铁，她成了被吸引的铁屑，她不知此时已经爱上了他。她像父亲一样固执，认准的事十头牛都拉不回。每次见到毕剑，心里有种说不出的宁静，恍惚觉得这种生活很熟悉，似乎上辈子她就曾经历过一样。她知道毕剑一直在排斥着她的感情，不知这一切源于什么，但她明白，靠自己的热情总会有一天把他焐化了。她认准了他，每天下班，首先想到的就是来找毕剑，一天不来她就魂不守舍。

那天在水房里她知晓了事情的来龙去脉，脑子一片空白。不知何时洗完了衣服，又不知怎么回到的家，那一夜她一直睁着眼睛到天亮，脑子里反复一个声音在回响：毕剑去相亲了，那女子是护士，美若天仙……天亮时，她突然冒出了一个大胆的想法，她要去找那个刘主任。显然刘主任是大领导，他既然能给毕剑介绍女朋友，就可以收回成命。

军管会办公地址她是知道的，在以前东北剿总司令部的那幢楼里。以前，那里戒备森严，进出的都是荷枪实弹的国军，无论何人走到那里都会远远地绕开。现在不一样了，那里是军管会的办公场所，是人民的政府。虽然也有士兵站岗，但气氛和以前不一样了，有许多人都看热闹地去人民政府参观，进进出出的人，每个人都是那么和蔼可亲。

她要找到刘主任，念头在脑子里闪过，便如脱缰的野马。

她走出家门，没有像往常一样直接去学校，而是拐了个弯，来到了军管会办公楼门前。她和门卫士兵说明要去找刘主任，卫兵热情地告诉她刘主任在三楼办公，还做出请进的手势。她心里踏实了一些，在三楼很快找到了刘主任的办公室，门虚掩着，刘主任正和人说话，样子沉稳又和蔼。刘主任出门送客人时，一眼就看到了她，刘主任手扶了一下眼镜，充满笑意地问：同志，你找谁？她就不卑不亢地答：我找刘主任。刘主任笑了，把门打开一些，做着请的手势道：请进，我就是。

她随刘主任走进办公室，她站在桌前，刘主任站在桌后，并没坐下，仍微笑地：有什么事我能帮上你。她首先把自己介绍了一下，他伸出手道：你好，李同志。他热情地和她握了手，刘主任的手很热，也很柔和。这让她增添了勇气。她让自己的心绪平静下来，深吸一口气道：我是毕剑的女朋友。她说完这句话，被自己的声音吓了一跳。但她很快稳住阵脚又道：我喜欢毕剑，希望得到领导的支持。

刘主任先是一怔，待反应过来，伸手示意她坐下。她没坐，挺胸抬头地站在那里，刘主任只能陪她站着。刘主任意味深长地笑了道：这个小毕我怎么没听他说过，我得批评他。又看了眼她道：人民教师的职业好哇，李同志又这么年轻漂亮，你和毕剑同志恋爱我举双手赞成。直到这时，她才彻底放松下来。她又确认道：你真的支持？刘主任就爽快地：现在是新社会，恋爱自由，你们恋爱我当然支持。

她觉得自己的目的达到了，冲刘主任鞠了一躬道：谢谢刘主任。说完转身就向外走，刘主任相送，不仅把她送出门，还送下了楼，一直送到了大门口。一边送她一边说，欢迎她和毕剑一起到家里做客之类的话。

她走出军管会大门口，走了很远回头看，刘主任还站在原地目送她，她又一次和刘主任挥手道别。心里一块石头落地了，她觉得心里有一朵鲜花在怒放。

见过刘主任之后，李巧莲再出现在公安局宿舍时，脸上挂着淡定的笑，内心洋溢着自信。经过这么久，她几乎都能叫出这些人的名字了，然后就主动打招呼，张同志、王同志地叫着。她在公共厨房做饭时，总是引来一些人参观她的厨艺，母亲去世得早，厨艺对她来说就是小儿科，她喜欢被人围观，有一种成就感。做完一道菜，把菜盛到盘里端回宿舍的过程中，她仍不断地和人打着招呼：王同志来家坐呀，小李来串门……俨然她把自己当成了主人。

她进门时，毕剑正在房间内狭窄的空地上踱步，他从虚掩的门缝里已经听到李巧莲的大声邀请了。她进门后，把菜放到桌上，他立住脚，扭过身子望着她说：你以后能不能不这样，这样不好。她拢了下头发，把围裙从腰间解开，红着脸说：我已经找过刘主任了，刘主任支持我们在一起，还祝我们幸福。

巧莲来过之后，刘主任便一个电话把他叫了过去，一进门兜头盖脸地把他批评了一顿，批评他恋爱不向组织汇报，还批评他怠慢了巧莲姑娘。接下来刘主任就开始表扬巧莲姑娘了，在刘主任的口中，巧莲姑娘浑身上下都是优点，人不仅漂亮，还懂礼貌，有知识文化，身上还有一股革命人的闯劲。刘主任啧啧称赞，同时也批评毕剑，对待感情不积极，生活消极就是对革命的消极，对新中国的消极。一顿上纲上线之后，弄得毕剑云里雾里，最后他竟无所适从了。

他昏头涨脑地从刘主任办公室里走出来，他才意识到，一定是李巧莲告了自己的状，不仅告状还把这件事情挑明了。从见到巧莲第一面他内心并不排斥这个姑娘，随着李巧莲对自己热情的加深，他甚至怀疑她还有别的什么企图。自从参加工作到现在，他一直做情报工作，养成了谨慎多疑的习惯，不论什么事都要从最坏的结果着想。在这之前，他暗地里调查过李巧莲，包括三经街小学，还有她曾经就读过的学校，她的家事以及她所有的经历。在调查了解过程中，李巧莲成长生活的轨迹立体鲜活地呈现在他的脑海里，对她的怀疑打消了，他开始审视这个人了。在多次来往过程中，他几乎挑不出巧莲姑娘的缺点，热情大方开朗，他几乎被她感染了。以前，他并没把这件事当成十万火急，放下牺牲的朱红不说，还有一件大事没有完成。特务老爷子还潜伏在城内，在偷窥着新政府的一举一动，一只狼就伏在榻前，自己又怎能安睡。一想到这些，儿女情长的念头就淡了。

此刻，他面对着巧莲，他有一句憋在肚子里的话不得不说了，他严肃地：你为什么要这样？虽然他知道这话问得不合时宜，甚至有些可笑。巧莲却没在意他的问话方式，低下头，胸脯起伏着。一件毛衣穿在她的身上，腰身很好地显现出来，半晌她说：

就是想和你在一起，和你在一起我踏实。说完这句话，她抬起头来，两眼水汪汪地望着他，几乎要哭出来。

她突然又说：政府说了，现在是新社会，恋爱婚姻自由。

他哑然地望着她，心动了动。倏地又移开目光，望着桌上的饭菜道：吃饭吧。面对执着的巧莲他不知说什么好了，在他心里，巧莲和朱红是两种不同类型的女人。巧莲大胆，朱红含蓄。

值得纪念的 1949 年 10 月 1 号悄悄地来了，早几天前，他们公安局已接到通知，新中国成立之日，全市各行各业要举行游行，公安局的任务自然是负责安全，防止敌人搞破坏。虽然，潜伏在城内的特务几乎一网打尽了，只有一个老爷子逍遥法外，他也不能掉以轻心。他几乎调动了侦查处所有的力量，散布在城市的每个角落。前几天在南城发现了敌人的电台，他毫不怀疑，这是老爷子在活动。可惜，那次之后，电台从此消失了，仿佛压根就不存在过。凭着他多年和老爷子打交道的经验，这是老爷子精明之处，每次发报都是一次冒险，老谋深算的老爷子不可能不顾及自己的安危。此时的消失，并不能证明他就真的不在了。

值得铭记的 10 月 1 日，还是到了，那天从下午开始，沈阳的大街小巷拥满了欢迎的人流。人们载歌载舞，扭秧歌，踩高跷，整个城市成了一片欢乐的海洋。

毕剑站在人群中，不时地观察着周围的动静，为了确保游行的安全，不仅公安局全体出动，军管会还调集了部队戒严。他突然在游行的教师队伍里看到了李巧莲，她的打扮让他耳目一新。她化了淡妆，腰上系着红绸子，勾勒得她的身形更加窈窕，欢乐的笑容绽放在她的脸上。广场的大喇叭和收音机连接在一起，实况转播着北京天安门城楼的盛况，此时，一代伟人毛泽东主席在宣布：中华人民共和国，中央人民政府今天成立了……街上的鞭炮声齐鸣，游行的人群把欢乐推向了高潮。

毕剑下意识地感觉到，有一双目光正射向自己，他抬起头，扫向围观的人群，却发现那双眼睛消失了。他在人群里寻找着，却没有发现异样，这是他的第六感，从他当侦察连长到做地下工作，他养成了自己的第六感，他意识到，也许老爷子正躲在人群的某个角落里，他们的目光在某一刻相撞了，待他再到人群中去寻找，那种感觉又不在了。正当他在人群中寻找时，刘主任挤过来。

刘主任在他耳边说：晚上带上巧莲到我家去。

他不解地望着刘主任，刘主任就说：新中国成立了，不该庆祝吗！

他笑了，紧绷的神经松弛下来，从参加革命那天，他们的理想就是建立自己的政府，成立自己的国家，这是每个革命人的目标。理想终于实现了，他冲刘主任开心地笑了。

刘主任又一次叮嘱道：别忘了带上巧莲姑娘。说到这，又补充一句道：这是任务。他怔了怔，还是点头答应了。

为了庆祝他特意到商店里买了两瓶酒，自己的国家成立了，无论如何是件大喜的事。他回到宿舍时，巧莲已经在宿舍里等着他了，还是游行时的装扮，正满脸笑意地迎接着他。他和巧莲来到刘主任家时，发现刘刚已经到了，正在客厅里布置桌椅板凳。刘主任少顷从里间里走了出来，他似乎刻意打扮了自己，脸上刚洗过的样子，头发也用水捋过，人就很精神的样子，满脸笑意地冲着两个人。厨房里出来一个人，端着菜来到桌前，他猛地想起，这是他那晚在刘主任家见过的韩君护士，韩君也老熟人似的和他打着招呼。他不解地看了眼刘主任，又看一眼身旁的李巧莲。刘主任就笑着看着刘刚说：你自己介绍一下吧。刘刚做了个鬼脸，拉着韩君的手道：我向二位介绍一下，这是我女朋友，韩君。韩君护士幸福地冲他们一笑道：你们坐，我去端菜了。

毕剑望了眼离去的韩君背影，又望了眼刘刚，刘刚做个鬼脸道：处长，还得谢谢你呢，不然我还不会认识韩护士呢。李巧莲显然已经明白了眼前的关系，她瞟了一眼毕剑，韩护士就是传说中自己的情敌了，现在当然已不是情敌关系了。她感激地望着刘刚，刘刚似乎已经读懂了她的目光，冲她道：巧莲姑娘，以后我可要叫你嫂子了。她爽快地应道：嗯哪。她已经被一股巨大的暖流包裹住了，前所未有地感到踏实和幸福。

那天晚上，毕剑喝多了。是刘刚和她把毕剑搀扶着回到了宿舍。两人把毕剑安顿到床上，刘刚就走了，他的脚步也跟跄了。她怕他吐，找了个盆放到床下，还把毛巾浸湿了，搭在他的头上。他睁开眼睛，迷迷怔怔地望着她，突然抓住她的手，叫了声：巧莲。她心一热，看着他。他还延续着酒桌上说得最多的那句话：咱们自己有国家了。她应和着他一边点头一边说：新中国成立了，今天是大喜的日子。他突然流出了眼泪,把她的手拉到自己眼前,最后让她的手贴到自己的脸上。

他想起了朱红,想起了牺牲的那些战友,他发自肺腑地哭了,他灵醒过来,发现巧莲正用毛巾为自己擦着满脸的泪水。他想起刘主任在酒桌上说过的话:巧莲是天下最好的姑娘,认识巧莲姑娘是你一生一世的福分。想到这,他用力地握着她的手,把她的手紧紧地贴在他的脸颊上。

深 潜

王守业静静地望着疲惫归来的许碧芬，这一切似乎在他的意料之内，又在意料之外。他们真实的关系，他是东北情报专员，中将职衔，她是他的电报员。论职衔，她是他的下级，他对她擅自离开可以追究为逃跑，临战脱逃，怎么定性都不为过。可他这么做还有什么意义，从她消失那天起，他做好了孤家寡人潜伏下去的准备，没料到，她却鬼使神差地又回来了。

她衣衫褴褛，满面灰尘地站在他的面前，他站起身，温和地说：你快去洗一洗吧。说完走到衣柜前，打开衣柜找出几件她的换洗衣服，她走了差不多有大半年了，她的东西仍原封不动地放在自己房间的柜子里。他又转过身：我去给你做饭。然后就一缕风似的从她身边消失了。

当她长久地站在淋浴头下，享受着久违的热水，她的眼泪夺眶而出，半年的奔波让她尝遍了人间的冷暖，哪怕有人给她半块馒头都会感动得热泪盈眶。此时，她不知为何而哭，是为了这热水，是为了老爷子对她的态度，她说不清，任由泪水伴着热水在脸颊上流过。不知在淋浴的蓬头下待了多久，她换好衣服，走到客厅里时，他为她准备的饭菜已经做好了，馒头稀饭还有两个炒菜，这一切对她来说都久违了。当她坐到饭桌前，拿起馒头和筷子时，泪水再一次涌出了眼眶。

他这时背过身去，立在饭桌的另一侧，他怪她走前没有征求他的意见，如果和他说实话，他就不会让她去冒这个险。在她离开的日子里，他也想过逃走，往南的线路他是不会去的，要走也得往西走，方向是重庆。他已在报纸电台看到了蒋委员长在南京失守前迁往重庆的消息，国民党的许多要员，也都从南京迁往了重庆。又想重复当年日本侵略中国时那样，南京失守后，把重庆当成了陪都。日本人虽然对重庆进行了狂轰滥炸，重庆仍然在国军手里。

蒋介石提出今日之重庆，再成为反共之中心的口号。果然，他综合所有消息来源，得知川陕甘边区绥靖公署主任胡宗南指挥的十四个军布防于秦岭、汉中、川北一线。川湘鄂边区绥靖公署主任宋希濂的两个兵团布防于巴东、恩施、咸丰一带。他搞了十几年情报收集工作，从零散碎片的信息中他勾勒出蒋委员长手里的最后两支部队的力量。在南京没有失守前，他仍能看到国军的一丝希望，那会，国家的实力还在。当他得知南京失守的消息后，便断定，整个西南沦陷只是时间的问题。军心散了，国军大势已去，早在两年前，他就听说过，蒋委员长在台湾岛构筑自己的老巢，许多达官显贵，在一年前已通过各种渠道飞往台湾了。一张通往台湾的机票，据说已被炒到了五十两黄金。当初把妻子和孩子撤到上海时，他也动过把老婆孩子转移到台湾岛的想法，后来，他又否定了自己的想法。如果那样，也许他们真的就天各一方了。他庆幸自己在上海还留有一个小巢。那会，日本投降后，许多潜伏在南京上海的国军情报人员都购置了房产，原以为自此天下太平，可以享受歌舞升平的生活了。他没想到的是，南京和上海失守得这么快，墙倒众人推，国军大势已去，神仙也无法挽回局面了。他现在逃到重庆又如何，落入到国防部手里，他就是个逃兵。在许碧芬离开那段时间里，他偷偷潜入到城北的小院里，这之前也是王守业的宅院，王守业的案子是他亲自审的，他当时的私心就是从王守业这个老油条身上榨出最后一滴油水。果然，王守业不仅把东亚商贸公司拱手送出，还有南城北城这两套宅院，以为就此能换取自己的性命。他不仅暗自得到了两处宅院和一个东亚商贸公司的小楼，还有王守业的几百公斤的黄金，起初他自己经手王守业夫妻的案子，是为了从他们身上榨出油水，后来，才发现还可以利用他们的身份进行潜伏。处决王守业夫妇时，他是秘密进行的。王守业夫妇二人消失了，他把这一切都继承过来，包括地契金条。

办王守业这个案子时，他是费了不少心思的，王守业是做军火生意的，又是在地下，结交了许多黑道白道的人，交过朋友也得罪过人。北至哈尔滨，往西到关内的承德，整个"满洲国"都有他的生意往来。王守业知道自己的生意是见不得光亮的，总是神出鬼没，虽然他在沈阳购置了两处宅院，但几乎没有在此处住过。即便在城里住宾馆，也是打一枪换一个地方。不仅政府视他为敌，许多黑道白道上的人，也都在算计着他。不论什么朝代，只要不是光明正大地挣钱，都不会安生。抓王守业时，他布控了半年有余，才把王守业夫妇抓捕归案。

他了解了王守业这一点，才敢冒名顶替他安心潜下来，现在他在沈阳城里是名合法的公民。这么想过之后，觉得逃到任何地方，也许都不如就地隐藏来得安全。他要在这里把根扎下去，要像正常人一样地去生活。他也做好了许碧芬不回来的打算。

两个月前，他把东亚商贸公司那栋小楼重新做了规划，一楼的库房，他改成了商店，东亚商贸公司的牌匾已经摘了下来，他挂上了城北商店的招牌。在沈阳生活了几年，他不仅了解了风土人情，甚至哪里有市场，从哪里进货，他也都一清二楚。货物是他亲自进的，还雇了两个店员，雇店员时，他也费了一番心思，首先要保证他们身份的清白。他不想给自己招惹麻烦，成立城北商店所有的手续也是他跑的。政府的人对他亲切和蔼，但还是例行公事地对他的身份进行了核查。他虽然外表淡定无比，心却是忐忑的，这是他第一次以王守业的身份出现在大庭广众面前，尤其和政府打交道，虽然带有几分危险，但他知道既然想在沈阳城内以王守业的名字生活下去，这一步他迟早要迈出去。好在有惊无险，政府很快给他出具了更改公司的文件。他拿到这份文件时，心里才踏实下来。

办完这一切，他一身轻松了，从此，他就是名正言顺的王守业了。城北商店的老板。这里的百姓不认识他，他现在有些庆幸那些潜伏特务也没有人知道他就是老爷子。即便和他脸熟的一些人，只知道他是顾问团的参谋。召开特务公审大会时，他去了，躲在人群中远远的地方，听着政府宣读那些潜伏特务人员名单和刑期。手里有人命的就地正法了，没人命的那些，有的被判了十年以上徒刑，还有情节轻的，当场释放，发了路费，打发回了老家。那些和他脸熟的人，都是核心骨干，无一例外地都被判了十年以上徒刑。十几年以后，世界又会是什么样子，他预判不到，沧海桑田，也许早就认不出他来了。他现在出入各种场合，都一遍遍地告诉自己：我是王守业了，是城北商店的老板。这么想过，心里便一片坦然。

昔日的赵静茹如今的许碧芬在他的意料之中，又是意料之外地回来了。她消失之后，他就设想过两种结局，如果她真的逃到了南京，凭她父亲的关系，可以把她带到台湾，也能带去重庆，甚至把她的逃兵身份洗白。他相信赵守方的能力，别看只是个少将。虽然陈果夫和陈立夫哥俩已在蒋委员长面前失宠，下野后在莫干山上逍遥自在，搭救原中统内嫡系自然不会费太多周折。仅凭她的父亲失守徐州，逃到了南京，不仅没受到一丝半毫的处分，职位还由少将升为中将，就可以看出当年中统的嫡系并没有失宠，陈家二兄弟的关系影响力还在。如果她真的成功逃到南京，在他这里便是失踪人口。第二种可能，就是现在这个样子，他要让她承认眼前的现实，让她知道，她再也不是赵静茹了，她就是许碧芬。如果做不到这一点，她就成了他安全深潜在沈阳的最大隐患。这么想过，他突然转过身，目光犀利地望向了她。正在大口吃喝的她，看到他的目光，一口馒头噎在了嗓子眼。

他终于说话了，和之前判若两人：你擅自脱逃，我不再追究了。

噎在嗓子眼里的那口馒头慢慢滑落下去。

他压低声音却严厉无比地：记住，你是许碧芬。赵静茹已经死了。

她望着他，一时有些恍惚，在寻找父亲和李少秋的一路上，她曾想过自己和老爷子的关系。他是她潜伏的长官，直到潜伏下来，她才知道他就是大名鼎鼎的老爷子。平时她都和二处长官打交道，顾问团的人她几乎都没见过。他对她来说是陌生的。她开始后悔没有在最后一刻向父亲求救，也许她求了，父亲真的会把她调离沈阳，让她去南京，也许此时正和李少秋在一起。可现在后悔已经晚了，南京解放了，她不知父母和李少秋去了何处。自己这一生一世是否还能和他们相见。一想到这，就想哭。

从长江边回来的一路上，她从车窗里向南京方向眺望着，那里的战争早已平息，只有笼罩在城市上空的一层云霭在浮动着。她看不到南京，但能想到南京城里的样子，一如陷落的沈阳。李少秋是不是也在凄风苦雨里四处躲藏着，他会想起远在沈阳的她吗，这么想了，泪水就浸湿了眼眶。当她再次走进沈阳城南这个小院时，她已经心灰意冷了。一路上她想过死，且还想过多种死法，不论是哪种死法都不令她满意，过程一定痛苦，且死相难看。她在车窗的光影里模糊地看着自己，一张年轻的脸，虽然疲惫不堪，眼神中却透露着对生命的渴求。

王守业的话让她回到了现实，她走回这个小院时就想过要面对现实，可现实真的降临到自己面前时，她还是无所适从。

在沈阳潜伏半年来，虽然周边是无尽的恐惧，那会，她还有幻想，想象着有朝一日反攻胜利了，东北的天下又是国军的了。眼见着那些潜伏的同行相继被捕，甚至都没发出最后的求救。召开特务公审大会那天，王守业带着她站在人群里，远远地看着公审台上那些既熟悉又陌生的面孔，她竟有了无边的恐惧，仿佛站在台上被公审的不是同伙而是自己。她手脚冰冷，大脑一片空白。

她想到进监狱和死刑，心里便一阵阵发冷，求生的欲望便占据了上风。她知道自己此时的身份是个活死人。真的许碧芬已经死了，有时一想到死去的许碧芬她就会从梦里醒来。虽然她没见过死去的许碧芬，但她知道她肯定是冤魂孤鬼。许多次从梦中醒来，便久久不能入睡，想象着死去的许碧芬的样貌，恐惧在黑暗中包裹了她。

王守业转过身坐在了她的对面，面目由狰狞变得舒缓了下来，背靠在椅背上，声音里又多了无奈无助：南京失守了，蒋委员长和国防部迁到重庆去了。他说到这还闭上了眼睛，半晌，又睁开，目光中流露出更多的无助：党国气数已尽，西南也守不住了，真想逃命只有一条路，就是去台湾。

她不是个野心家，更不是个战略家，她只关心自己的父母还有李少秋，他们是战死在南京了，还是逃到重庆去了。这是她从南京解放后一直想着的问题。

王守业掏出支烟点燃，吐口烟雾，那烟雾似乎是他们曾经有过的盼头，瞬间就消失在空气里了。他无力地说：我们现在去不了台湾，但我们得活下去，就是党国退守到台湾，还会有翻盘的机会，美国不能不管我们。只要美国人出手，我们就还有机会。说到这，又盯住她的眼睛：我们要等待时机，首先我们得安全地活下去。

他把半截烟狠狠地摁灭在烟灰缸里，似下了最后某种决心：从现在起，你要把以前的一切都忘掉。我是王守业你就是许碧芬。不管以后我们胜利的希望有多大，我们都要活下去。

她在小院的家里一连昏睡了三天，几个月奔波寻找的疲惫似乎一股脑地钻到了她的身体里。她昏昏沉沉地睡着，似乎没有了意识，没有了身体，在三天时间里，她不记得自己吃没吃过饭，去没去过洗手间。

第四天早晨，她终于醒了过来。

王守业推开她的房门，命令道：我找了个用人，叫周妈。她一会就到，以后咱们的生活就由周妈来照料。

说完他退到门口，又想起什么似的说：一会我带你去城北商店，以后你负责账目。她昏昏沉沉地望着他，意识一点点回到体内。

他离开了，在客厅里又冲她说：起来把被褥拿到我房间去。

以前有人上门他都会吩咐她把自己的被褥搬到他的房间去，把自己的房间收拾得就像没住过人似的那么干净。周妈要来，当然不能让外人发现他们的真实状态。三天的昏睡，她的头脑又清晰起来。

傍晚擦黑时，她和王守业回到了城南的家里，推开院门，客厅的灯已点亮。走进屋门时，一位五十出头的女人在厨房忙碌着，客厅的桌上已做好了两道菜，正诱人地散发着菜香。这个女人一定是周妈了。她这么想。周妈又把一道做好的菜端过来，手在围裙上抹擦了两下冲她微笑着道：王太太好。显然，周妈在叫她，这种陌生的称谓让她一时没反应过来，她的目光寻找到了王守业的目光。王守业正盯着她。她意识过来，忙冲周妈笑笑，应了声：周妈好。

周妈抿着嘴又奔到厨房里忙碌了起来。

两人吃饭，周妈一个人躲到厨房里。他们放下碗筷时，周妈又不失时机地出现在他们眼前，手脚麻利地把碗筷收拾下去。

他小声地冲她说：周妈，以前在饭店做过事。

他打开收音机，一边听着新华社播报的新闻，一边打开从外面买回的几张报纸来读。

她没事可做，习惯地走回到自己的房间，房间里干干净净，显然被周妈打扫过了。她拧过头，看到了王守业的房间，两床被褥也被整整齐齐地叠过了，肩并肩地摆放在床上。此刻，她盼着周妈早点离开，家里没有外人了，她才会松弛下来。

周妈这时把两盆洗脚水已经打好，摆放在沙发脚下，招呼着道：先生、太太，洗脚了。

王守业已经把袜子脱去，脚放到盆里，很享受地发出嗞哈的声音。她迟疑着，周妈垂手立在客厅内又催促道：太太，快烫烫脚吧，晚了，水就凉了。她只能硬着头皮，生疏地走过去，和王守业肩并肩地坐在沙发上，正如床上那两床肩并肩摆在一起的被子。王守业的目光仍没离开报纸，她只能把脚放下，下意识地嘴里也发出咝哈的声音。

他们洗过了脚，周妈又收拾了一遍，待一切妥当了，周妈走到门口，冲两人道：先生、太太晚安。便退到门处，轻轻关上门。门被关上那一刻，她才放松下来，懈怠似的瘫在沙发上。

王守业又起身出门，把院门插上，回到屋内又检查了下内屋门的门闩，自从住到这个小院后，王守业每天临睡前，都会这么检查一遍。

她从他的房间里抱过自己的被子正要往自己的房间走，王守业用身体挡住了她的去路，她吃惊地望着他。他从她手里把她怀里的被子夺下，烦躁地说：你要想活下去，就要把以前的一切都忘掉，现在你的身份是王太太。

她不明就里地望着他，他又把她的被褥放到他的床上。他直起身，走到客厅，找到开关把灯熄掉，只有他的卧室里一盏台灯亮着了。他向床边一步步走过去。她抱着肩膀看着走过来的他，又想起他说过的话：想活下去就要把过去的一切都忘掉。泪悄无声息地从她脸颊上流过。

自 首

　　身在抚顺的李江和刘芍药的孩子出生了，时间恰巧是 1949 年的 10 月 1 日傍晚，产房外的大街上早已是鞭炮齐鸣锣鼓喧天了。随着一声婴儿的啼哭，他们的孩子降临到了人间。刘芍药从疼痛中缓过来，看着眼前出生的儿子，她冲守在床前的李江说：孩子就叫建国吧。让他记住，是建国这天生的。李江重重地把头点了，却心事重重的。

　　两人逃到抚顺已经大半年的时间了，一切竟出乎意料地顺利，比预想的还要好。他现在是抚顺煤矿厂办的文书，天天坐在办公室里，每月的薪水足额足份地发放到手里，让一家人吃喝无忧。不知为什么，心里却隐隐地不踏实。只要有风吹草动，他的神经就会绷起来。前几天，在煤矿里又发现了几个国民党逃兵，在抚顺解放前，这些人从队伍上开了小差，通过熟人介绍到此处，以为每日下矿就不被人发现，但还是被人举报出来。矿上的马主任便安排人把这些逃兵押送到市军管会接受处理。

市内也有零星的一些潜伏下来的敌特人员被挖出来，被军人押解着关到牢房里，虽然他没看见，但传得有鼻子有眼，人们私下里都在议论纷纷，新社会终于来了，众人有理由痛恨一切破坏新社会的特务分子。大家当然知道，这些潜伏的特务就是破坏新中国的，所有人都痛恨这些特务。为特务被捕而欢呼雀跃。

　　李江每次听到人们议论，心便七上八下的。似乎那些被抓到的特务逃兵，不是别人而是自己，表面上他还要装成若无其事，事不关己的样子。但只要有陌生人或军人的身影出现在煤矿上，他都会紧张上一阵子。

　　从沈阳到抚顺，原本以为把自己名字改了，李银河变成了李江就万事大吉了，随着时间的推移，他才真正意识到危险远远没有过去。从他在锦州被俘，到从沈阳城北的寺庙里逃跑，他从没有盼望过国军有一天会杀回来，他是逃兵，无论在什么队伍里都不是光彩的行为。他也想过，要是没有芍药他会怎样，是芍药让他有了归属感，芍药也对他百依百顺，他们互相成就了对方。对他处境的担忧，芍药心里也是有数的，别人不知道他们的过去，他们自己知道。自从来到抚顺，芍药也谨慎着，每天送走他去上班，尽量大门不出二门不迈，在抚顺没人会认识她了，完全可以抬起头来重新做人。她现在小心的不是自己，而是李江。嫁鸡随鸡，嫁狗随狗，他现在是她的男人，是一家的顶梁柱，况且又有了孩子，她不希望李江有什么事端。

　　李江自然也生活得谨小慎微，他在心里无数次祈祷过，让自己平安。老家在山东滨海的小渔村，父亲是渔民，每次出海前，都会祈祷，让上帝保佑他们风调雨顺。小时候有传教士来到他们滨海，不仅修了教堂，还建了所教会学校。他就是在那所教会学校里读了几年书，也学会了祈祷，知道了上帝。他在教会学校一边识字，一边读圣经，如果父亲不发生意外，他的生活也许是另外一个样子。父亲再一次出海时，便再也没有回来。那会小小的渔村每年都有男人出海再也回不来了，父亲不在了，小小年纪的他便跟着大人们出海了。十八岁那一年，来了支队伍，几个同乡连同他被拉到了队伍上，因为他读过几年书的原因，才被送到杭州电讯班去培训，也是因为自己从事电台工作才没有战死。和他一起来到队伍上的同乡，是死是活他并不知晓。起初他并不相信上帝的存在，直到有一天他认识了芍药，在沈阳居然碰到了同乡，而且他很快动了把她赎出去的念头。自从有了芍药后，他的心思便改变了，就想过一个平凡人的日子。有了这心思，才有了以后发生的事。

如今，上帝又赐给了他一个儿子，他一直认为这是上帝的旨意，让这个天使来到他的身边，是上帝对他的拯救。他感恩上帝对他的宽恕。芍药为孩子起名叫建国，他为孩子取了个小名叫摩西。在圣经里摩西是上帝的孩子，他希望上帝也能够垂青他的孩子。

看着眼前平安无恙的芍药还有那个叫建国的儿子，他真想当牛做马奉献自己。自从建国生下来后，他便开始跑前忙后地照料着芍药和建国。每天上班前，他不仅为芍药做好了早饭，中午饭也做好了，温在锅里。出门前还把家里收拾了，又是千叮万嘱地交代芍药一应事项，然后一步三回头地离开家门。傍晚下班时，他已经在外面买好了菜，回家便张罗着做饭，娘俩吃饭时，他抽空又把建国的尿布拿出门外去洗。有许多次，芍药在他回来前，把尿布洗了，他见了便发脾气道：天这么冷，你还坐月子，以后落下毛病怎么办。直到芍药答应他再也不洗那些尿布为止。他为这个家奋不顾身的样子，时常感动得芍药泪水涟涟。她心里没装着上帝，便冲头顶上的空气喊：老天爷呀，我这上辈子是哪里修来的福气，让我遇到了李银河。话说出来了，自然知道说错了话，一边佯装掌自己的嘴，一边呸呸道：是李江。

他虽然叫李江了，但他却从来没有忘记李银河的身份。为自己曾经的身份而感到寝食难安。他之所以如此用心又尽心尽力地照顾娘俩，他一直有种危机感，说不定某一天，自己也会像那些逃兵和潜伏的特务一样，被人举报出来，然后被人带走，便再也见不到娘俩了。每次离开家门时，他都要认真地把芍药和建国看了，并努力把他们最后的样子记在心里。每一次告别他都当成了诀别。建国已经满月了，芍药也能下地干一些家务了，总会在他下班前，把家里收拾干净，并把饭菜做好，就像生孩子前一样，她在等他回来。他又冲她发火，怪她不爱惜自己的身体。两人都想着对方，唯恐对方受累。每天，他把娘俩安顿睡下，自己躲在没人的地方，虔诚地又一次向上帝忏悔祈祷。

有一次，矿上的马主任去市里的军管会开会，带来了几份文件，回来后，把文件交给他让他分类收好，其中有一份文件让他心惊肉跳，陷入恐惧中不能自拔。那是一份市军管会关于《深挖一切危险分子，平安建设新社会》的文件。文件中列举了几类危险分子，其中有一项就是潜藏在社会各个角落的前军职人员。文字落入到他的眼里，就像一颗颗子弹击中在了他的心里。他就是这类人员的一分子。看着那份文件，他呆怔了许久，后悔当初被国民党军队抓来当兵，可世上没有后悔药，命运并不掌握在自己手中。

一天晚上，他做梦，梦见自己在矿上上班，突然闯入几个军人，指着他道：你就是潜伏特务，跟我们走。然后他五花大绑地被捆住，带了出去……他从梦中惊醒，浑身都是冷汗，虚脱似的喘息着。身边的芍药也醒了过来，含混着问：你做梦了？他久久都没从这种惊愕中缓过神来。他把灯打开，看着芍药，又看到躺在褓褓中的建国，这才长缓一口气。从那天开始，他总是会不停地做噩梦，惊惊乍乍地从梦中醒来。每次，都会把芍药惊醒，芍药把头探到他眼前，心疼地说：当家的，怎么了，是不是身体不舒服。要不，明天找白半仙抓几副汤药喝一喝。白半仙是矿上的一名郎中，附近的人身子有个大病小灾的都会找白半仙去看。他在暗夜里摇摇头，他知道自己的心病是因为什么。每次从噩梦中醒来，都会在心里祷告。

久了，身体便开始消瘦，人也变得没精打采的。女人便心疼地默默看着他，孩子睡着时，女人就劝慰他道：当家的，别担心上火，咱们从沈阳来的，不会有人知道咱们的过去。芍药不想把话说得太明白，只能含蓄地劝慰着他。他的灵魂就像出窍了，不知他听没听到她的劝慰，两眼发直地盯着屋内的一个角落，久久回不过神来。自从男人多了心事，芍药也开始睡不着了，经常大睁着眼睛望着天棚，想着自己的身世和眼下的日子，禁不住泪水又流了出来。她独自抽泣着，她说着安慰他的话，其实是在安慰着自己。他也没能入睡，一闭上眼睛，就会想起梦中可怕的场景。他见女人没有睡着，便拉过她的手道：万一我哪一天回不来了，你就带着建国回沈阳吧。那还有咱们的住处。她听了，紧紧地把他抱住，两人便把泪流到了一处。她在他怀里喃喃道：我哪也不去，只想和你在一起。他叹息了一声，自己又何尝不想和自己的女人平平静静地过日子呢。

又过了几天，他的样子越发地恍惚了，吃饭时无滋无味地喝了半碗粥，放下筷子，有气无力地盯着她说：这日子不能再这么过了，我要去自首。

她听了，身子抖了一下，惊呆了似的望着他。

他低下头：我想过了，我想过了，只有自首心才会变得安静。我每天都向上帝祷告，可依然治不了心病，看来这是上帝的旨意了。

她一边流泪一边说：真的没有别的法子了吗？

他摇摇头，样子似乎要哭出来：只有自首才是最好的忏悔。

她起身扑在他的怀里。他一边抱紧她，一边交代道：不论我是什么结果，你都要回沈阳，院子里从东面数第三块地砖下有一根金条，够你们娘俩生活一阵子了。以后我不在了，你要带好建国，告诉孩子，他爸是个罪人。

说到这，他推开她，用力地看眼她，又看眼炕上仍在睡梦中的儿子，转身向外走去，她凄厉地喊了一声：当家的，真的没有别的办法了吗？他身子摇晃一下，扶住门框，又立住身子，回了一下头，凄然地说：芍药，我拖累了你和孩子，对不起你们。他说完这句话，没再停留，大步向门外走去。她哑着声音又喊了一声：当家的……

毕剑得到李银河自首的消息，带着刘刚从沈阳赶来，在审讯室里见到了他。

李银河很快认出了眼前的两个人，此时，他很平静，终于找到了归路。他先是歉然地一笑，冲两人深鞠一躬道：二位对不起，我不该逃跑，要是能戴罪立功该多好。

毕剑对李银河落网并不意外，在见李银河之前，他已经看过讯问笔录，他只是一个落网的逃兵而已。他关心的是找到老爷子的下落。在沈阳落网的那些特务，他无一例外地都审问过，只怪老爷子藏得太深，甚至没人能说清老爷子是谁。果然，他从李银河这个连个潜伏编号都没有的逃兵嘴里，依然一无所获。他和刘刚只成了李银河逃跑的证人。两人来抚顺前已经预感到了这样的结果，是他们不想放过任何获得关于老爷子消息的机会。

不久，李银河还是被抚顺市政府宣判了，因为他的经历和自首情节，被从轻发落了，判处有期徒刑三年。在所有落网的特务中，他是刑期最短的一个。服刑前，芍药见到了他，此时的李银河气色好多了，心里一块石头落地，人便坦然了。见到芍药时，一副心平气和的样子。他还冲她笑了笑，又掀开襁褓看了眼儿子建国，此时，建国醒了，正睁着一双乌黑的眼睛看着他。儿子突然冲他笑了。他心想，真是上帝送给他的孩子。于是他心平气和地冲她说：三年不算长，你要是等我，我发誓回来一定和你好好过日子。

芍药还是哭了，她哭着说：当家的，我活着是你的人，死了是你的鬼。

他点了点头又道：回沈阳吧，三年后我回沈阳找你们娘俩。

她用力地点着头。

他望了眼窗外的阳光，虽然是冬天了，在他眼里阳光仍然很温暖。

同 行

　　刘刚和护士韩君相识两个月后，喜气洋洋地结婚了。婚礼就在公安局的会议室里举行的，由军管会刘副主任主持，会议室内外聚了很多看热闹的人。会议室里站不下，就站在楼道里。所有人就像自己结婚一样高兴，这些人都是从部队改编而来，以东北局社会部干部为骨干，还有从各部队抽调而来的精兵强将。一座城市解放了，建设和保卫这座城市便成了重中之重。几乎所有人都是大龄干部了，都到了成家立业的年龄。身边有人结婚，他们似乎也看到了希望，便由衷地高兴着。

　　刘副主任主持的婚礼简朴而又隆重，会议室的墙上悬挂着毛主席和朱老总的画像，两人胸前戴着红花，先是向画像上的两位领导人鞠躬，双方又相互鞠躬，然后把事前准备好的糖果分散给在座的每个人。众人在欢呼掌声后安静下来，接下来便是刘副主任对二位致祝词，刘副主任就说：现在是新社会了，我们的婚礼也要移风易俗，两位新人是在建设新社会中相识相爱,愿两个新人同心同德相爱相守,一起为了我们的新中国结婚、生娃……刘副主任还没有讲完,便被一阵又一阵的笑声和掌声打断了。刘副主任在婚礼上的讲话,在公安局流行了很长一段时间,"为了新中国结婚、生娃"这句话成了他们相互鼓励的话语,也是他们早日脱单的目标。自此,他们都有了奋斗目标,不论再苦再累,一想起刘副主任的讲话,人们便轻松了下来。

李巧莲很快和韩君成了姐妹,在两个月前,李巧莲还把韩君当成了情敌,甚至为这个还找过刘副主任。韩君和刘刚的婚礼她跑前忙后,比任何人都积极主动,为韩君选婚礼当天的穿戴,似乎在送自己出嫁。韩君是个孤儿,自小就在教会里长大,又到了教会医院做了一名护士,在沈阳她没什么亲人,婚礼后,韩君抓了把剩下的糖果揣在巧莲的兜里说:巧莲姐,等你和毕处长结婚时,我也帮你打扮。巧莲和毕剑的关系有了进展,似乎他已经接受了她,人前人后遇到公安局的人称她为嫂子时,他听到也一脸平静地接受了。两人吃饭时,不时有人推开门,探过头来道:嫂子做的菜闻着就香,隔着门都闻到了。说完便笑笑走了。她心里听得美滋滋的,去偷望毕剑时,两人的目光相碰在一起。

刘刚结婚那天,毕剑和刘刚喝多了。两个昔日的战友,就开始回忆过去曾经的燃情岁月,巧莲也是在那晚两人聊天中,知道了他们的过去。两人在胶东就一起搞地下工作,刘刚一直是他的交通员,一晃两人在一起已经有七八年时间了。刘刚见证了他和朱红的爱情。那时的刘刚还是个嘴上无毛的毛头小伙子，每次，给他传递情报时，要么在鱼市的摊位前，要么在杂货店里，把一张写有情报的小纸团偷偷塞给他。再由朱红通过电报把情报发送出去。朱红被捕到牺牲，刘刚比毕剑似乎还要悲痛，他随毕剑多次潜入到沈阳城内，寻找着他们的对手老爷子。虽然没有亲手抓到老爷子，但把东北剿总的情报网几乎一网打尽。先是哈尔滨的电台，接着就是牡丹江，吉林市，长春，几乎北满的情报网络都被他们一网打尽了。有一次还利用长春破获的敌人电台，给沈阳的老爷子发了一封电报，电报的内容他还记得，电报内容是毕剑亲手拟的：杀我同志者必诛之。他们想象不出老爷子接到这封电报时的样子，但当时很解气。部队进城后，敌人的潜伏人员一个又一个地落网，唯独老爷子神不知鬼不觉地消失了。

那天晚上，两人一直在喝酒，说着和老爷子打交道的话题，起初两个女人当故事地听，后来两个女人就凑在一起说起了悄悄话。韩君附在巧莲耳边道：巧莲姐，你咋和毕处长还不结婚？听刘刚说，你们都认识大半年了。

巧莲瞟了眼毕剑道：你没听他们说吗，毕剑以前的恋人朱红牺牲了，他还没有完全忘记。

韩君就安慰道：人死不能复生，心都是肉长的，你们在一起是早晚的事。

巧莲就任重道远地望着毕剑。

韩君又说：你不知道吧，当初刘主任是把我介绍给了毕处长，可他看不上我。说到这又看了眼刘刚道：毕处长不搭我这个茬，刘刚可没闲着，天天去我们医院，每天下班他都把我送回家。起初我不肯，他就吓唬我，沈阳刚解放，到处是特务，我就信他鬼话了，一来二去的，这不，就有了今天这样子。

说到这，韩君又补充道：男人也不一样，他不主动，你就主动。

巧莲再望两个男人时，两瓶酒几乎都快空了。

李巧莲便上前说：刘科长，今天是你和韩君大喜的日子，喝多了，喜酒可就变味了。

刘刚正说到一个战友在本溪被捕，那个战友是刘刚的上线，叫老温，两人刚说到悲情处，他们要共同为牺牲的老温喝一杯。这时，两个女人出面制止。

韩君已从刘刚手里夺过酒瓶子，刘刚欲过来夺，韩君把酒瓶子递给巧莲。刘刚站起身，摇晃着向巧莲走来，一边走一边说：嫂子，给我酒，今天我要和毕处长为牺牲的老温喝一杯。

巧莲眼见着刘刚走过来，还伸出了手，一着急把酒瓶子对准了自己的嘴，不管三七二十一地把剩下的酒都倒进了自己的嘴里。顿时把三个人看傻了，酒劲上头，果然胆子就大了许多，她踉踉跄跄地走过去，抓过毕剑的手，豪气地说：走，咱们回家。

毕剑被她踉踉跄跄地拉回到了自己的宿舍，两人轰然都倒在了床上。毕剑是真醉，她的脑子里半是清醒半是醉。她下定决心，今晚不走了。她倒在了他的怀里，她第一次这么近距离地望着毕剑，她死死抱住他，就像抱住了一个又一个离她而去的亲人。不知为什么，悲从心中生，她开始哭泣，一边哭一边诉说。说得天花的妹妹，然后又说到母亲，还有父亲，所有的亲人都离她而去了，她现在只有一个亲人了，那就是她眼前的毕剑，不知何时，她睡着了，睡前双手仍不忘记死死搂着他，唯恐再失去他。

巧莲第二天醒来时，发现身边是空的，屋里已不见了毕剑的踪影。她来不及多想，学生们还等她上课，她匆匆地梳洗完毕，便直奔学校了。

毕剑一大早就来到了烈士陵园朱红的墓前，此时的烈士陵园还没有规模，只零星地建起来一些烈士墓地。他坐在朱红墓前，此时，太阳正从东方露出一角，映照得半边天红彤彤的。他已经在这里坐了一会了。他在和朱红说话，从沈阳解放，又说到了刘主任和刘刚结婚，最后他说到了巧莲，他冲她说：巧莲是个好女人，吃过苦受过罪，我以前答应过你要照顾你一辈子，可惜我没有保护好你。说到这，泪水流了出来。他抽泣着道：你不在了，巧莲需要保护，更需要温暖，我要给她一个家，让她不再受苦。说完这些，他在朱红的墓前站了起来，抹去脸上的泪水。想起了什么似的道：对了，老爷子还没有抓到，我答应你，就是他跑到天边我也会把他抓到，为你为那些牺牲的战友报仇。他郑重地为朱红敬个礼。他看见她的墓前已经长起了草，在晨风中那些草在摇摆着，似乎朱红在向他招手。

他和巧莲的关系就是在那一晚发生逆转的。一个月后，又一个周末，他和巧莲结婚了。婚礼也是刘副主任主持的，仍然在公安局那间会议室里。简朴而又热闹。

很快，公安局的战友又有其他人相继结婚了，以前的光棍宿舍如今添了许多烟火气，每到傍晚时，公共厨房里聚集着几个女人，她们一边叽叽喳喳地说着话，一边做着饭。日子变得有滋有味起来。

一天正是上班时间，刘刚来到毕剑办公室，目光透过窗子向外面望着道：处长，东亚商贸公司改成城北商店了。

毕剑站起身走到窗前，在自己办公室望不到那栋小楼的正面，只能看到侧面。

刘刚就又说：今早路过我才发现，挂在门前的牌子换了。

刚解放的沈阳城每天都在发生着变化，一个公司变成商店也算不上新闻，但对他们来说却不一样。两人进城就是潜伏在这里，抓了一个活口，是保密局沈阳站办公室的孟大同，此人作为潜伏特务已经落网了。

毕剑回过身冲刘刚道：走，咱们去看看那个老板何许人也，还得感谢人家呢。

两人一边说笑着一边走到昔日的东亚商贸公司，如今城北商店的小楼门前，院外的门敞开着，显然一楼已经过了改造，房间打通了，变成了大厅，大厅里摆放着货柜，里面有人影在攒动。两人一前一后地向里面走去，一个年轻小伙子站在柜台里看到进来的两个人，招呼道：同志，想买什么？刘刚挥了下手道：看一看。小伙子就露出恭迎的微笑。

毕剑一进门便看到有几个客人在柜台前挑选着商品。一位姑娘招呼着顾客，柜台一角有张桌子，桌子后面又坐了另外一个女人，年龄不大，穿着虽然朴素，却有些与众不同。毕剑用余光看见，坐在桌后那个女人在他们进门时，抬了一下头，很快地扫了一下他们。毕剑走到柜台前冲小伙子店员道：你们老板在吗，我们想见下你们老板。

小伙子目光扫向坐在桌后的女人，毕剑把目光跟过去，正看到那女人把头刚扭过去。小伙子收回目光，面露难色地:同志，你们是……?

刘刚就过来介绍道：我们是公安局的，这是我们毕剑处长。又指了下外面道：我们就在对面。

小伙子又笑了，露出一口整洁的牙齿。转过身，冲楼上喊：掌柜的，王掌柜，有公安局的人来找你。

王守业听到喊声时，正坐在楼上的经理室看报纸，昔日董事长办公室改成了经理室，宽大的写字台，考究的英式沙发，通透的窗子。他为自己暗度陈仓得意过。起初盯上王守业这栋小楼就想占为己有，没想到事情一步步走到现在，不仅小楼是他的了，王守业的身份也归他所有了。他为自己把商贸公司改成城北商店的决定暗自得意过。只有成为一个社会的正常人，对他来说才是越安全的。现在他是城北商店的经理，每天都要到办公室里坐坐，像所有经理一样，尽着自己的职责。

他听见伙计在楼下喊他，他听到公安局这几个字时，条件反射地从椅子上坐了起来，拉开抽屉，藏在里面的一支手枪便抓到手里，他撩开衣襟，把枪插到了腰上。他一边镇定着自己的情绪，一边向楼下走，当他转过墙角，手扶着楼梯把手向下望时，果然看见两个穿军装的人站在柜台前，正四处打量着。

他的脚步又迟滞了一下，他用肘碰了一下腰间的枪，还是硬着头皮走了下来。还没走到台阶下，便开口道：两位同志，欢迎呀。

毕剑和刘刚转过头时，看见一位四十岁左右，身穿长衫，鼻子上架着金丝眼镜的男人正隔着柜台向他们招手。两人脸上露出笑容，上前一步，王守业已经从柜台后走出来，毕剑伸出手道：王老板，打扰了。王守业一边伸手一边察言观色，嘴里说着：哪里，哪里。刘刚就介绍道：这位是我们的毕剑处长。

毕剑发现，王守业的手掌在自己手里突然僵硬了一下，脸上也掠过一丝不易察觉的表情，虽然只是短短的一瞬，但还是被毕剑捕捉到了。本来想说些感谢的话，此时，他马上改变话题道：我记得以前这里是一家商贸公司呀。

王守业用手扶了扶鼻梁上的眼镜道：这位同志说得没错，解放前本人做过一些小小的贸易生意，现在解放了，大家安居乐业了，做商店可比做贸易更符合民意。

毕剑一边对眼前的男人察言观色，一边道：怎么称呼，王老板。

王守业马上做出谦逊表情道：哪里，哪里，叫我王守业就好，你们知道，做商店是小本生意。

王守业似乎又想起什么，冲坐在桌后的那个女人喊：碧芬，来见见两位公安局的同志。

叫碧芬的女人从桌后站起来，表情并没有大的变化，走过来，冲两人欠了下身子道：二位同志好。

王守业就道：这位是我夫人，许碧芬，管商店账目。

刘刚就道:老板娘这么年轻,又这么漂亮,王老板有福气呀。

王守业做出微笑状。

毕剑冲两人点下头道:打扰了,我们就是路过。咱们是邻居,以后多走动。

说完伸出手,又和王守业的手握了一下,便挥手告辞了。

两位店员也一起喊:二位同志慢走。

出了门,毕剑就冲刘刚说:查一下两个人的背景。

刘刚也说:我也觉得有点不对劲,处长放心,咱们都有户籍登记。

毕剑见到王守业的那一瞬间,他就想到了老爷子。这种感觉完全是第六感,他们掌握的老爷子资料和背景,老爷子也是四十岁左右,描绘的样貌似乎和这个王老板有几分相像,可惜他们谁也没见过老爷子本人,甚至连他的真实姓名都不知道。握手那一瞬间,王守业的手在他掌心里微妙的变化,触动了他的神经,是在听到他名字那一瞬间。在情报战场上他们是对手,自己的名字老爷子自然是熟知的。但他只是一种感觉而已。就是这种感觉让他警惕起来。

在毕剑和刘刚走后,王守业便上楼了,许碧芬放下账本也跟到了楼上,王守业正立在窗前,背对着她。她随手把门关上,他回过头。许碧芬就说:他们是不是发现了我们什么?

他从窗前走到桌边,把腰里的枪掏出来,又放到了抽屉里。踱了两步道:原来他就是毕剑。

她也想起了什么似的追问一句:东北局社会部那个情报科

长就是他?

他点了下头。自从到了东北,毕剑的名字对他来说太熟悉了。先是哈尔滨电台被毕剑破获,然后是牡丹江,还有长春的电台。四平的第四次战役打响时,就是毕剑破获了一份他们增兵的情报,让他们足足损失了两个师。最后四平失守,还有长春解放,也是毕剑策反了他们的电台,让他们的计划完全成为泡影,结果长春不攻自破,一连串的关键失利,最后让国军对整个东北失守。从1945年的下半年就开始和这个对手较量,就连剿总司令卫立煌都咬牙切齿地说:共产党的情报能顶一个兵团。

作为国军情报高手,在这样的一个对手面前感到汗颜,无地自容,他以剿总的名义对毕剑下过悬赏令。赏金一涨再涨,可是仍然没有人能领到赏金。他们费了九牛二虎之力,只把他的未婚妻一个叫朱红的女子抓捕了。朱红被捕之后,他本想利用朱红诱捕毕剑,他软硬兼施什么招都用上了,他的最后计划还是落空了。最后他只能把朱红秘密杀害了。

几年的交手下来,他一直没有占到便宜,布置在东北的情报网络被毕剑全部摧毁。他从军统又到保密局,从南京到重庆,又从重庆到上海,他一直是戴笠和毛人凤得意的干将。他一路升迁,最后成了国防部驻东北剿总的特派员,他只是个影子,为了隐藏自己,所有下达给二处和保密局沈阳站的命令都是以剿总名义下达的。本想借助这个势头一路升迁,没想到来到东北才三年,东北便成了共产党天下。然后又是整个江南,他只得到了一张东北情报专员的空头支票。现在没人会想到他,他也联系不上台湾。

他被遗弃了，只能自救了。他不知，先期转移到上海的妻子和孩子命运会怎样，国军把他当成了一个小卒子丢在了沈阳，自己的老婆孩子他们又怎么会管。上海落到了共产党的手里，此时，自己的老婆孩子是死是活只有老天知道了。

如今，毕剑又找上门，他脑子里快速梳理了一番从到东北又到潜伏下来的每一个细节，自认为做得也算天衣无缝了。这是他从事情报工作以来，到目前为止，还算是满意的一件事。他安定了自己的心绪，盯着许碧芬说：我们现在是在最危险的地方，也是最安全的地方。

她只能无助地望着眼前这个男人，此时她知道自己的命运已和眼前这个男人系在了一起。从最初接到潜伏命令那一刻，就已经注定了。

徐 州

刘刚把王守业的档案找来了，放到毕剑面前。

档案上显示，民国二十八年也就是 1939 年，王守业由江苏南通来到了沈阳，民国三十四年与许碧芬结婚，两人年龄相差十五岁。

档案是真实的，不仅标明年月日，还有当年伪警署经手人签字盖章。似乎在这份档案里看不出什么破绽，从外表上看，年纪也大约对得上。

毕剑把王守业的档案又递到刘刚手上，仰靠在椅背上道：难道我的感觉是错的？刘刚把那份档案夹在腋下道：不管他是真是假，反正王守业也跑不了，现在是新社会了，海南岛马上就要解放了，台湾估计也不会远了。

刘刚说这话时，1950 年的春节已经临近了。

毕剑决定，利用春节的假期去一趟徐州，他是为了完成巧莲的心愿。

他们先是坐火车到了北京，又转车到达了济南，又辗转着坐长途车终于到达了徐州。这是巧莲在新婚之夜向他提出的唯一请求，他们的相识是巧莲为了寻找自己的妹妹。当她提出这份请求时，他望着她那幸福的面庞问：你嫁给我不是为了找妹妹吧？她先是摇了头，又点了头，她渴求地望着他道：我父母不在了，妹妹要是还在，她就是我在这世界上唯一的亲人了。若是不在，我也就死心了。当初认识你是为了找妹妹，可我找来找去，却找到了你。她伏在他的怀里。他发现她的脸火热滚烫。

新婚之夜的第二天早晨，天刚蒙蒙亮毕剑就醒来了，他看着躺在身旁的巧莲，她此时仍然在梦乡之中，她的嘴角仍挂着幸福的笑容。关于男人的责任，就是在这个黎明时分喷薄而出，他现在是个有家的人了，躺在身边的女人就是他的妻子了。以前他和朱红畅想过未来，新中国成立就是他们成家之时，那时，他们不知道新中国会是个什么样子。新中国终于来了，朱红却已经不在了，然而命运让他拥有了巧莲。

他下定决心，陪巧莲到徐州走一趟，现在他不是一个人了，巧莲的心事就是自己的心事。

两人从长途车上下来，巧莲眼泪差点流下来，她的心里觉得离自己的妹妹很近了，她一边大口呼吸着徐州城内的空气，一边东瞧西望。在她眼里这是妹妹生活的城市，似乎妹妹已近在眼前。

二十年前，那年她五岁，妹妹三岁，父母带着出天花的妹妹在徐州城里求医问药，只因他们身上已无分文，妹妹一次又一次被人家从医院和诊所里赶出来。走投无路的父亲，带着一家人来到郊外，跪倒在一个十字路口……

一个军人的出现，就此改变了妹妹的命运，她只记得那个军人瘦瘦高高，最后从吉普车里还下来一个穿旗袍的女人，也认真地把妹妹看了。两人嘀咕一会，后来就是那个瘦高个子军人做出了把妹妹带走的决定。妹妹被抱走了，进到车里，那辆车开走了，在路上腾起一阵烟雾，呆怔的她才缓过神来，她冲着车的方向跑去。一边跑着，一边呼喊着：桂莲……还我妹妹……是父亲拦腰把她抱住。她倚在父亲的肩头抽泣着哭喊着。不知何时，她在父亲的肩头上睡着了，等她醒来时，看见父亲的泪水仍在流着。这是她五岁的记忆。是撕心裂肺的经历，她深深地记住了。在以后的岁月中，她无数次想过和妹妹分离时的场面。父亲又何尝忘记过妹妹呢，父亲去世前，还在为寻找妹妹做着最后的努力。只身一人来到了徐州，那会她还在女子师范学校读书。她已经大了，每次父亲去徐州寻找妹妹，她都对父亲寄予希望。希望父亲能把妹妹鲜活地带回来，即便妹妹回不来，也会带来关于妹妹的有关信息。可是父亲回来了，却什么也没带回来，父亲后来断续地说，徐州那么多兵营，人家压根就不让他进去。父亲说不出当年那个军官的名字，他又如何能找到妹妹。父亲从徐州回来之后，心事就更重了，身体便也一天不如一天了……父亲临去世之前，仍拉着她的手，嘱咐一定要找到妹妹的下落。

毕剑找到徐州的军管会，因为是大年初一，只有一个值班干部。毕剑拿出了介绍信，那位值班的同志热情地把他们安排在一家招待所里。说是等到第二天上班，才能见到相关工作人员。

第二天上班，徐州市公安局一位王姓的副局长招待了他们。大半年前，毕剑以沈阳市公安局的名义发出的寻人启事，就是这位王副局长处理的,他还有印象。巧莲当着这位王副局长的面，又复述了一遍当年把妹妹送出去的经历，还描绘了那个军人的模样。王副局长一边笑着一边摇头道：这是二十多年前的事了，徐州的驻军换过几茬了，谁敢保证抱走你妹妹的军官还在不在了。最后一批国民党守军，少将以上的军官都撤到南京去了，南京解放后一部分人去了台湾，剩下的人都做了俘虏。要是那个军人做了俘虏找起来还有希望，要是去台湾……王副局长说到这就一边摇头一边叹息了。

毕剑是军人出身，又是一直在搞情报工作，自然知道寻找二十多年前的一位军人的难度，就像在大海中寻找一粒水滴那么艰难，况且现在已经改朝换代了。

最后，在毕剑的要求下，王副局长派了一辆车，拉着他们在徐州以前驻军的兵营地方转了转。徐州历来是兵家必争之地，留下了许多兵营。解放后，一部分改成了新政府办公场所，还有一部分变成了我军的驻地，其他的还在闲置着。

每到一处昔日的军营，毕剑都让司机把车停下来，陪着巧莲从车上下来。巧莲似觉得每一处兵营里都有妹妹的足迹和身影，似乎妹妹仍在这个兵营里的某个角落，她大声地喊着：桂莲妹妹，你在哪呀，姐姐巧莲来看你了。

一声声呼喊，让毕剑心里也一紧一抽的，有几次，他也陪着巧莲一起流泪。走完了所有徐州昔日的兵营，为的就是了却巧莲对妹妹的相思，然后又做了一个决定，要到徐州内的医院里寻找线索。巧莲的妹妹得了天花，不能不到医院里来看病，虽然二十年前已经很遥远了，但也比在兵营里寻找要有希望一些。

　　接下来，他带着巧莲又开始到各种医院寻找，从大医院到各种诊所，专门找能治天花的大夫打听。最后，他们在城东的一家中医诊所里，打听到一点线索。那个老中医姓袁，已有七十出头的样子，耳有些背，但记忆力似乎还好，他有祖传专治天花的秘方，他回忆起二十年前有个团长带着三岁左右的孩子来看过天花。袁老中医说：那孩子快不行了，到我这来时，都没有脉象了。但还是治好了。他记得那个军官到他这里抓过几服药。小女孩被救活了，后来那个团长为了感谢他的救命之恩，托人做了块匾。至今那块匾还在诊所里放着。袁老中医带他们来到后院的库房里，在一堆杂物里果然找到了那块匾，落满了灰尘。毕剑把匾擦拭出来，匾上题着"悬壶济世"四个字。落款为：赵守方。时间是民国二十年。虽然，不敢确定二十年前看天花的小女孩就是巧莲的妹妹，但这却是他们最接近真实线索的一条消息了。巧莲见了那块匾，仿佛见到了自己的妹妹，她把那块匾抱在自己的怀里，抚摸着，仿佛它真的就是抱走妹妹那个军官所送的。

　　有了赵守方的名字查找起来就容易许多。王副局长拿出国民党部队人员花名册，赵守方是驻徐州少将，部队战败退守南京后，不降反升为中将。此时已去了台湾，也就意味着巧莲妹妹十有八九也去了台湾。

这是他们徐州之行得到的唯一有用的线索了。从此以后，巧莲经常喃喃自语道：妹妹一定还会活着。但现实的妹妹身在何方似乎已经不那么重要了。只要她坚信妹妹还活在这个世界上，便是她最大的幸福了。从此，她经常向南方遥望着，在她心里隔着一条海峡，有个叫台湾的岛子，那里有她的妹妹。这么遥望了，心里就多了份念想。

苟 活

许碧芬从南京江边回到沈阳，心已经死了。她觉得自己就
是个行尸走肉，只是苟活着而已。

当王守业把她的铺盖搬到他自己房间时，她也是麻木的，
仿佛搬的是别人的铺盖。她在这之前还幻想着，自己的父亲，
还有恋人李少秋会突然从天而降，出现在她身边，然后像传说
的侠客一样，在夜黑风高的一天把她带走，这一切都是她的梦
而已，此时，梦已经醒了。她知道父母一定去了台湾，那个李
少秋呢，或许已阵亡在战场上了。此时，她就像个孤儿被遗弃
在了这里。

恋人靠不住，然而自己的父母呢。长大以后她才知道，父
亲的老家在安徽蚌埠，读过私塾，后来便参了军。最早时，在
陈果夫的警卫队工作。北伐时，陈果夫被反军包围在一条巷子里，
警卫队一面拼死抵抗，一边寻找撤退的路线，是父亲最后背着
陈果夫冒着枪林弹雨逃离了一次血光之灾。从那以后，父亲便

成了陈果夫的警卫队长。北伐结束之后，陈果夫、陈立夫两兄弟便得到了蒋委员长的重用，也就是从那时起，父亲被派到了徐州，任了一名团长，其实暗地里的身份还是为中统的陈氏兄弟服务。

在她的记忆里，父亲的升迁很快，在她上小学那一年，父亲就已经是少将师长了，仍然驻守在徐州。抗战胜利之后，父亲又成了驻扎徐州的最高司令长官。那会，她已经来到东北了。

她十六岁离开徐州的家，在军统的电报特训班学习。那会一手创建中统的陈立夫和陈果夫已经失去了势力，确切地说，蒋介石不再信任兄弟二人了。中统的势力范围被军统所取代了。父亲是中统出身，陈家二兄弟失势，直接影响了父亲的晋升，因此，父亲希望她加入军统以后有个出息。没想到，便和父亲一别几年。和父母最后一次相见，是抗战胜利后，父亲的部队从河北又回到了徐州，她从南京也回到了徐州。没想到那次相见竟成了永别。几年没见，父母似乎苍老了许多，她已经从五十出头父亲的鬓边看到了白发。母亲也不再穿旗袍了，而换成了长衣长裤。在她儿时记忆里，母亲一直穿旗袍。父亲一直很瘦，永远都是细细高高的，一身军装穿在父亲身上总是显得风流倜傥，而母亲则丰腴饱满。十六岁之前，家境一直很好，父亲是徐州的最高司令长官，不论是军政要员，还是南京出差来的官员，都是家里的座上客。一时间，家里总是门庭若市，熙来攘往的生活让她的心气就很高。直到她在十三岁那一年，父母在卧室里的一次偷偷谈话被她无意中听到了，她的心绪从此便复杂了起来。

那是在她来过初潮不久的一天深夜，她肚子突然作痛，她从自己房间里爬起来，准备到父母的房间去找药。她知道家里有个药箱放在衣柜里，一家人有头痛脑热，母亲便会在药箱里找药。她来到父母门前，发现父母并没有睡着，两人在说话，说的是关于自己。

先是母亲说：当年要是要个男孩就好了，咱们老了也会有人帮一把。

父亲说：咱们找了几年，才碰到静茹，要不是她生天花，人家的亲生父母也不肯送咱们。

母亲叹口气：都怪我，我要是能生还费这么大劲干什么。

父亲又说：多少年的事了，别自责了，静茹我看挺机灵的，以后说不定能成就大事。

母亲又含混地说了句什么，便听父亲说：静茹都十三了，到咱家都十年了，已经和自己亲生的一样了。

父亲又小声地说了几句什么，便不再说了。虽然只是短短的几句话，她却听得惊心动魄。这是打开自己身世之谜的一次重要契机。她惊得顾不上肚子疼了，蹑手蹑脚回到自己的屋内，躺在床上，以前梦幻中的场景又浮现在她的眼前。梦幻的记忆里，她有个姐姐，姐姐总扎着一条红头绳，姐姐样貌早已模糊不清，唯有那条鲜艳的红头绳残存在她的记忆里。她多次在夜深人静的夜晚想起记忆中的那条红头绳。还有别处一些记忆，一张男人的脸，还有女人的脸，既熟悉又陌生地在她眼前晃动，似乎还有遮天蔽日的蝗虫，然后就是一条在太阳照耀下永远走不到尽头的黄土路。这些是隐藏在她记忆深处的片段记忆，像符号也像幻觉。恍恍惚惚的，似乎在她的梦里出现过。

若不是她偶然地在夜晚听到父母的对话，她不会相信若隐若现的记忆曾经是真实存在过的。也就是从那一晚开始，她知道自己不是父母亲生的，是她出了天花从自己亲生父母手里要来的。说到天花，她脖子后和胸前还留有浅浅的疤痕，母亲为她洗澡时，她曾经问过母亲，自己的疤痕是从哪来的。母亲曾开玩笑说：一只老鹰要来抱她，是老鹰的爪子留下的痕迹。她信了，从此睡觉时，总觉得有一只老鹰躲在窗外暗中偷窥着自己。

她还想起，自从懂事开始，母亲经常会看中医，有许多次看见郎中来到家里给母亲把脉，然后开药方。母亲经常喝中药，每次进家门都能闻到熟悉的中药味。有几次，母亲被郎中号脉时，她也在一旁凑热闹看稀奇，从郎中只言片语中，她听懂了一些，似乎母亲患的是妇科病，需不时地吃中药调理。母亲的身子总是很虚，总是病病歪歪的。从父母的言谈中，她知道母亲是父亲老家私塾先生的女儿，两人从小就在一起上课。后来父亲参军，回到徐州时，男大当婚的父亲就回老家娶了母亲。

在她的印象里，父母的感情一直很好，以前家里有个刘妈，在家里负责买菜做饭打扫卫生什么的。她记得自己是上小学四年级时，刘妈带来了一个十八九岁的大姑娘，她还记得这个姐姐送给她一块手帕。手帕上绣着两只鸳鸯。母亲陪着那个姐姐说话，姐姐很害羞的样子，低着头摆弄自己的辫梢。刘妈在一旁帮腔，夸姐姐多么能干，身体又好，能担一担水不歇气。一直等到傍晚父亲回来，母亲又拉着这位姐姐给父亲看。父亲似乎是从抽屉里拿出几块银元塞到刘妈手里，把刘妈和这位姑娘都打发走了。刘妈走到门口，还用衣襟去擦眼泪。

后来她才知道，那个姑娘是刘妈的女儿，母亲想为父亲讨一房小妾，却被父亲制止了。为了这个，父亲还训斥了母亲。从这一点，她感受到父亲一直深爱着母亲，母亲也爱着父亲。从那以后，母亲不再提为父亲找小妾的事了。刘妈走了，家里后来又来了一个李妈。日子又恢复到了以前的样子。

十三岁那一年，她知道了自己的身世。也就是在那一刻，她开始漫无边际地想亲生父母的事。还有记忆中那个扎着红头绳的姐姐又在哪里，他们是顺着那条永远也看不到尽头，闪着亮光的黄土路走远了吗？那条黄土路又通向何方？

她从沈阳出发，一直走到靠近南京的长江边，她体会到了路的漫长。凄风苦雨，无休无止的黄土路，那一瞬，似乎和三岁前的记忆连通在了一起，走不完的路，吃不完的苦。她不知亲生父母在哪里，是否还活在这个世界上，她无依无靠，她只能去找自己的养父养母，然而自己的恋人呢。李少秋先是在日本人手里救了她，从此两人相恋，他们躲在租界里，三天两头地变换着住处。租界外就是日本人的天下，他们靠租界为自己遮风挡雨，但这里并不是绝对安全，现在回想起来，那是她之前最浪漫也最幸福的一段时光。李少秋作为执行队的特工，腰里别着两把短枪，怀里还揣着匕首，穿着黑色的风衣，穿行在暗夜里。他总是神出鬼没，就像传说中的侠客，出其不意地来到自己身边，然后又在她的眼前消失在暗夜里。从那一刻开始，她觉得自己是安全的，不论遇到怎样的危险，只要想起李少秋，心便是踏实的。后来两人又一同来到了东北，虽然不经常见面，她也是心满意足了。知道恋人就在不远处的城里，每每想起心底里就有一种叫幸福的东西在升起。

在沈阳失守前，李少秋还是离她而去了。她得到的命令是就地潜伏，成为东北潜伏组的一名电报员，而他是回南京赴命。他离开了她，她觉得自己变成了一片在风中飘舞的树叶，上不着天下不着地的，无奈之中，只能把老爷子当成一棵树，陌生又威严的树。

在最初潜伏的日子里，一个又一个潜伏的同伙被捕，那些日子她噩梦连连，整天都提心吊胆，她多么希望，父亲或者李少秋能从天而降来到她的身边，把她救离苦海呀。可惜这样的奇迹并没有出现在她的身上。

她来到长江边，隔江而望的南京已近在咫尺了，她没能见到父母和李少秋，却看到了射向江边滩头的炮火和浩浩荡荡的驶向对面的帆船。她已经再也不抱任何幻想了，她无力关心别人的命运了。

她能完好如初地活到现在，她有些感激王守业了。要是没有王守业在最初潜伏时把她留在身边，她早就和其他同伙一样，要么被枪毙，要么入狱。生命的本能告诉她，她不想死，也不想失去自由。

当王守业这个恩人把她的铺盖搬到他的房间，她没有抗争，甚至没有提出任何异议。当晚，她和这个既熟悉又陌生的男人同榻而眠时，他竟没有碰她，独自转身睡去了。一连几天都是如此，她莫名地竟生出几分失落。她想，这个既熟悉又陌生的男人仅仅是让她以妻子的名义在掩护自己吗？那接下来以后的日子又该怎么过？她不知自己是该高兴还是沮丧。她听着他的鼾声，平添了一丝安全感。内心里她感谢这个男人，是这个男人让她有了今天这个样子。

王守业知道自己的处境，万一暴露他也想到了结局，他手上沾满了共产党人的血，当然也包括日本人的血。现在不会有人把他当成抗日英雄，只能把他当成屠杀共产党的刽子手。沈阳陷落前，他就开始收听共产党的电台，知己知彼才能百战不殆。共产党进城后，他不仅在收听电台，还研究报纸，只要有关共产党政策他都会去研究。当初接到潜伏命令时，他是信心满满的，凭国军的人数和武器装备，迟早有一天还会打回来的。让他没有料到的是，国军竟一溃千里，就连南京也没有守住，都撤到了孤岛台湾。这会，没有人搭救他，更没有逃的地方，他想到了上海的老婆孩子，也动过去找他们的念头，很快又被他否定了。他不能给他们带来危险，上海方面没人来找他，证明老婆孩子在上海是安全的。这么想过，心里多了几分踏实。绝境让他反而冷静了下来，他李代桃僵直到现在，并没有露出破绽。他的身份就是王守业，现在是城北商店的老板，这么想过他又安定下来，他不相信毕剑一伙这么快就会发现自己的破绽。处决真实的王守业和许碧芬时，是秘密进行的，整个二处的人也没几个人知晓。知道的人，不是转移到了南京，就是被他送到了守卫沈阳的前线，都已经战死了。共产党再有天大本事，也不会让死人说话。

他一遍遍地告诉自己就是王守业，默念了几遍之后，便理直气壮起来。没有必要遮遮掩掩了。他做出一个决定，从南城的家里搬到北城。王守业在当年的东亚商贸公司的后身，还有一个院落，就是他把电台藏于此处的房子。

离开南城那个小院时，他又来到院内那棵树下，把一个金丝楠木的盒子挖了出来，这里面装的是他和许碧芬的委任状。他要搬走了，当然再放在这里就不安心了，这是他们潜伏的证据，他知道落入共产党手里的后果。他对国军反攻大陆还抱有最后一丝幻想。这是他作为潜伏功臣的证据。在搬家前一个夜里，他把这个金丝楠木盒先行搬离了南城，在北城的小院里，他在院内的假山处发现一块能活动的石头，石头移开，里面是一个空洞。他把装有委任状的金丝楠木盒放到了这个空洞里，不大不小刚刚好，又把那块假山石移到了原位。看到恢复原样的假山，他才松了一口气，他做这一切时，是背着许碧芬的。他现在除了相信自己，任何人也不再相信，这也是他作为情报人员养成的习惯。如果当初不做得天衣无缝，他早就成了共产党的阶下囚了。

第二天，他光明正大地开始搬家了，他不怕人知道，所有的房子都是王守业的财产，既然是自己的房子那他就想住哪就住哪。南城的院子被他用一把锁彻底封死了。

他不担心北城房屋的邻居，王守业交代，不论南城和北城的房产，压根就没在此处住过，只临时放过没出手的军火。王守业做着黑市的买卖，自然担心有人算计他，每次他都隐姓埋名住宾馆和饭店，而且，从来不在一个地方超过两晚。他当初抓捕王守业时，也费了九牛二虎之力，派出几拨人打探王守业的行踪，都功亏一篑，最后还是抓到了黑市上一个买家，冒充买家的身份才找到了王守业的蛛丝马迹。

他现在有些感谢当初王守业从事的职业了，因为他职业的高风险，让他神秘。即便当年，和王守业打过交道的黑市上那些人，在沈阳解放后，也都销声匿迹，即便有几个还在的，又有哪一个人会暴露在光天化日之下，他有一百个理由相信，此时的王守业是安全的。

他和许碧芬搬到北城的小院之后，在夜深人静时，他爬起来，从天棚上取下那部电台，接上电源，让电台开启。他不发报，也不知往哪里发报，最初国军撤退到长江以南时，他和南京方面取得了最后一次联系，就是那一次，差点让自己暴露。那次之后，他看到了许多电台侦查车在南城活动，还看到许多穿便衣的陌生人在他家门前游走。

他现在把电台打开，是为了完成一种仪式和心愿，证实撤退到台湾的国防部是不是忘了潜伏在大陆的这些人。一连许多天，他都在暗夜里等待着，有时他为自己沏杯茶，有时点支烟，看着发报机亮起的电源灯。电台静默着，他不知是希望还是失望。

有几次许碧芬走到这个房间，倚在门框上不解地望着他。

他也望着她，两人就那么对望着。自从他们睡到一张床上以后，他发现她对待自己的态度变了。她对他的变化是有层次的，第一次，她从南边回来，心灰意冷的变化是因为她的失望，由失望变得麻木。现在他们之间更像是同一条线上系着的两只蚂蚱，一荣俱荣一损俱损，只能接受眼前的现实。他们同榻而眠了一阵子之后，她对他似乎已经熟悉了，这种熟悉让他的威严已经荡然无存了。在她眼里他只是一个男人。王守业的心态却是另外一个样子，他清楚，现在自身的危险不是外部，而是身边这个女人。他研究过共产党的政策，像她这种电报员，如果此时自首，顶多也就是判几年徒刑而已。她手上没有共产党人的血债。如果戴罪立功，甚至有可能无罪释放。他已经做好了两手准备，如果她真要招供出卖自己，他只能灭口，他一直在暗中观察着她。在不信任她之前，他不会做任何事情。

他连续在许多个夜晚里把电台打开，正如他预料到的一样，现在这部电台就是一部死电台。如一堆烂铁摆在他的眼前。一个月后，他把电台关闭，找出工具把电台拆卸得七零八落。一天早晨，他把这些零件装在一个布兜里，上面还用一张报纸盖上了。然后出门，他做这一切时，她一言不发，一直默默地注视着他的一举一动。他在她沉默的目光注视下，走到大街上，终于，他找到了一个偌大的水坑。他不知道这个水坑以前是干什么用的，见四下无人，他把手提袋里的电台零件一个个抛出去，一件比一件扔得远，不知是因为愤怒还是失望。最后手里只剩下那个手提袋了，他也把它撕烂，扔到身边的垃圾箱里。然后他掉头向回走去，没有再回一次头。

他回到了城北商店，见门已开了。两个店员一男一女，一个姓崔一个姓袁，两人已站在柜台后面，收银台后面许碧芬也坐在那里，她低着头记录着什么。小崔和小袁就齐声地喊道：老板早。

他冲他们点了一下头，嘴上还带着几分微笑，便向楼上走去。来到总经理室，坐到桌前，心似乎一下子就平静下来。潜伏的证据又少了一件，也少了桩心愿。想到假山石头后藏着的委任状，是他唯一潜伏的证据了，销毁它是分分钟的事。但眼下还用不着，那里不仅有他的委任状，还有赵静茹的，只要委任状在，就时刻在提醒她，他和她是一伙的。他知道，仅凭这份委任状就让她踏实地和自己同心同德是远远做不到的，坐在收银台后面的许碧芬成了他最大的心事。他点燃一支烟，拉开抽屉，抽屉的最深处放着一支手枪，枪里装满了子弹，保险也已经打开，他伸出一只手握住那把枪，纷乱的心绪似乎安定下来。他让握枪的感觉在周身弥漫，冰冷坚硬，他闭上了眼睛，一缕光线从窗子外面照射在他的脸上。一瞬间，他觉得很奇妙，射在脸上的阳光让他意识到真实的存在感。

他想到上海某处弄堂里那个小院，自己的妻子和孩子还好吗？分手时，他给了他们足够的钱。如果他们不遇到意外，那些钱够他们吃一辈子了。想到这，他走到窗前向远处眺望过去。远远的天际中，他找到了南方，也许自己的老婆孩子就在南方的天际下的那个小院里正等待他的归期。想到这，不知何时，眼角竟有两颗泪滴滑过。

外 围

1950年春节一过，春天的脚步便走近了。人们换去了棉衣棉裤，春装刚穿在身上，便迎来了海南岛解放的消息。解放海南岛的部队当时就是战斗在东北的四野第三纵队，英雄的部队从黑山白水的大地，转战到了炎热似火的海南岛。

为了庆祝海南岛解放，军管会组织各政府单位和热心的市民，组织了一次盛大的游行。毕剑和刘刚两人正在和王守业的邻居聊天，这些邻居分城南和城北两处居民。城南的邻居已经聊完了，此时，毕剑办公室里坐着两位王守业城北的邻居。姓李的一位邻居正在发言：我们家是民国五年搬到此地的，就没挪过窝，我爷爷死在这里，父亲也死在这里，我又娶妻生子，一直到现在。同志，你们说的那个院子，最早是伪警察署长住着，那个署长是个大个子，说话声音很大。后来日本人投降了，那个署长一家就不见了，有人说他跑了，和小鬼子一起去了日本国，还有人说被政府抓起来了，蹲了大狱。咱是个小老百姓，咱也不敢乱打听呀。后来我有一天看见那个宅院里来了一帮工人，说是修院子，那宅子不是一般人能住得起的，咱也不敢问。大约这帮人干了有两个月吧，宅子里外焕然一新，咱们不敢走近，只能远远地看看，后来大门就锁上了。没见过啥人进来，更没见过啥人出去，但肯定是有钱人置办的。在这沈阳城，有很多这样的空宅子，不稀奇，都是有钱人跑马占地置办的家业。就是前些日子，我才看到这个宅子的真主人，男的四十来岁，女的很年轻，二十出头的样子。每天早晨出门，晚上下班回来，每次都是男的走在前面，女的随在后面。后来我们一打听，敢情是城北商店的老板和老板娘，据说以前东亚商贸公司就是人家的。

刘刚在一旁做着笔录，这时他抬起头问：以前商贸公司的主人你见过吗？

老李想了想：商贸公司和我们住处隔着一条街，周围住的都是穿官衣的人，左手边是保密局沈阳站的人，那些人咱谁敢惹，天天穿着便衣满世界转悠，听说都杀人不眨眼。再过一条马路，那是沈阳驻军司令部，车来车往的，都是挎枪的当官的。一般情况，我们不敢往前凑，你们想呀，敢在这置办公司的人，那能是一般人吗。说是商贸公司，平时也见不到啥人。

老李说到这想了想说：我想起来了，有一年冬天，我还真看到有一个人。那天是个早晨，头夜里下了场雪，一辆车停在了小楼的后边，有人从车上往下卸东西。一共两箱子东西，后门打开了，出来两个小伙计，把东西搬走了。开车的人，不是咱中国人，是苏联人，穿了件貂皮大衣，戴貂皮帽子，个子挺高，鼻子挺大。日本人投降时，城里来了许多苏联人，人高马大的，天天在街上转悠。

毕剑打断了老李的叙述，热情地把他们送到办公室门口，一边交代道：李大哥，今天来公安局的事就不要和别人说了，我们就是随便问问。

李大哥就一边笑着一边唯唯诺诺地离开了。

这段时间，他们还找到了城南警察署的老户籍员，让他回想当年王守业和许碧芬上户口的情况，这个老户籍员现在仍在城南派出所工作。他对王守业和许碧芬上户口的事还有印象，但来的却不是王守业和许碧芬本人，而是一个伙计，之前市警署有人打过电话关照过，他没敢为难，户口顺利落下了。

这是老户籍员的回忆。看来王守业如此小心行事，神龙见首不见尾的处事风格，不仅是他从事的职业带有神秘性，重要的是他知道如何保护自己。

为此，他们还去彰武县监狱，提审了在服刑的保密局沈阳站的几个特务。这几个特务对两人已经很熟悉了，当年被捕时，两人就和他们打过交道。那时，他们一直在追问老爷子的下落，剿总和保密局沈阳站分属两个不同的部门。保密局的特务当然知道剿总的二处，平时都是井水不犯河水的两家人，沈阳失守前二处撤走了一批人，但他们说不清谁是老爷子。老爷子这个代号之前他们就听说过，潜伏前老爷子给他们各潜伏小组发了一份原地待命的电报之后，就销声匿迹了。他们甚至说不清，老爷子是去了南京还是就留在了沈阳。

被捕的二处电报组的几名特务也没有人和老爷子打过交道，他们电报组归军事情报组管辖，负责他们工作的副处长是胡自立，二处的处长和副处长他们倒是见过，可他们都撤到南京去了。老爷子也许是这些处长中的某一个，也许都不是，他们脑子里也是笔糊涂账。

又一次审问这些被捕的特务，让毕剑和刘刚意识到，从内部找到老爷子的可能性变得渺茫起来，王守业突然出现，引起了毕剑的警觉。但是他第一次见王守业的直觉告诉他，即便王守业不是老爷子，王守业也不是一般的人物。解放前这位神龙见首不见尾的人物，在解放后不久，就堂而皇之地出现在大众视野中，这本身就不是一个正常现象。王守业的神秘勾起了毕剑把他查个水落石出的欲望。但这次到彰武重新提审保密局特务，对王守业的身份得到了至关重要的线索。据特务交代，王守业在解放前和苏联一个军火商有勾结，保密局的人早就盯上他了，但一直没下手的原因有两个，一个是王守业是和苏联人做生意，苏联人的身份让他们有所忌惮，抓了王守业苏联军火商抓不抓？抓了苏联军火商，有可能引起国际纠纷。苏联军队虽然从东北撤走了，但苏联常驻机构还有。那个军火商叫伊万，和苏联驻沈阳领事馆的人来往密切。另外一个原因是，这个军火商和王守业买通了警备区的上层，一直有人罩着他们，让保密局的人也无从下手。

毕剑和刘刚这次彰武之行，虽然没有在老爷子身上有所突破，但对王守业的身世却有了进一步的了解。也就是说，王守业在解放前所从事的商人行为，并不光彩。虽然，新中国建立后，对商人有政策，只要是没有民怨的商人，不看他过去做过什么，只看他现在所从事的一切是否合法。这是我党我军历来政策。

掌握了这些之后，他决定要再会一次王守业，他让刘刚把王守业请到自己的办公室里来。这次他要主动出击，在王守业身上找出蛛丝马迹。

王守业被刘刚带到他办公室里时，他坐在办公桌后面并没起身，而是把一缕僵硬的笑挂在脸上，算是和王守业打过招呼了。刘刚把一张椅子拉过来，示意他坐下。自己坐在一旁，打开了一个笔记本，做好了随时记录的样子。

王守业却主动出击了，他面带微笑，不卑不亢地道：两位同志，今天把我带到这，不知何事呀？

毕剑收起脸上的僵笑，摆弄着手里一支笔道：王老板，今天请你到这来，就是想请你谈谈，你解放前在东北做的是什么生意？

王守业把身子尽量缩小，低下头，目光也收敛了下来，脸红一阵白一阵的，半晌，又抬起头，满脸愧意地道：政府知道了？

毕剑把笔扔到桌面上，发出一声脆响。

王守业的身子不易察觉地战栗了一下，毕剑一直盯着他。从进门到现在，王守业的表现并没露出破绽。因为王守业的神秘，第六感让他联想到老爷子。在老爷子的线索山穷水尽的情况下，他不想放过任何一个疑点。

王守业抬起头，脸上堆着笑：感谢政府对我们这种商人既往不咎。政府的同志组织我们学习过政策，每次政府和我们这些商人开会，我都积极参加。今天二位同志找我来，我承认在解放前做过不光彩的生意，我有过错，但那是在解放前，现在是新社会了，我的城北商店那可是合理合法的。

毕剑又把桌上那支笔拿起来，继续在手里摆弄着，压低声音说：那你说说，解放前做的是什么生意？

王守业低下头，迅速又抬起来：我倒腾过枪支弹药。接触的都是黑市上的一伙人，我听说，贵军也买过这些军火。我是做生意的人，从不参与政治，更不懂军事。前些日子，我已经把我以前靠不光彩生意挣到的钱，响应政府号召都捐给政府了。政府给我出过证明，你们不信我可以回家取来。

王守业把银行的存款上交给军管会的事，几天前他听王主任说过。这是政府给以前不法商人提供的一次重新做人的机会。

毕剑面对着回答得滴水不漏的王守业道：和你做生意的苏联军火商叫什么名字？他现在在哪里？

他叫伊万，沈阳解放前他就回国了。王守业不假思索地回答。

这个伊万是苏联哪的人，住在哪里？

王守业似乎在回想着：他说他是伊尔库斯克人，军方有个亲戚，当年苏联红军移交时，没把这些从日本人那缴获来的军火移交出去，伊万就跑到中国来做这些军火的生意。我就是从那会和伊万打交道的。

毕剑对王守业的回答，他并没有吃惊，也没超出他所掌握的信息。谈话也只能到此了，要想证明王守业的真实身份，只要找到苏联人伊万，一切也就迎刃而解了。他站起身，走到王守业面前，又一次和王守业握手，这次他发现王守业的手掌温热而又软绵。他说着客气话，刘刚便把王守业送走了。

要找到伊万，毕剑想到了葛副局长。

公安局的葛副局长在苏联留过学，在莫斯科大学共产主义国际班学习过三年，能讲一口流利的俄语。回到延安后，主要担任翻译工作，后来认识了苏联《红星》报的记者狄安娜。这位金发碧眼的狄安娜，很快和葛副局长恋爱了。最后还是中央特批的，两人喜结连理。这在当时的延安曾轰动一时。日本人投降，四野的部队火速从延安、河北等地出发，从苏联人手里接收东北。葛副局长是先头部队的联络人员，后来一直在社会部工作，可以说是毕剑的老领导老同事。因为葛副局长有和苏联这层关系，寻找伊万的希望只能寄托在葛副局长的身上了。

毕剑来到葛副局长办公室，葛副局长年方四十，文质彬彬的样子，戴着眼镜，面部表情总是在微笑状。当他听明白了毕剑的请求，很爽快地答应了。他说自己不仅有同学在苏联，狄安娜还有许多前同事仍然在报社工作，凭他们的人脉打听到伊万的下落应该不难。只可惜的是毕剑关于伊万的信息太少，只知道他是一位在苏联远东军有特殊关系，在中国做黑市军火生意的商人。这种身份的商人是见不得光亮的，很可能回国后又隐瞒了自己的身份。

老爷子的案子，不仅在公安局被立为解放后沈阳城内的大案要案，就是在军管会也是一件让所有人都重视的大案。老爷子毕竟是潜伏在沈阳城内的最高情报长官，这么大的潜伏特务就隐藏在一百多万人群当中，这是对新政府的挑战，更是隐藏在政府和群众身边的炸弹。抓捕老爷子自然是当务之急。作为沈阳市公安局侦查处处长的毕剑来说，所有的担子都压在了他的身上。不仅公安局领导要结果，军管会的领导也三天两头打来电话询问情况。

为了尽快落实寻找伊万的工作，葛副局长还打电话把正在上班的狄安娜叫了过来，狄安娜到了沈阳之后，便成了《东北日报》的记者。此时已是两个孩子母亲的狄安娜，身体明显有些发福了，但苏联姑娘的豪爽干脆劲仍不减当年，当她听说要寻找伊万时，她一口应承了下来。

为了证明王守业的真实身份，目前所有的线索，只有伊万和王守业打过交道。毕剑设想过，如果此王守业真的就是当年那个地下军火商，看来他也是个非常精明又狡猾的商人。事到如今，仍能把自己伪装得滴水不漏，他的行为不亚于一个出色的特工。

怀疑王守业只是他的直觉，两次和王守业打交道，如果说第一次王守业在他眼前还有一丝慌乱或者说留下了一点破绽，这种破绽也是依据心里的起伏和微小的身体信号传递给他的。第二次打交道，虽然让王守业换了环境，一问一答，从进门开始，一直到他离开，他竟没在他身上发现一丝破绽。这种正常在他看来就是不正常，任何一个人走进公安局，心里都会有些许变化，可王守业不是，如果他没接受过特殊训练，是做不到这一点的。正因为如此，毕剑对眼前的王守业又加重了几分怀疑。

一年前出现在南城的电波信号，从此再也没有出现过。凭着这个电波信号，毕剑有理由相信老爷子就藏在沈阳城内。这个电波信号他们监测到是一部大功率电台，解放前有一些商人也有私人电台，可那些电台在政府都是备了案的。沈阳解放后，从敌人遗留下的资料里，找到了关于民间电台的信息，依据这些信息，把这些电台都做了收缴，也在全市范围内张贴了收缴电台的告示。有几部黑电台承受不了新政府的宣传攻势，也都如数上缴了。这些都是小功率电台，只有军用电台才会采用大功率电台。出现在南城的电波信号和他们当初掌握的敌人电台信号如出一辙。毕剑有理由推测，一定是老爷子在和外界联系。从电波信号中再次验证了老爷子就在眼皮子底下。

可惜，在南城出现的电波信号只有那么一次，时间又很短暂，没给他们留下更加具体的定位的时间便销声匿迹了。

据王守业交代自己财产的说明，他在沈阳城内有两套房产，一套在南城沈河区，另一套在城北的皇姑区。沈河区那套房产，正是他们监测到电波信号的区域之内。他叫来了刘刚，一面指示，要全天候派人监视王守业夫妇，一面让刘刚接近王守业在南城的住宅，最好在不惊动王守业的前提下，对他的住宅进行搜查。毕剑一面安排对王守业的排查，他又想到了许碧芬，那位在王守业身边的女人。也许，可以通过这个女人打开突破口。在没有确凿的证据之前，公安局出面显然不合适。他想到了军管会的妇女组织，以妇女组织出面找许碧芬谈话，了解一些情况想必更合情合理。

军管会搞妇女工作的是位姓方的大姐，毕剑在刘副主任办公室里见到了这位姓方的大姐。方大姐以前也是东北局的一位同事，和毕剑不算熟悉，但也碰过面，算是脸熟。方大姐是军人出身，干事雷厉风行。当她听完毕剑的说明，怀疑许碧芬有可能就是潜伏的特务时，立马应承下来。为了不打草惊蛇，方大姐拟了一个企业联盟职业女性的开会通知。并专门派人到城北商店给许碧芬送了请柬。

会议的地点就定在军管会三楼的会议室内。来了许多女人，都是遍布在沈阳城内各种企业的女性。有的早就相互认识，她们打着招呼，热情地交流着关于女人的话题。许碧芬也在其中，为了这次会议，她似乎特意把自己打扮了。穿了一身裙装，远远看去像名学生。她还随身带了一个笔记本，一支钢笔，真像一个学生听课的模样。

会议室是个套间，除了大会议室之外，里面还有个小会议室。毕剑和刘副主任早就来到了里间的会议室。门开了一条缝，两人从缝隙里可以看到外面的情况。

方大姐主持会议，先是传达了军管会关于解放妇女的文件，然后就是号召大家做好新女性的代表。这次会议表面上看就是一次动员会。毕剑通过门缝一直在观察着许碧芬，她很安静，不时地做着笔记，目光从笔记上抬起后，一直盯着正在讲话的方大姐。

以上的内容就是个过场，会议结束后，方大姐读了几个人的名字，让她们留下，其中就有许碧芬，其他人便散会离开了。一直到现在，毕剑并没有发现许碧芬的异样。

方大姐把留下的几个人聚集到自己的身边。方大姐开场道：你们几个第一次参加我们的活动，大家还不认识，做个自我介绍吧。几位女人就依次做了自我介绍，轮到许碧芬时，她站了起来，样子似乎有些腼腆，摆弄着手里的笔道：我叫许碧芬，是城北商店的，我丈夫叫王守业。解放前我们做了些小生意，城北商店的前身是东亚商贸公司。解放后响应政府号召，我丈夫便把公司改成了商店，一切都是为了服务群众的生活。

因为方大姐受了毕剑的委托，询问的几个问题也是毕剑早就拟好的。

方大姐便又关心地道：碧芬同志，看你这么年轻，都结婚了，有孩子了吗？方大姐以聊家常的方式开启了这场谈话。

许碧芬有几分不好意思，瞄了在座的几位女人一眼，便把目光垂下，红着脸摇了摇头。

方大姐便把这个话题打住，过渡到另外一个话题上：不生孩子好，你还年轻，现在是新社会了，女人也要像男人一样做事，听口音，你不是沈阳本地人吧？

许碧芬抬起头，直视着方大姐道：不是，我是民国三十四年和我丈夫来到的沈阳，就是东北光复那一年。我父亲也是做生意的，我出生在无锡，从小就和父母走南闯北，到过南京也去过上海。民国二十六年，南京沦陷，我随父母逃难到了闸北，父母被日本人的飞机炸弹炸死了，我一个人逃了出来，后来去了天津，认识了我现在的丈夫。后来我们在天津结了婚。

说到父母被炸死时，她的眼里还流露出几分凄厉的神色，直到说到认识自己的丈夫时，神色才又变得正常。

问完这个问题时，方大姐说了几句安慰的话，便又和另外几个女同志聊了起来，和刚才与许碧芬聊的话题也都差不多。

方大姐把几个女人送走后，刘副主任和毕剑才从小办公室里走出来。在小会议室里，毕剑和刘副主任有过交流，他并没有在许碧芬的一问一答中发现破绽，和他之前掌握的材料也相吻合。通过方大姐和许碧芬的对话，在那一瞬，毕剑有些怀疑自己最初的预感了，眼前的许碧芬和王守业一样，要么他们就是无辜的，要么就是最好的演员。虽然他们不是演员，那只有训练有素的特务才能做到这一切。想到这，他冲刘副主任道：要找到老爷子，看来要改变方向了。刘副主任拍拍他的肩膀说：别气馁，沈阳都解放了，再高明的特务总有一天会露出马脚。别忘了，你现在是和老爷子打交道。

毕剑知道，刘副主任是在为他减压，但作为侦查处处长，找出潜伏特务是他的首要任务，况且这个老爷子还是他的死对头，手里沾有同志的鲜血。

侦查员陆续回来报告他们跟踪王守业的结果，两人每天除了到城北商店上班，下班后就回到院子里，并没有其他行迹。

两天后，刘刚也来汇报，他带人潜进了南城王守业的宅子里，能找的地方都找了，结果还是一无所获。

　　眼前的事实，让毕剑的判断走进了死胡同，寻找伊万的线索成了他最后的希望。

后 手

　　王守业第一次和毕剑谋面之后，他就知道这件事不会结束只是开始。他们都是搞情报的人，做了对手这么多年，之前虽然不曾正面交锋，但彼此的手段相互却是知根知底的。

　　他是老牌军统，从重庆到上海，一直都是戴笠所欣赏的人。他是第一期南京电讯班的毕业生，他到南京电讯班时，便是国防部一名中尉参谋了。他的起点高，就是因为他的心理素质比一般人都要稳定。电讯班不是只培养发报收报那么简单，电讯班培养的是特工，许多教官都是美国人，美国人从南北战争到一战就积累了丰富的情报经验。美国把他们派来，就是要在中国复制一批美式特工，在电讯班短短的两年时间里，他们强化了心理素质，化装逃跑，侦查与反侦查，总之，特务必备的要点和经验他们都涉猎到了。并不是所有参加电讯班的人都能够毕业，他们要经历考官的严格考核，还要放在实践中去检验，有的学员毕业两年后才被承认身份，有了合格的特工身份才受到重用。

他是国防部出来的人，眼界也自然比别人高出许多，国防部内各种错综复杂的关系，不仅耳闻，许多人和事都是亲眼所见，却守口如瓶。那会他才二十出头。从小到大他就是一个少年老成的人，历任的上峰也都是看中了他这一点。

他来到东北，最初叫东北行辕，后来又改成东北剿总，他一直以顾问团高级参谋的身份出现，实际却掌握着东北所有情报系统的大权。他只对卫立煌和国防部负责，不论发生多大的事情，都不会抛头露面，平时他都深居简出，基本不和手下打交道，但情报二处和军统沈阳站发生的一切又都逃不过他的眼睛。权力越大的人物才会越神秘，这一点他是和戴老板学到的，他加入军统，戴笠老板就成了他的楷模，戴老板很少和手下打交道，把更多精力放到了平衡关系上。他在国防部当参谋时便深知戴笠的特点。和陈立夫、陈果夫虽然水火不容，但表面上戴老板对陈氏二兄弟总是恭敬有加，完全是谦谦君子的做派。虽然他的地位没法和戴老板相比，但是戴老板为人处事，对待上级和下级的平衡法则也掌握了一二。久了，别人都知道老爷子这个代号，却不识庐山真面目。

接到潜伏命令时，他把认识自己的人都打发走了。他知道潜伏的风险有多大，就怕内部被突破，哪怕是个小卒子，也会牵出一窝来。潜伏有风险，那他就要做到万无一失。

留下赵静茹在身边，也是因为赵静茹身后的背景，刚到东北，他就调阅过所有手下的档案，他在这些档案中发现了她，也记住了她。不仅因为她年轻貌美，而且她的父亲，是驻徐州的最高司令长官。这个也不重要，重要的是这个赵守方，虽然官职只是少将，但他的背后站着的是陈氏二兄弟。虽然两位陈家兄弟暂时不受委员长待见了，跑到了浙江莫干山装病疗养去了。但瘦死的骆驼比马大，指不定什么时候，委员长又改变了想法，重新请陈氏二兄弟出山，一切皆有可能。和陈氏二兄弟拉近关系，对他的人生来说可谓是又多了一道保险。

当初他下决心离开保密局又回到了国防部，虽然当时的军统到现在的保密局也归国防部管理，但中间还是隔着一层。总感觉是后娘养的。尤其是戴笠飞机失事，毛人凤出山，军统变成了保密局，虽然性质没变，但所处的位置已经江河日下了。一切的原因就是毛人凤的地位和戴笠无法相提并论。戴笠可以直通委员长办公室。毛人凤就是有天大的事也得一层层按级报告，这就是差距。他看到了这一点，便从保密局离开，回到了国防部，后来才有了顾问团高级参谋的身份。

王守业一直认为，自己更适合于官场，像当年的戴老板一样，做一个手眼通天的人物。只可惜生不逢时，总觉得自己有劲使不上，有怀才不遇之感。

潜伏的命令下达时，他的确暗自窃喜了一阵子，他从一个少将参谋，晋级为中将，这是所有人都梦寐以求的。当军队潮水般退去时，他手下的所有电报组相继被起获，人员被捕，转眼他成了光杆司令。光杆司令也没什么，只要他足够耐心，安全潜伏下来，没有功劳也有苦劳。有一天国军反攻胜利，他就还是中将身份。但随着国军在全国的失利败退，让他心里残存的最后一点希望也变成了绝望。

到眼下，平安活着成了他唯一的目标，他悔恨当初，自己不该接受这份潜伏命令。随便推举一位处长来做这个专员，凭他在国防部的人脉是完全可以做到的，可那会，利欲让他蒙蔽了双眼，到现在他才明白，自己只是作为一个弃子，被扔到了东北。

既然，平安地活下去成了他眼下唯一的目标，就连身边的许碧芬他也不能完全相信了。虽然他想过多种办法控制着这个年轻的女人，还是隐隐觉得，她将是自己潜伏生活中最大的隐患。在他又一次被叫到公安局谈话时，虽然表面上毕剑和他的聊天显得漫不经心，但每一步都电光石火。他庆幸对真王守业的了解。如果说，第一次和毕剑在店里邂逅，他可以当成偶然，那么第二次把他请到公安局谈话，目的就一清二楚了。毕剑已经开始怀疑他了。

他从公安局出来，向城北商店走的一路，他就做出了一个决定，和许碧芬摊牌。既然把她留在自己身边，现在已经没有后悔二字供他选择了。

回到商店，他把坐在收银台前的许碧芬叫到了楼上的办公室，自己坐在她面前，此时他又像一名长官了。开门见山地说：有一天，你会投共吗？

他的问话还是出乎了她的意料，不明白他的用意，惊怔地望着他。

他从抽屉里找出几张报纸，放到桌面上道：共产党对待俘虏和潜伏人员的政策都在这里，想必你也看过了。如果你不懂，还可以帮你解释。

她被他的样子吓到了。虽然，她没有他对共产党政策这么敏感，也没有仔细研究过政策，但她也做好了最坏的打算。她当初从长江边回到沈阳时，就做好了这种最坏打算，自己被抓住，判刑，和她的同伙一样。她知道刑期长短取决于自己之前作恶的多少。在新民电报组时，关于共产党的情报没少经过她的手发送出去，也就仅此而已。她没杀过人，更没上过战场。依此推算，最坏的结果就是被判刑而已。但她对自己身份暴露，被判刑还是感到恐惧。不仅因为自己作恶多少，她身后还有父亲和李少秋，如果把这一切都联系到一起，共产党又如何待她。从最初的潜伏，她一直抱有在危难之时，父亲和李少秋会来搭救她的希望，可他们就此石沉大海。如今，她有些恨他们了。他们不仅没有在她最需要的时候出现，现在又成了她罪加一等的砝码。

自从她和父母以及李少秋断了联系，就觉得自己是个被遗弃的人了，没人要的孩子。此时的她，渐渐地已经把眼前的王守业当成了自己的靠山，遮风挡雨的大树，每晚睡在他的身边，听着他的鼾声，便有种安全感。最初时，她自己睡一个房间，久久睡不着，眼前总是出现被人破窗而入的画面。有许多次，她做梦，都梦见自己被抓了，身体被五花大绑，从房间里推出去。可自从和王守业同睡在一张床上之后，她却很少做这样的梦了。

面对着眼前的男人这么说，她不知道他要表达什么，自己又该做什么，她看了看桌上那沓报纸，又抬起头无助地望着他。

他的目光直视着她，似乎要把自己击穿。他一字一顿地说：你要放弃自首的想法，你手上虽没有沾共产党人的鲜血，可你父亲杀死了多少共产党人，你应该比我清楚。如今你父亲可能去了台湾，你要是落到共产党手里，结果你可想而知。

他的话的确吓到了她。她之前虽然想过这些，只是她心理活动而已，被王守业说破，仿佛成了最终定性的结果。恐惧瞬间笼罩了她，她战栗着身子问：怎么，我们暴露了吗？

他看着她的样子，知道自己的目的达到了，点燃一支烟，吸了一口，让烟雾罩住了自己，然后幽深地说：咱们现在是有身份的人，我是王守业，你是许碧芬，我们是合法的开店商人。

说到这，他又盯紧她道：你现在就是许碧芬。

在他们当初李代桃僵做好身份替换时，他就把许碧芬和王守业的身份告诉过她，还让她当着自己的面背了许多遍，让她烂熟于心。他的话再次告诉她，她现在不仅名字是许碧芬，所有的一切都是那个已经死去的女人。她当着他的面又重新复述了一遍许碧芬的经历。在他的暗示下，她在心里千万次地默念着自己就是许碧芬。那个赵静茹已经死了。她一边默念许碧芬的名字，两行泪不易察觉地在眼角下流了出来。

她现在不仅是许碧芬，还有另外一个角色，那就是王守业的妻子。每天早晨，他准时起床，走进洗手间去洗漱，她也忙不迭地起来，为两人准备早餐。当他们一起坐在桌前共进早餐时，她在心里仍警告自己，我是王守业的妻子了。但望向他的目光还是有些不正常，他不是她的恋人，更不是丈夫。虽然她知道李少秋不会来搭救她了，可一想起恋人和丈夫时，总还会想起李少秋。他对她的一切似乎早就吃透了。在一天晚上，两人相继上床之后，他躺着身体冲天棚说：你该成为一个女人了。她心一动，似乎直到这时才发现，虽然两人同榻而眠，他居然没有碰过她。当初他把她的铺盖搬到他床上时，她是抗拒的，头几天睡下，身子是绷紧的，时时提防他的侵入，可他却像没她这个人一样，很快就睡着了。久了，让她产生了错觉，认为和他睡在一起只是潜伏的一部分。他突然这么说，她脸颊竟然开始发热了。

她不知如何回答，心乱乱地跳着。

他又说：你要成为我的女人，才会把我当成你的丈夫。

她呼吸急促起来，身子也开始发热，和李少秋恋爱那一会，她无数次地想过李少秋就是自己未来的丈夫。可现在她知道，那个一心想做李少秋新娘子的赵静茹已经死了，她现在是许碧芬。猛地时光似乎又穿越了，她甚至记起了三岁前自己的名字——桂莲。是的她叫桂莲，姐姐叫巧莲。埋在记忆深处的零星片段瞬间被这暗夜点燃。自己原本又姓什么？是姓李，姓王，还是姓刘？她熟悉的百家姓在她脑海里不停地闪过，似乎都是，又似乎都不是。

他的话把她的幻想拉回到了现实，他在黑暗中又说：我们都要和以前的过去告别了。

他说这话时，竟多了几分凄凉的味道。

她在这一刻，真正意识到，自己的命运已经无法和身边这个男人分开了。之前她的所有一切都不复存在了，身边这个男人也是如此，之前他有自己的家庭，妻子，孩子，他现在什么也都没了，和自己一样，现实让他们告别过去的一切。她现在就是许碧芬，就像她三岁那年，养父给她起了赵静茹这个名字。让她把以前的桂莲忘掉，记住如今的静茹。赵静茹的名字已经长在她身上足有二十年了，自己又成了许碧芬。就像桂莲变成静茹一样。从小到大她经历过三个名字的变化，像梦境但却又是现实。那一刻，她想哭，她自己也不知为什么要哭，一种无法抗拒的力量，让她先是默默地流泪，最后她抽泣起来，身子在被子底下一抖一抖的。她感到自己孤独无助，似乎又有些委屈。

他先是从被子里伸过一只手，握住了她的手，她没有抗拒，此刻她需要安慰。他传递给她的温暖，像走在暗夜里看到了远处一点灯火，冲着那点亮光奔去，她在迷怔中清醒过来时，她的身体已经伏在了他的怀里，双手死死地搂抱着他，正是这个身体让她在绝望中感受到了温度。她双手死死搂抱着他，怕一失手自己又回到了暗夜里。

第二天一早，他们起床，又坐到早餐桌前，他们的眼神不再生硬，就是这种简单的男女关系，让他们变成了一家人。她在心里说：这个男人此时是自己的丈夫了。这么想过，有种愉悦感从心底弥漫开来，她望着他的目光不再是昨天前那个许碧芬了，而是妻子，女人。

从此，许碧芬的身心进入了另外一种境界。自己和王守业不仅是一种人，他们在这个世界上还是最亲近的人。

　　两个月后的一天晚上，她附在他的耳边说：我有了。此时她的样子和心态，如所有的女人一样，把自己幸福的秘密告诉了自己的丈夫。

相　遇

　　漫长的等待,毕剑终于等来了伊万的消息。那天上班一大早,葛副局长打来电话,告诉毕剑有伊万的消息了。毕剑放下电话,便冲进了葛副局长的办公室。

　　葛副局长把几封俄文信件摊在桌子上,他看了眼毕剑,耸耸肩道:抱歉,这些消息可能让你失望了。

　　毕剑怔在那里,进门时的一腔热血又瞬间凝在了身体里。他目光虚虚地望着葛副局长,低声道:伊万没找到?

　　葛副局长拿起那几封俄文信件:这是我几位莫斯科同学的来信。又拿起几封:这是我爱人前《红星》报同事的来信,每个人来信都打听到了伊万的下落。伊万的事件,好多人都知道,1948年初伊万从东北到了蒙古,又从蒙古回到了伊尔库斯克。回国后当年,一位参加东北战役的军官指控了他,先是被捕,后被判入狱,服刑的地点是贝加尔湖。第二年冬天,伊万和两个犯人一起逃跑,时间是1949年的2月份,他和那两个逃犯迷路,一起冻死在了贝加尔湖的雪地里。当时这条消息《红星》报有过报道。许多政府机关的人都知道这件事。说到这，葛副局长又举了举手上的信件道：看来这个伊万我们是指望不上了。

毕剑最后一份希望落空了，不甘心地望着葛副局长。葛副局长从桌后走过来，拍了一下他的肩膀：别难过，更不要灰心，假的真不了，真的也假不了，时间是验证一切最好的方法。

那天他失落地从葛副局长办公室离开，在这之前，他似乎已经无限接近老爷子或者说是王守业了。现在似乎又遥远起来。刘刚派出去的两名侦查人员，跟踪了王守业和许碧芬几个月，甚至都发现许碧芬怀孕去人民医院做了两次产检，别的线索却一直没有找到。

毕剑也并没有在王守业一个人身上吊死，市里出现的任何案子，只要和潜伏特务有牵连的他都要亲自过问，希望不遗漏任何有价值和有用的线索。他相信，也许在不经意中就会有重大突破。

在等待中，巧莲怀孕了，腰身显露出来。当他得到自己有孩子的消息时，他就像从梦里刚刚醒来，他这才意识到，忽略了巧莲。是巧莲独立又能干的性格，才让他如此放心她，从怀孕之初她就没有打扰过他。直到有一天看到巧莲挺起的腰身，才惊呼一声：你有了？巧莲用手捣着他的肩膀道：我都告诉你几个月了，你怎么才想起来。他这才想起，巧莲几个月前就告诉过他，他一门心思在老爷子身上，这么大的消息竟让他这耳朵听那耳朵又冒出去了。他怪自己粗心大意，自从结婚后，他才发现巧莲是个省心的女人，什么苦都能吃，什么活都会干。不论他多晚回来，热腾腾的饭菜总是会端到他的眼前，临睡前又一盆冒着热气的洗脚水放到他的脚下。他从小到大，从没有享受过如此待遇。他曾开玩笑地对她说：你不要这样对我，我会腐化变坏的。巧莲用手指点着他的额头说：伺候我男人天经地义，无论你变成啥样都是我男人。

他的婚后生活是幸福的，暗自里无数次地感慨道：巧莲是世界上最好的女人。偶尔也会想到朱红，要是朱红成为他妻子，又是什么样呢？念头刚一冒出他就摇头甩开了。

一天早晨，巧莲比平时晚出门了一会，他冲她道：你上班要迟到了。

她抿了嘴道：我今天上午请假了，要去医院做检查，孩子都六个月了。

巧莲说完幸福地望了眼挺起的肚子。

巧莲之前也做过产检，可他一次也没陪过，他当即道：我陪你去医院。

她推托着：不用，你忙。前几次都是我一个人去的。没事，医院里有韩君照顾我。

他这次一定要陪她，麻利地把衣服穿上，两人先是坐公交车，又步行了一段，便来到了人民医院。在三楼的妇产科，果然看到韩君在热情地朝他们招手，见了他惊讶地：毕处长今天怎么来了，真稀奇。他赧然地笑着。韩君不依不饶地说：你们这还好，还知道陪一次，我们家刘刚，忙得连我生孩子的事都顾不上了。

毕剑这才注意到韩君还是以前的样子，白大褂下面空空如也。显然孩子已经出生了。

巧莲却心疼起丈夫了，用手肘碰了一下韩君道：你就少说两句吧，谁让咱们嫁给了这些吃公家饭的人。巧莲一直把他们公安局的人称为吃公家饭的。巧莲说完和韩君有说有笑地向检查室走去，他把目光收回来，才发现周围等待检查的女人，都有男人在陪伴，他这是第一次如此近距离地看着这些怀孕的女人。一想到即将当父亲了，心里涌出一股既陌生又幸福的东西。

两人从医院里走出来，她挎过他的手臂，依偎着他向公共汽车站走去。秋天的阳光很干净地照在他们的身上。这半年多来，他们这还是第一次享受如此的宁静，幸福感如同温暖的阳光普照在他们的身上。两人正往前走，公共汽车站方向走来两个人，一男一女两个人也如此依偎在一起，正向医院方向走来。待走近一些，他竟然看清是王守业和许碧芬。那两个人也发现了他们，王守业用一只手扶了一下鼻子上的金丝眼镜道：毕处长，这么巧，你们也来了。

他看到王守业身边的许碧芬，肚子果然显山露水地鼓胀出来。他也应道：王老板祝贺。

两人都笑着，相互打着招呼。他们身边各自的女人，也都把注意力放到了对方身上，她们审视着，观察着，似乎还用微笑打过招呼。

两对人走过去，巧莲回了一次头，发现过去的女人也在回头，两人的目光又瞬间交织在一起。巧莲低声道：这就是你说的城北商店的王老板吗？

　　他说：王守业，那个女人叫许碧芬。

　　许碧芬。她喃喃地重复了一遍，半晌又回了一次头：这个女人我怎么感觉这么熟悉？

　　毕剑立马警醒过来，立住脚，盯着巧莲的脚道：你想想，在哪见过，她是什么人？她嗔怪地又把他胳膊拉到怀里道：你看你，她又不是坏人，干吗这么一惊一乍的。

　　两人又向前走去，他再次问：你确定真的见过那个许碧芬？

　　她吃力地回想着什么，又摇摇头，自语道：就是觉得眼熟，在哪见过我一时想不起来了。

　　他说：你好好想想。

　　毕剑再回头时，两人的背影已经消失在医院里了。

　　巧莲生产后，回到病房里，又一次见到了许碧芬。一个病房有四张床,已经住了另外两个产妇了。她和许碧芬隔着一张床。她们都是刚生产完回到病房不久，孩子还在产房里。两人隔着一张床微笑着点了下头，熟人似的打了声招呼。

　　巧莲道：是你呀，这么巧。

　　许碧芬抿嘴笑了一下：你生的是男孩还是女孩？

　　她答：是女孩，你呢？

　　许碧芬答：是男孩。

　　两人都为自己顺利生产露出幸福的笑容。

　　韩君抱着巧莲刚出生的孩子走了进来，冲巧莲道：巧莲，快看看你的女儿。说完把刚出生的婴儿递到巧莲怀里。巧莲生疏地接过孩子。在产房里她只来得及看过一眼婴儿，当韩君告诉她是个女孩时，她忍不住流下了幸福的眼泪。眼前这个小家伙在身体里孕育了十个月，朝夕相伴，终于盼到她出生了。

韩君的一句巧莲，让许碧芬所有注意力都集中到了这一边。多么熟悉的名字呀，巧莲，桂莲。一瞬间，沉睡在她心底的记忆似乎一下子打通了，她的眼前又出现扎着红头绳，梳着两只小辫的姐姐。对，姐姐的名字就叫巧莲，她比自己大两岁。世界上怎么会有这么巧的事，她呆呆地凝望着怀抱婴儿正沉浸在幸福中的巧莲。不知何时，又有另外一个护士把她的孩子抱到了眼前，她这才在梦幻中转过神来，抱住自己的孩子，看着婴儿的脸，心想：真是巧了。无形中，还是让她对巧莲多了几分好奇。她又偷瞄了一眼巧莲，巧莲也正朝她这里望，嘴里道：你的孩子胖不胖？她忙答：胖，是个胖小子。两人隔着一张床都幸福地笑着。

毕剑和王守业也是前后脚来到了产房，他们手里各自用保温桶提着在家熬好的肉汤，许碧芬的床前还多了一个女人，叫周妈。周妈的名字毕剑早就知道，侦查员调查过周妈的身世，周妈住在黄河北大街，丈夫以前是拉人力车的，前两年突发急病死了。一直靠帮穷过活。她有两个孩子，一男一女，女的是老大，如今已经结婚嫁人了。男孩还在上学，他们一家三代都是老奉天人。

王守业也和毕剑打过招呼道：毕处长，咱们这是真巧，孩子都是一天出生的。说完还拱了手，做出一副道喜的样子。

毕剑也拱了拱手算是回敬。

许碧芬借出门上厕所的工夫，认真地看了眼巧莲床头的卡片，卡片上登记着产妇的姓名：李巧莲，年龄二十六岁。看到这一切时，她一时有些恍惚，在那一瞬，她记起来，自己的名字叫李桂莲。在这之前，关于自己的姓，张王刘赵都想过，觉得都不对劲，当看到李巧莲的名字时，她确信自己就姓李。母亲叫杜淑珍，父亲叫李满仓。她还记起小时候和姐姐为父亲编的儿歌：满仓满仓，仓里有粮，心里不慌……儿歌似乎勾连起了遥远的儿时记忆。她走进厕所，插上门，心怦怦地跳着，一遍遍地问自己：世上真有这么巧的事？她摇摇头，努力把自己的似梦似幻的感觉摇走，她止不住浑身发冷，脸也是冷的，一摸却是泪。

毕剑又一次走进产房时，看到了巧莲和许碧芬已经打得火热。许碧芬抱着孩子站在巧莲床头正有说有笑。他进门时，许碧芬认真地看了他一眼才走回到自己的床边。巧莲笑着说：你没来时，我们姐俩还说呢，要是有缘，我们以后就做亲家公亲家母。

两个女人这么快成了朋友，这一点有点出乎他的意料，他抬起头冲许碧芬客气地笑一笑。

巧莲又说：你说巧不巧，碧芬住在黄河大街西边，咱们住在东边，就隔了一条马路。

他也笑笑道：是挺巧的，咱们是邻居。他再抬起头时，看见许碧芬的笑容多了几分亲切。

两天之后，毕剑把巧莲接回到了家里。王守业也到医院为许碧芬办出院手续。两个女人似乎已经成了老朋友，她们热络地打着招呼，相约着要一起为孩子办满月酒。

毕剑看着两个熟络的女人，他又想起了巧莲说过的话，在他们两拨人分开后，他问她：想起来以前在哪见过许碧芬吗？

巧莲就笑道：也许我们上辈子见过吧。

毕剑有几分失望，他摇了摇头。

伺 机

1950年9月，美军先头部队在朝鲜半岛仁川登陆，一时间朝鲜半岛狼烟四起，战火已烧到我鸭绿江边。一个月后，中国人民志愿军奔赴朝鲜作战，数万中国军队开进了朝鲜，一场世界瞩目的战役就此拉开帷幕。

美军从仁川登陆的消息，王守业从电台和报纸上就已经听到看到了。来自台湾岛内的电波也活跃了起来。台湾方面广播说，美军这次登陆是为了台湾的国军。电台里还说：这是台湾反攻大陆最好的机会。然后，便从收音机里彻夜传出一个神秘的呼号，呼叫所有潜伏在大陆的特务。

那些日子，为了在午夜时分收听收音机里的呼叫，王守业从主卧搬到了次卧。

收音机就放在枕边，那个如同幽灵的声音又从收音机里准时传递过来：国军电台现在开始广播，留在大陆的兄弟们你们好吗？老家在想念你们，时刻都牵挂你们。南京的307、309、

432，重庆的 538、539，沈阳的 101、203、307……你们好吗？老家在呼唤你们。

当初潜伏下来，国防部给了他一个编号，收音机里呼叫的101 就是他的代号。这些代号只有国防部和同时潜伏下来的特务们知道。他潜伏下来的那一天，他的名字和老爷子的代号便不存在了，三个数字组成了他的代号。台湾在呼唤他，老家在呼唤他，心就如同暗夜里掉进来一粒星火，他又看到了光亮。台湾没有忘记他，国防部的人没有忘记他，他还是 101，听到呼叫自己时，他有些兴奋又有一丝紧张。原有的一点睡意一下子就消失了。他从床上下来，摸到床头柜上一盒烟，打开点燃一支，他一边吸烟一边在房间内踱步。午夜时分，院内屋里都很安静，只有他的一双眼睛在烁烁地放着光。他盯紧手中的烟头，那一粒火星在忽闪着。他在分析眼前的形势，国军在大陆一败涂地，退守到了台湾。隔着海峡，凭国军现有的残兵败将，想反攻大陆那是不可能的。现在美军在中国东北的家门口点起了战火。狼烟滚滚中，他看到了希望。他对美军充满了敬畏，美军是第二次世界大战最大的受益国，美国人的军队让日本俯首称臣。更重要的是，美国人手里握着原子弹，两颗原子弹就让不可一世的日军举起了白旗。那对于中国来说呢，只要美军出手，从东北打开缺口，一路向南，台湾的国军从东向西，改朝换代也绝不是没有可能的。

那些幻想的日夜，王守业既亢奋又疲惫，每天早晨他都出门上街，买下各种各样的报纸，带到办公室去研究分析各种形势，楼下的商店留下小崔和小袁两个年轻人看守。许碧芬刚生完孩子，还没上班，他便指派小袁代当收银员。两个年轻人都是他从学校招来的，他当时就是看中了他们的单纯和涉世不深。他不想和复杂的人打交道。小崔和小袁这两个年轻人，家都是本地的，没多少牵挂，果然自从入店以来，言听计从，工作上也总是兢兢业业。没什么事让他操心过。

他把茶沏好，然后就打开报纸，一张张地浏览着。报纸有介绍朝鲜战争态势的，更多的则是后方如何支援前线的。这么多年来，他学会了透过新闻的表象看实质的能力，任何一方报纸都很难保证中立客观。当初国民政府的报纸天天报道的都是形势一片大好，这里传捷报，那里又是大胜，结果不还是去了台湾。现在的报纸对他来说就是一种信息，他要透过表象看到真实的内幕。而眼前，美国人已登陆了朝鲜半岛，台湾岛内也跃跃欲试，他要看西方各国的态度。

他更想看到美国同盟军的反应，英国法国，这是美国二战中的盟友，美国要进攻中国不能缺了同盟国的支持。他在书架上找到一张东北地图，东北的辽宁和吉林与朝鲜水陆相连，美军想一举突破并没什么大的阻碍，飞机压境，然后就是陆地的坦克。他想象着那种气壮山河的场面，拿下东北甚至整个中国内陆指日可待。他从参军到现在一直是情报人员，此时他摇身一变，成了指挥一场战役的将军。是的，站在地图前，他就是名将军。他想到了藏在院里假山后的委任状，委任状清晰明白地告诉他，他是国军的中将。

有许多个瞬间，在幻想中他果然就是中将了，在一间硕大的办公室里召开会议。参加会议的各种校官和将军坐满了眼前，他成了指挥者，冲他们发号施令，所有人对他都毕恭毕敬。他才四十出头，血气未减，指点江山，激扬陈词。

楼下的街道上拥过一批又一批游行的人群，他们的口号声打破了他的幻想。他走到窗前，打开窗子，看见乌泱泱的游行队伍从楼下的马路上经过。他们喊着：抗美援朝，保家卫国，出师大捷，奋勇争先，支援前方，有钱出钱，有力出力。浩浩荡荡的游行队伍，眼前的场景把他拉回到了现实，他又回到桌前，落寞地看了一眼摊在桌上的东北地图。一整天他都在办公室里焦虑地踱着步子，想象着朝鲜半岛的战事。

傍晚时分，他从楼上下来，准备回家。小崔笑着迎过来，他还是个学生装扮，朝气蓬勃的样子。他迎上来说道：王老板，今天接到街道通知，想为前方将士捐款的现在就可以捐助了。

他看了眼小崔，又看见坐在收银台后面的小袁也一脸渴望地望着他。

小崔又说：刚才我打听了，隔壁的鞋店捐了一百双鞋。

他冲小崔说：你们觉得捐多少合适？

小崔抓抓头，不知如何回答的样子。

小袁从收银台座位上站起来说：别的商店也有捐一个月的收益的。

他望了眼小袁那张年轻的脸，他突然想起随妻子去上海的儿子,算下来今年应该也是十一岁了。自从分别到现在杳无音讯。

他心里什么地方动了一下。夜深人静之时，他经常想起自己的妻子和孩子。他看着小袁那张娃娃脸，把思绪拉回来。

他冲两个年轻人笑了笑：这样吧，你们看看咱们店里还有多少钱，想捐多少你们定。

小崔和小袁两人对视一眼，他们似乎从来没有当过这种家，一时的激动和兴奋让他们面红耳赤。

他走到门口，又回过头来说：我说的话是真的。

说完便向外面走去，来到大街上，路过公安局门前时，看见几位公安押着几个人向院里走去，已经有一群路人站在路旁围观了。他走过去，听见围观的人在议论：被抓的几个人是破坏抗美援朝的坏分子。究竟是怎么破坏的，没人能够说清，他也不想听了，快步向家走去。

他进门时，周妈已经做好了饭菜，摆在餐桌上，许碧芬撩起衣服正在喂孩子。一个坐着一个立着，两人正在说着什么。见他进门，周妈止住了话头，叫一声：先生回来了，我去端饭去。转身便进了厨房。

周妈把饭摆在桌上，顺手接过许碧芬手里的孩子。自从有了孩子后，每次吃饭，都是周妈哄孩子。他拿起筷子随便问：我进门时，你们在说什么，那么高兴。他看见周妈一直抿着嘴在笑。

许碧芬就说：周妈家的儿子参军了。今天一早走的。

他恍惚了一下：参军，去哪了？

许碧芬说：当然去朝鲜了，听说，这批参军的光沈阳就有几万人。

他点点头。他上午买报纸时，看到大街小巷里就张贴了不少关于参军的标语，标语上写着：保家卫国，参军光荣。拿起枪，上战场……这些标语现在满大街都是，只要一抬头就能看见。他们住的胡同口就张贴着这样的标语。

他端起碗，回头冲周妈笑一笑道：是吗，那祝贺周妈。

周妈一直抿着嘴笑，喜不自禁的样子道：政府说了，一人参军全家光荣。

他食不知味地吃完了饭，便回到了自己的房间里，天是何时黑下来的，周妈又是何时走的，他也不知道。他摸黑打开收音机，电台里那个幽灵般的声音又传了出来：大陆的朋友们你们好，老家人在呼唤你们……灯突然亮了，出其不意的灯光让他有些不适。他看见许碧芬立在门前，他下意识想去关掉收音机，许碧芬走过来，认真严肃地盯着他，他惶恐地盯着她的眼睛。

她一字一顿地说：听这些有什么用，你还没死心。

自从她心里接受了这个男人，昔日的长官已经不存在了。自从她怀孕那天开始，她就是希望平平安安地和王守业过日子，孩子生下后，这种感觉尤为强烈。孩子让她看到了希望，也感受到了生活的乐趣，虽然带孩子很辛苦很操劳，可她心里涌动着一种从来没有过的，做了母亲之后的自豪和幸福感。

她已经观察他一阵子了，这些日子他魂不守舍，做什么都没有兴趣，每天午夜时分，她为孩子喂奶还能听到收音机的声音。在他上班离开家门之后，她打开收音机听过，是他听过的电台，电台里传出的幽灵的声音让她浑身起了一层鸡皮疙瘩。她终于找到王守业魂不守舍的症结所在了。

她现在就站在了他的面前，她现在以一个妻子，一个母亲的身份站在他的面前。

她说：还没折腾够？要是出点差错，你想过我和孩子吗，我们现在的日子有什么不好？

他陌生地望着她，他对她的身份认知有几个层次的变化，最初把她留在自己的身边是为了掩护他潜伏，后来他们同居，又是一个层次变化，直到有了孩子，说心里话，他并没把她真心当过妻子，首先他心里还没完全接纳她。他的妻子和孩子在上海巨鹿路一个弄堂的小院里，那里才是他的家。他和妻子的感情一直很好，他们相识于南京，在南京结婚。日本人攻占了南京，他带着妻子又去了重庆，后来又回到了南京。一直到1945年，日本人投降，他们才结束这种颠沛的生活，他把妻子和孩子带到了上海。在那个弄堂的家里还没住热乎，便接到了来东北的命令。他会时常想起远在上海的妻子和孩子，想象着他们现在的样子，沈阳到上海并不遥远，他完全可以去找他们。可一想到自己的身份，便把这种想法扼杀了。但还是担心他们娘俩，心被牵走了。从感情上，他似乎从没接纳过许碧芬。

随着许碧芬孩子的出生，他的心绪尤为复杂。现实告诉他，他又有了家室，然而他仍忍不住去牵挂远在上海的妻子和孩子。

许碧芬的出现让他回到现实之中。

她又说：你想找死，我们娘俩怎么办？

他哑口无言。

她又说：把过去忘掉吧，我们娘俩想过平安日子。

自从在产房里与李巧莲邂逅，勾起了她过往的生活碎片，虽然她不敢确认眼前的李巧莲就是多年前失散的姐姐，但却唤醒了她心底里寻找亲人的愿望。她被父母送人，她不敢想象，父母和姐姐会流落到了沈阳城。但李巧莲的名字和她的样貌一下子唤醒了沉睡已久的记忆，还有那剪不断理还乱的亲情。她眼见着孩子一天一个模样，母亲的责任也同时唤醒了母爱。她想重新开始自己的生活。

她的话也让他清醒了许多，他想到了毕剑投在他身上的眼神，又想到那几个被公安人员押解着的破坏分子，身子不由地冒出一层虚汗。

证　明

抗美援朝的战争打响后，公安局和所有机构一样，一下子就忙碌起来。各地潜伏的美蒋特务一下子活跃起来，公安局隔三岔五就会接到上级机关发来的特务落网的通报。法库县公安局抓捕了两名国民党潜伏分子，他们的身份原本是军人，队伍撤退时，两人逃了出来，潜伏在了当地。抗美援朝战争爆发，让他们似乎看到了希望，两人拿着隐藏的武器准备从丹东出境，还没走出法库县，便被公安局抓获。

毕剑也接到了上级的命令，借此时机，彻底肃清留在沈阳城内的美蒋残余分子。整个公安局也忙了起来。

自从在产房里许碧芬结识了巧莲，两人很快便成了朋友。但两人的心境却是千差万别的，许碧芬急于了解巧莲的身世，巧莲的名字也许是巧合，年纪也是巧合，这些巧合都让许碧芬心动。许碧芬和巧莲能这么快如此亲近，还有另外一层原因，是她终于找到了一个可以说话的朋友，从开始潜伏到认识巧莲之前，她连个说话的人都没有。

　　这天，她奶完孩子，把孩子留给周妈照看，先是到商店待了一会，小崔和小袁两人把店里料理得井井有条，也没她什么事可干，便想起了巧莲。巧莲和她说过住处，那里她是熟悉的，李少秋当年在那里就有一间宿舍，她来看过他。一切就像梦一样地过去了，她摇摇头把自己从幻觉拉回到了现实，不由自主地过了马路。房间里巧莲把婴儿放到摇篮里，门虚掩着，她正坐在小凳上做着鞋垫。她的面前已摆了一摞做好的鞋垫。

　　她看见巧莲心里便不由得生了几分亲近，倚在门框上叫了声：姐。巧莲抬起头，发现是她，惊呼一声：你怎么来了？停下手里的活计要起身迎接她，她忙制止了巧莲，一脚门里一脚门外地站着，打量着面积不大的宿舍。一张双人床占了一半的面积，杂七杂八的东西，让房间看起来满满当当的。许碧芬就感慨地说：姐，你原来住在这呀。巧莲还是站起来道：屋子小，也没地方让你坐。许碧芬一边摆手一边向门里迈了一步，看见了那摞鞋垫，惊呼一声道：姐，你做这么多鞋垫做什么？巧莲还是用搪瓷缸子给许碧芬倒了一杯水，许碧芬客气地接过，把搪瓷缸子抱在胸前，看着又坐到原处的巧莲飞针走线。一边忙一边说：我们学校接到了支援前线的任务，虽然我还没上班，但也不能落下。说完笑了笑。

　　许碧芬这才想起电台和报纸上号召，全民动员支援朝鲜前线。她走到摇篮旁，看了眼熟睡的孩子，两人又交流了一番关于孩子的话题。最后许碧芬告辞，巧莲还是热情地把她送到了楼梯口，两人挥着手告别了。

许碧芬告别巧莲，心里又多了种异样的感觉，不知为什么，见到巧莲一点也不生疏，还有一种从来没有的亲近感。仅凭口音已分不清巧莲是哪的人了，巧莲现在说着一口东北话。如果要是自己的姐姐还活着，也和巧莲一样大了。她知道不能仅凭名字和年龄就断定眼前的巧莲就是失散的姐姐，世界上重名重姓的人多了，至于年龄就更不用说了。虽然她现在还没机会了解巧莲，但心里对巧莲的亲近感还是抑制不住自己的胡思乱想。

走到街上，她发现几处捐赠点堆满了物品，回到商店的路上，心里便多了一个想法，她来到商店的二楼，见到了正在看报纸的王守业。自从阻止他偷听台湾方面的电台，他果然不再听了，每天按时上班下班，在家里更多就是看看报纸，和她聊几句关于孩子的话题。他的变化让她感到踏实。只有踏实她才觉得安全。她走进他的办公室，他从报纸上抬起头望着她，以前她也经常从一楼的商店走上来，到他的办公室里坐一坐，两人聊聊生意，说说天气之类的话。

她站在他面前时，突然就有了主意，她望着他的脸说：现在所有人都在为前线捐款捐物，我想在咱们商店门口设立一个捐赠点。

他的目光从报纸上移开，不解地望着她。

她说：我刚从巧莲那回来，她在家做鞋垫呢，都做了很多了。说到这，她用手比画一下。

他还是没说话，似乎在思考着什么。

她又说：孩子有周妈照顾呢，我也没什么事，咱们开着商店啥也不做，心里不落忍。

他靠在椅背上，下了决心地说：你要做，咱们就做。虽然王守业答应了她的请求，但两个人各自想法却不尽相同，她是真心实意想为前线的军人做点事。王守业想的是，做这一切是为了更好地隐藏自己。别人不做，他也不做，没人猜疑什么。别人做，他不做，肯定会有人对他另眼相看。朝鲜战争让他的心蠢蠢欲动，她的话提醒了他。危险还没走远，有许多次梦里，梦见自己身份暴露了，他被毕剑和刘刚等人带离家门。一惊便从梦中醒了，然后久久无法入睡，一遍遍梳理着自己身份的破绽。人过留名雁过留声，任何人只要在这个世界上走一遭都会留下自己的脚印，他王守业当然也不例外。他知道，毕剑等人一定在为了抓捕老爷子搜集证据，现在安全，不等于将来也会平安无事。当年从沈阳撤走的那些了解他的人，不知身在何处，只要有一人把他供出来，他就会结束现在的生活。他不可能不提心吊胆，噩梦连连。他最近从报纸和收音机里不断得到前方传来的消息，朝鲜战争第二次战役已经结束了，志愿军和人民军的部队，已逼近了三八线。最初朝鲜战争的战火点燃，的确让他看到了希望。就像死灰复燃的一张纸，虽然已没什么热度了，但确是在内心中燃烧过了一回。但看眼前的态势，不禁心灰意冷起来。

为了捐赠点的成立，他还找来纸笔，在一张红纸上写下了一行字：为了前线的官兵献出你的爱心。虽然措辞有点文绉绉的，但也就是做比成样。许碧芬没想到王守业这么快就答应了她的请求。欢天喜地地拎着那张纸下楼，她叫来小崔和小袁帮忙，把那张纸挂在了商店的门前。小崔和小袁听说要在商店门口建立捐赠点自然热情很高。他们当即找来一个空糖果盒，把身上的零钱放在里面，算是第一笔捐赠。

许碧芬回到商店内，在库房里找出几件积压没卖出去的棉衣，也摆放到了捐赠点，又抱出两箱饼干。城北商店的捐赠点便有模有样了。

往来的客人都会在捐赠点停下脚步，看一眼那张红纸上写的标语，又看一眼堆放在眼前的捐赠品。有的从商店出来，把买东西找的零钱放到糖果盒里，也有人从家里拿来一些东西作为爱心。没几天，捐赠到商店门口的东西渐渐多了起来，这些东西的去处让许碧芬伤了脑筋。她当初只想到成立这个捐赠点，没想到这些东西要交给谁。她突然想起了认识的管妇女工作的方主任。虽然只和方主任有过一面之交，但方主任还是给她留下了深刻印象。很容易便找到了方主任，把来意说了，方主任这次比上次更加热情，拉着她的手说了许多鼓励和感谢的话。当天晚上，政府便派人把这些捐赠物品拉走了。

她的成绩受到了方主任的认可和表扬，心里自然喜滋滋的。从那以后，她奶完孩子，都会来到商店，站在捐赠点前，手里拿着一些从商店拿出的礼物，有饼干，也有糖果。凡是遇到有人捐赠，带着孩子的，便给孩子手里塞几粒糖果或几块饼干，然后把笑挂在脸上，冲捐赠者说着感谢的话。

一日，李巧莲到商店里买东西，看见了站在门口的许碧芬，惊奇地打量着这个捐赠点和许碧芬，笑道：没想到，你们商店也有了捐赠点。两人立在门前有说有笑地说了会话。李巧莲离开商店时，还拉着许碧芬的手说：妹子，等不忙了就去家里坐坐。

许碧芬自然是连忙点头，自从认识了巧莲，心里便多了心事。她也想就此更多地了解巧莲。十三岁那年偶然的机会让她在养父母的聊天中知道了自己的身世，她便有了寻找自己亲生父母的冲动，虽然她并没有付诸行动，但这种想法一天也没有停止过。是巧莲又一次勾起了她沉睡在心底的渴望。自从认识巧莲，不仅又一次让她想起了自己三岁以前的名字，还有三岁前片段的记忆。

自从那次她从长江边无奈地回来，她才清醒意识到，自己已经是个无家可归的人了。那种孤独无助感时时刻刻缠绕在她的心间，她把王守业当成了可以依靠的树，让她的心暂时有了一个安放的地方。也许是机缘，也许是巧合，让她在产房里和巧莲邂逅，心底里莫名地对巧莲的亲近，也许一切都源于对寻找亲人的渴望。

她又一次走进了巧莲的家，手里还多了份送给孩子的礼物，当巧莲看见她手上的礼物时，一边责怪着她破费，还是热情地把她让到了屋内。这次她是有备而来，不仅接过了搪瓷缸子盛着的热水，还欠着身子坐在床沿上。巧莲刚把孩子哄睡着。两人望着摇篮里的孩子，轻声细语地便聊起了女人和孩子的话题。两人说了一会，许碧芬便转移了话题问道：巧莲姐，你是本地人吗？巧莲摇着头道：我老家是河南商丘的，五岁那年老家生了蝗虫，父母带着我就闯了关东。许碧芬对闯关东这个词并不陌生。她刚到东北时，在街上经常能听到南腔北调的口音，大都是山东、河南闯关东来的人。三岁前的记忆中，她并不知道自己的老家是哪里，仅存的记忆里，她只知道自己有父母和一个比她大两岁的姐姐，还有姐姐系在脑后的那根红头绳，然后就是那条永远也走不完的土路。

巧莲答过后，轻叹了口气，欲言又止的样子。

她莫名地紧张起来，巧莲的话正一步步接近她心中的谜底，她又问：你的父母就你一个孩子吗？话说出来，心就狂跳起来。

往事勾起了巧莲的伤感，被许碧芬这么一问，突然红了眼圈。上次毕剑陪她去了徐州，虽然无功而返，但她还是在给妹妹看过病的老中医那得知，妹妹的病已经治好了。她为妹妹捡回一条命而感到欣慰，同时也为妹妹的下落而牵肠挂肚。

巧莲看了眼熟睡的婴儿，含着泪说：我还有个妹妹，三岁那年走到徐州郊外，生了天花，没钱治病，被一个好心人抱走了。

许碧芬又追问：抱走你妹妹的是个什么人，还记得吗？巧莲道：是个军人，名字后来我打听到了，叫赵守方，说是南京解放前去了台湾。我妹妹说不定也去了台湾。此时，许碧芬的心就快从嗓子眼里跳了出来。她几乎不敢相信自己的耳朵，心底突然有股热流涌出来，她鼻子发酸，眼睛发热，真想热热地叫一声：姐姐。可是她还是忍住了，她知道自己的身份。

许碧芬的眼泪已经流了下来，她真想上前抱住姐姐，现实她只能把手伸出去，紧紧地攥住了巧莲的手。她就那么热热地握着，透过泪光望着近在咫尺的姐姐的面庞。倒是巧莲叹口气道：也许只有把台湾解放了，我和妹妹才能再次团聚了。她说完也开始抹眼泪。姐俩都在擦拭着各自的眼泪。许碧芬真想一股脑说出实情，话几次冲到了嘴边，她还是咽了回去。

从那以后，许碧芬经常往巧莲家跑，每次见面都天南地北地聊上一会。当巧莲询问她的身世时，她顿住了，真想把实话告诉巧莲，自己就是她要寻找的妹妹，然后她们抱在一起痛哭，叙说各自的思念和心事。但她知道，自己不能，现在不仅嫁给了王守业，还有了孩子，她又想到了逃到台湾的养父母，一想起这些，便冷静下来，只能按着王守业教给她的那套谎话说出来。巧莲就拉过她的手，望着她的眼睛说：我妹妹和你一样大。巧莲就那么看着她，似乎真把她当成了亲妹妹。她望着巧莲的目光似乎又想起了母亲的眼神，三岁时的记忆，让她对母亲早已面目模糊，可她却记得母亲那双眼睛，温暖、善良、慈爱……在她的灵魂深处，遥远记忆中，又和母亲的目光交融在一起。从巧莲的目光中联想到母亲的目光，幸福感便笼罩了她。

巧莲和她聊到母亲在闯关东路上病死，父亲靠开杂货店把她养大，父亲又如何去徐州寻找妹妹，她和毕剑又去徐州，得知妹妹病已治好，还知道了妹妹的养父叫赵守方……许碧芬此时已经是泪水滂沱了。她为自己的父母姐姐在哭泣。反倒是巧莲被许碧芬的真诚感染了，她把她抱在胸前，一边哭着一边说：碧芬难得有人为我哭上一回，你是个善良的妹妹。她感受着姐姐温暖的胸膛，她伏在姐姐的胸前又尽情地痛哭了一回。

在她们的交往中，巧莲似乎也把她当成了最亲近的人，父亲死后，她在沈阳举目无亲，只有一些同学。在没认识毕剑前，一直觉得自己就是个孤儿。她终于和毕剑结婚了，又有了孩子，才有了家的温暖。自己稳定幸福的生活，让她又不时地想起妹妹，她相信妹妹也去了台湾，妹妹过得好不好，是不是能吃饱穿暖，嫁没嫁人，有没有孩子，丈夫一家对她好不好……一想起妹妹就会让自己沉浸到伤心之中，为想象中的妹妹而难过流泪。许碧芬的出现，让她体会到了当姐姐的感觉，她只有在五岁之前做过姐姐。她现在仍然记得，在老家门前那条小河里，她像男孩子一样到河沟里抓鱼，把妹妹留在岸上。她把抓到的小鱼递给岸上的妹妹，妹妹便开心地笑。有一次，趁她不注意，妹妹自己也下了河，结果跌倒在河床里。她发现了奋力把妹妹抱上岸，落汤鸡的妹妹起初想哭，因为恐惧，可当妹妹看到她狼狈的样子，妹妹又破涕为笑了。那一次，她被母亲训斥了，告诉她，她是姐姐，要照顾好妹妹，不要只顾着自己疯玩。也就是从那一次，她知道了作为姐姐的责任。

巧莲在许碧芬的眼神里感受到了妹妹的温柔和信赖，这种信赖又把做姐姐的责任感激发出来。有许多次，许碧芬抱来了自己的孩子。两个孩子放到床上，他们是一天出生的，长得也一般大小，唯一不同的就是一个是男孩，另一个是女孩。她们看着床上的两个孩子，巧莲突然有了一个发现，这两个孩子神态和长相竟有许多神似的地方。其实许碧芬早就发现了，她心里暗吃了一惊，心也怦怦地跳了起来，她第一次感受到遗传的强大。倒是巧莲大呼小叫地拉着许碧芬的衣襟说：妹子，你快看，这两个孩子长得真像。说完她诧异地望着许碧芬的脸，突然严肃起来道：他们莫不是上辈子的兄妹，这辈子又投胎到了一起。巧莲这么说，许碧芬只能应承着道：看来这两个小家伙能同一天出生，真是缘分呀。

巧莲在一旁越看越新奇，抱起这个看看，又抱起另外一个品品。不住地点头道：真像，看来咱们姐俩真有缘分。

又一天上午，许碧芬又把孩子抱来了，把两个孩子并排放到床上，窗外正有一片阳光温暖地射到房间里，照到床上两个孩子身上，温暖让孩子安然地睡去。两个女人坐到小凳上，一起缝着鞋垫。瞬间的静谧，让两人短暂地安静下来。她们彼此体会着对方的亲切。巧莲突然抬起头说：妹子，看来咱俩有缘，咱们做回干姐妹行不？巧莲的话撞到许碧芬的心坎上了，她脸热心跳地点了点头，突然而至的幸福感让她差点哭了出来。

巧莲已经站起了身，望着她道：咱们拜个干姐妹也得像男人们一样有个仪式吧。巧莲是读过书的，她在《三国演义》里读过桃园三结义，《水浒传》里读过梁山好汉一众兄弟的结义。想到这，她翻箱倒柜地寻找着什么，先把放到柜子里父亲的遗像小心地拿出来，又一头扎在柜子里。巧莲把父亲的遗像拿出来，本是无意之举，因为家里地方小，结婚后便把父亲的遗像放到了柜子里。

许碧芬突然看到了父亲的遗像，就像被什么重重的东西击了一下，她挪过脚步，把父亲的遗像捧到眼前，仔细地打量着父亲。这张相不知父亲是何时照的，他冲着前方憨厚地笑着，眉宇间有一种忧伤，他是在思念母亲，还是担忧失散的女儿？她死死地盯着父亲，心里一遍遍地说：这就是父亲，自己的亲生父亲。

巧莲从柜子底找出两支蜡烛，又找到火把两支蜡烛点了起来，拉过她的衣襟道：妹妹，这两支蜡烛就象征着我们姐妹俩，咱们跪下去就算结拜了。

许碧芬把父亲的遗像摆到蜡烛的背后，凝视着父亲的遗像说：巧莲姐，你的父亲就是我的父亲，咱们就在老人家面前磕头吧，让老父亲证明，让蜡烛证明，今天我们俩就是姐妹了。

两人当即把头磕下去。巧莲拉过她的手，两人仍跪在地上，巧莲说：爸，今天我认了个妹妹，她叫许碧芬，你老人家就把她当成自己的亲女儿吧。说完又把身子深深地伏下去。许碧芬已心绪难平了，她用双手捂着嘴，怕自己失声，真诚地又一次把头磕在地上，心里叫道：爸，我就是你的女儿桂莲呀。

晚上回到家里，王守业看出了许碧芬的异样，便询问她白天去了哪里。她抱着孩子进门时，周妈已做好了饭菜，接过她怀里的孩子，到房间去哄孩子去了。她从白天到现在仍掩饰不住自己的激动和幸福，还有一种说不出的忧伤难过。她难过近在咫尺的亲姐姐却不能相认，只能以干姐妹相称，但终归是找到自己的姐姐了，心里是一种喜忧参半的情绪。见王守业这么问，她看了眼他，摇摇头道：没什么。王守业就疑惑地又望了她一眼，埋下头吃饭了。

夜晚，两人躺下时，王守业借着台灯的光亮，望着她的脸说：你心里有什么话一定告诉我，要是遇到危险，我好提前做准备。王守业所有的心思想的都是自身的安全。她怕他担心，便把白天和巧莲发生的事告诉了王守业。这段时间，她早出晚归的，他知道她去找巧莲了，他对许碧芬接触巧莲并没有异议，只是叮嘱过她：别忘了自己的身份。她自然知道自己的身份，否则早就奋不顾身地说出实情了。这一说便收不住了，她太希望有人分享她的经历。她向他说出了自己的真实身世，让王守业也心绪难平，如果她不亲口告诉他，他一直以为眼前的许碧芬就是那个赵静茹。他没有说话，起身来到客厅，坐在沙发上，点燃了支烟，看着烟头明灭的亮光。他在思考，许碧芬是不是赵守方亲生女儿不是重点，她和巧莲拜了干姐妹也无关紧要，让他担心的是，她找到了自己的亲姐姐，时间久了，会不会让许碧芬身份暴露，这是他最担心的。他相信自己做得天衣无缝，不论毕剑他们怎么忙活，很难再找到他过去真实的影子了。从一开始，他就担心身边的许碧芬会成为他们的突破口。他警告过她，也威胁过她，后来他渐渐知道她把自己当成了可以信赖的人，他们又有了孩子，生活似乎稳定了，不料想许碧芬又找到了自己的姐姐，他不能不为自己的处境担心。

朝鲜战争刚爆发时，他似乎看到了台湾反攻大陆的希望，觉得美国人出手总是有盼头的。随着战事拉开，美国人不仅没占到便宜，还一直向南撤退，一直退到了三八线以南。这一阵子他一直关注着朝鲜局势，从最初的希望，到现在的绝望。他目前能做的只有把自己的身份隐瞒住，只要身份不被新政府揭穿，他就是安全的。提心吊胆的日子刚有所平复，许碧芬却见到了失散多年的姐姐，他的心不得不又一次提起来。

他把烟狠狠地摁灭在烟灰缸里，又走到卧室，站在床前，严肃地望着许碧芬。许碧芬被他的目光吓得一激灵，欠起身子道：怎么了？他又在床前踱了两步道：你和那个李巧莲接触我不反对，但不要因为情感把自己暴露了，那样我们就死定了。我们死了是小事，孩子谁来管，他会成为孤儿。

他觉得孩子是他的杀手锏，任何一个母亲都不会抛下孩子不管。她望着他，痛苦地闭上眼睛道：能找到失散的姐姐，我心满意足了。能不能相认不重要了。说到这，两滴泪珠从眼角流了下来。

暗　度

　　许碧芬明明知道李巧莲就是自己的亲姐姐，虽然不能相认，但内心对亲情的渴望却与日俱增，一天不见巧莲就跟丢了魂一样。只要有空，她都会跑到巧莲那里，哪怕说上几句话，小坐一会，心里也是幸福的。

　　随着孩子一天天长大，许碧芬许多精力都被另一种天然的亲情所吸引了，天下所有母亲都一样，孩子就是母亲的一块心头肉，看到孩子一天天成长，她似乎看到了未来。

　　王守业除了忙碌商店进货和盘点货物外，其他时间都待在二楼的办公室里，台湾电台他不再听了，但大陆电台的新闻广播和报纸他还是要听要看的，他在每篇文章里研究着动向，嗅着气味。

　　第五次战役打响，志愿军在三八线和以美国为首的联合国军僵持不下。台湾方面在朝鲜战争爆发时，的确活跃了一阵子，真真假假地呼叫大陆潜伏的特务，王守业知道，这些特务十有八九早就落网了。他能侥幸活到现在，一切都是因为潜伏前的安排。他在报纸上看到，麦克阿瑟灰溜溜地离开日本，失去了对朝鲜战场的指挥权。在王守业的心里，麦克阿瑟五星上将是他的偶像。他读军校时，便了解了麦克阿瑟的履历，是美国军事教官告诉他们的。麦克阿瑟以第一名的成绩毕业于西点军校，第一次世界大战时任美军第四十二师参谋长。第二次世界大战又担任美国远东军总司令。教官形容他打的胜仗和捕获的狼一样多。在他的心里，麦克阿瑟就是常胜将军。由麦克阿瑟的失败，他又联想到了国军的失败，国军无论是装备还是军队的数量都远远好于多于共军。日本人投降，许多重要城市和战略要地的移交，也是直接交给了国军。当时全国的局势就像一盘围棋，大部分有利地势都被国军占领，剩下的边边角角，共产党也只有守势而没有攻势。然而就是短短三年时间，国军却一败涂地，从中国的最北端一直到海南岛，都成了共产党的天下。这一切发生得太快，许多人甚至来不及细想便成了共军的俘虏。从接到潜伏命令那一天开始，他就在思考这个问题。他在国防部供过职，对地方军阀明哲保身的做法历来看不惯，什么事都要靠中央军出头，而地方的财政收入大部分又被各自的军阀所垄断了，交到中央财政的连零头都不够。各自打着算盘，结果都被共军一口口地吃掉了。连个皮毛都没有剩下。包括现在朝鲜战场上的联合国军，也只能躲到三八线南侧负隅顽抗。眼前的局势让他清醒地意识到，潜伏任务从他接到命令那一刻开始就已经结束了。现在他要平安地活下去。儿子王一川已经会扶

196

着床沿走路了，儿子的惊人进步，他的心也被孩子的变化所吸引。无论如何他是孩子的父亲，从出生到现在，他一天天看着孩子在长大，在变化。从孩子牙牙学语，到现在已经会叫爸爸妈妈了。每每听到孩子的呼唤，他的心都被软化了。一个人独处时，他会想起远在上海的老婆孩子，他们又是何种处境，是生是死，一想到这些，心里便乱了。独自一人时，他经常望着窗外恍惚了自己，此时生活在沈阳的是王守业，而那个真实的自己又在何方？他甚至有了给上海的妻儿写封信的念头，这个念头刚一出来，便马上被理智占据了。这样的信无疑会加速暴露自己的身份。他知道，自己的对手毕剑就虎视眈眈地注视着他，他现在的一举一动都在毕剑的掌握之中。有几次他走夜路，明明感觉到后面有人跟着，可他回了几次头，又什么也没看见。他在胡同里拐了个弯，把身体隐藏起来，身后的脚步也就此停止。只要他迈步向前走，身后的脚步便也跟着响了起来。凭他多年和毕剑打交道，对毕剑的了解，毕剑不可能轻易放过他。他也想过和王守业打过交道的苏联商人伊万。伊万他没见过，是王守业供述的，当时他想把伊万一块端掉，等他派人扑向伊万的老巢时，这个狡猾的苏联商人，早已人去屋空了。留下了一库房的破烂。如果毕剑能够找到伊万，他就一定会露出破绽。他甚至想到了自己的结局，先是被捕，然后就是审问，自己不会像一般小特务那么好运，关在监狱里判几年徒刑，他的命运必死无疑。想到死，如果一了百了也并不可怕，万一自己忍不住把隐藏在上海的老婆孩子招供出来，那结果是他不想看到的。

如果自己不暴露，想必上海的老婆孩子就是安全的，只要他们不承认他，就没人会把他怎么样。从沈阳解放，凭他对共产党的了解，不会为难他们母子两人。他给他们留下了一些钱财，儿子以后大了，会承担起家庭的重担。每每想到上海的妻子和儿子，心绪便难以平静。他为他们担心，想象着他们生活中的种种不易。有几次，他站在窗前忍不住流下了泪水。

眼见着王一川一天天长大，他的心又被眼前自己的骨肉所软化了。在他最初的设计里，没想到会走到这一步，许碧芬只是他身份掩护的一枚棋子。他不想和她发生什么，他是她的长官。为了王守业的身份，他的身边必须有一个许碧芬。最初接到潜伏命令，当然也没料到眼下的局面，如果他当初早就料到了，也不会有今天。他要是不受命，早就逃离了沈阳，即便搭不上逃往台湾的飞机，他也会逃到上海，隐姓埋名和老婆孩子生活在一起。

相依为命和担惊受怕的生活让他和许碧芬走到了一起，他们各自早已没有了当初的使命，能在一起平安生活就是他最大的奢望了。他逃避不了眼前的现实，只能承认眼前的一切，一想到这，心便稍安了一些。不正视现实又有什么办法呢，他只能这么安慰自己。

一天晚上，孩子已经睡下了，巧莲打来一盆洗脚水放到毕剑的脚前，毕剑这阵子总是早出晚归的。前方在战斗，后方的人们也没闲着。城市里重点厂矿需要公安人员守卫，暗藏的阶级敌人也在蠢蠢欲动，前几天他们公安局在铁西区就抓获了几名企图炸掉工厂的破坏分子，还粉碎了几起预谋破坏机关学校的案件。毕剑早出晚归的，有时回到家里已过了午夜了。

毕剑把脚泡到温水里，刚拿起一张报纸，巧莲便把报纸从他手里夺下道：当家的，跟你说个事。最初时，巧莲总像文化人一样叫他名字，不知何时，她就暗地里改了口，一直称他为当家的。起初他还不适应，久了，也就接受了。

巧莲这时把一张笑脸凑过来，他这才意识到，这阵子忙得已好久没有仔细打量过巧莲了。他盯着她的脸道：是不是又想要回学校了？前些日子，巧莲和他提过，孩子大了，应该请个人照看，自己该上班了。他们在这个城市里不仅没有老人，甚至连个亲人都没有，孩子一出生，便成了他们最大的拖累。

巧莲仍笑着：不是上班的事，我告诉你，我认了一个干妹妹。

毕剑起初并没把巧莲的话当回事，原本以为她在家带孩子腻烦了，找到说话人了。便也笑着说：你说的不是韩君吧？

巧莲卖着关子道：你猜？

他把身边的几位女性都猜了个遍，巧莲一直摇头。最后巧莲忍不住道：是城北商店的许碧芬。

他听到许碧芬这个名字时，心里暗吃了一惊。王守业夫妇一直是他们公安局的重点怀疑对象，到现在还有侦查员暗地里观察着他们的一举一动。可怀疑归怀疑，但他们并没拿到真凭实据，希望通过跟踪观察手段，发现他们的破绽。巧莲却成了许碧芬的干姐妹。他怔怔地望着巧莲。

巧莲就说：怎么了，你不高兴？

他摇摇头，怀着心事说：没有，你们怎么成了干姐妹？

巧莲就坐到毕剑的身边道：碧芬和我妹妹同岁，从产房里认识之后也没当回事，可接触了几次之后，不知为啥我就觉得她很亲，在沈阳我也没什么亲人，一来二去的在心里我就把她当成了妹妹。也是巧合，我们成了干姐妹。

毕剑当然明白巧莲的心理，她一直对寻找自己的妹妹没死心，上次从徐州回来，巧莲伤神了好一阵子。得知妹妹的养父赵守方去了台湾，妹妹十有八九也随着去了，心虽然已死，可仍然不甘。只要有机会，仍试探着打听妹妹的下落。

毕剑知道这时不该打击巧莲，她需要他的安慰。毕剑拉过巧莲的手安慰道：你结识了新朋友我替你高兴，你觉得你们处得来就多交往。

他当然不会把对王守业和许碧芬的怀疑告诉巧莲。

巧莲听了受到了鼓舞，便说：我们不是一般的朋友，我们以后要像亲姐妹一样相处。

毕剑见巧莲这样，忍不住一阵心酸，心里便多了愧疚，又道：啥时候把她叫到家里来，咱们请她吃饭。

巧莲得到了丈夫的支持，自然满心欢喜。

没几日，巧莲带着许碧芬回到了中街自己曾住过的小屋里。这是里外间一个小房子，外间临街做了杂货店，里间就是睡觉的地方。父亲去世后，杂货店便再也没有卖过东西，只是她休息的地方，一直到她和毕剑结婚从这里搬了出去，便把门锁上了。这里还放着她婚前的一些用过的东西，偶尔，生活用得上了，还会回来拿一些东西。

这次回到这间杂货店是许碧芬提出的，她说她想看一看姐姐曾经生活过的地方，在许碧芬的心里，希望在这里找到父亲曾经生活过的痕迹。

巧莲带着她来到了杂货店门前，还没等开锁，许碧芬就有点忍受不住了，鼻子一直发酸，她几次扬起脸，让眼泪憋回去。当巧莲打开门的一刹那，她看着眼前的一切，泪终于忍不住了，扑簌簌地落下来。外间还摆着货架，货架后面有一张小圆凳，已经被磨得油光发亮了，想必就是父亲卖货时常坐的小凳吧，她走过去坐在小凳上，一边流着泪一边冲巧莲掩饰道：姐，不知为啥我一看见这里就想落泪。

巧莲顺手拿过一个鸡毛掸子，一边打扫着货架上的灰，一边感叹道：虽说我搬走了，可觉得这里还是家，每次回来就像当初放学回家，看见我爸坐在这里看我笑，招呼我吃饭。

巧莲说到这也忍不住掉下了眼泪。许碧芬坐在这里，恍似又嗅到了父亲的气息，心里自然是百感交集，一边流着泪一边这摸摸那看看。百般思绪只能埋在心里了。

重 生

志愿军司令员彭德怀与联合国军总司令克拉克上将终于在板门店签下了停战协定。意味着朝鲜战场又一个和平的开始。

报童举着印有停战协定的《人民日报》号外版在沈阳的大街小巷里奔走。第一批从朝鲜撤回的部队又回到了沈阳城，街上是夹道欢呼的人群，军车的马达声隐隐地传来，空气里散发着淡淡的汽车尾气味道。

在沈阳的铁西一个胡同里，李银河刑满出狱回到了沈阳城，他是从长途车站一路走回来的，他穿过人流，不时引颈向归来的队伍望去，熟悉的一切又回到了他的眼前。他走进胡同，看到自家的院门，心狂乱地跳着，有种忍不住落泪的愿望。终于来到家门前，他举手拍门，里面传来一个孩子的声音：你是谁？接着他就听到芍药的声音：来了。他又听到了女人熟悉的脚步声，门环响过，接着门就开了。芍药和孩子便出现在他的眼前。隐在眼里的泪终于流下来，他哽咽着声音说：我回来了。

被判了三年有期徒刑的李银河刑满释放，终于回到了家里。在他服刑的日子里，芍药看过他几次，两人在会见室里见面，李银河掰着手指和她数着出狱的时间。在芍药眼里，丈夫李银河变了，人虽还在监狱里服刑，目光开始变得坚定，笑容在他脸上也多了起来。他问完家里的一切，便盯着芍药的脸说：家里就靠你了，我不在，你还要照顾孩子，又上班。李银河对芍药充满了感激。芍药回到沈阳后，便在沈阳市衡器厂的门市部找到了一份工作。她的工作就在门面房里出售各种衡器。

李银河终于出狱了，日子就又是另外一个样子了。

他去派出所报到后，又去了街道。街道给他分配到了保洁队。李银河在监狱里已千万次想过了，等出去不论做什么工作，都会欣然接受，只要能平平安安过日子，一家三口在一起他就知足。

每天早晨，天不亮他就到保洁队报到了，他的工作是一条街道和三条胡同的保洁工作。一支扫把便成了他的劳动工具，他的工作从黎明开始，日上三竿回到家里时，芍药早就上班去了，孩子也送到了幼儿园。回到家他也没闲着，院里院外的又清扫一遍。锅里是芍药做好的饭菜，吃完之后，搬了把小凳子，坐到院里，听着大街上传来的人声和汽车声，这是人间音乐。最后起身又给自己倒了杯茶，从屋里出来时又拿出本《圣经》，小院里阳光很好，左邻右舍的人都去上班了，一切都变得很安静。他打开《圣经》便读了起来。滨海小城很早就来了传道士，他读的学校也是教会学校，每天晨读，老师都让他们读《圣经》。姥姥和母亲就是基督徒，经常去教堂做礼拜。一来二去的，他也开始读《圣经》了。有一阵子做电报员，他几乎快把读《圣经》的习惯忘记了，他服刑期间，又想起了《圣经》，回来便把《圣经》找出来，每次读《圣经》又让他想起童年和少年的往事，心便静下来。他对现在的生活感到知足，感谢政府对他的宽大处理。他一直认为是上帝安排让他认识了芍药，让他有了温暖的家，他经常想起《圣经》上的一段话：……你不再哭泣。主必因你哀求的声音施恩给你；他听见的时候，就必应允你。主虽然以艰难给你当饼，以困苦给你当水，你的教师却不再隐藏，你眼必看见你的教师。你或向左、或向右，你必听见后边有声音说：这是正路，要行在其间……是的，他受的苦就是正路，最后他必然要行走在幸福的道路上。他自己不知道对《圣经》上的话语理解有多深，但是无论如何《圣经》上的话让他看到了希望。

太阳西斜一点的时候，他又一次出门了。一条街道三条胡同口的垃圾还要等着他去收。差不多在芍药从幼儿园把孩子接回来时，他也回到了家。果然，芍药已经到家里了，儿子摩西正待在院子里等他回来，一进门摩西便张着手跑过来，他抱起儿子把脸贴在儿子光滑的小脸上说：想爸爸了吗？孩子就把小脸紧紧地贴在他的脸上，奶声奶气地说：想爸爸了。他觉得一直愧对孩子，是因为孩子的出生才让他下决心去自首。如此看来，孩子是他的造物主，是儿子摩西改变了他。当初给孩子起乳名时，觉得摩西这个名字太适合儿子了。

他此时陪孩子在院子里玩耍，芍药在厨房里忙碌着，家家户户飘起的炊烟在眼前升腾着。这是通俗的场景，每天都是如此，但李银河心里还是欣喜不已。他把孩子抱在怀里，指着那些炊烟说：摩西那是什么？孩子就答：那是烟。

他就说：这是烟火气。

普普通通的日常一幕，也让他欣喜不已，一种久违的喜悦。一家三口吃完饭，芍药就忙着给孩子洗洗涮涮，他给儿子讲《圣经》故事。

晚上，摩西睡在两人中间，孩子睡着了，呼吸出均匀的气息，他把手越过孩子的身体，摸到了她的手。两只手握住，他把头俯在孩子的近处，嗅着摩西身体散发出的奶香气道：有你们的日子真好。芍药没说话，只是握在他手里的指尖动了动。他又说：你知道我在想什么吗？她嗯了一声。他这才道：我在想，当初自首太对了。为什么？芍药欠了下身子。他吁了口气：当初要不自首，就不会有今天踏实的日子。芍药呓语似的：也是，该受的罚咱受了，该吃的苦也吃了。他在暗处笑一笑道：苦尽甘来呢。他隐约记得《圣经》上似乎就有过这样的一句话。

他收回手，把两只手放到头下，望着暗处的天棚说：我现在做梦都是笑的。

她在暗处望过来，模糊地望向他。

他自言自语地：我现在是重生。

不知何时，芍药睡去了，也和摩西一样传来均匀的呼吸声，他在呼吸声里也渐渐睡去了。

北市场有个教堂，这座教堂建于何时他没考究过，早两年在锦州电报组时，他便知道了这座教堂。现在这座教堂成了他每周日的去处。周日天一亮，他就起身，带着《圣经》直奔教堂而去。牧师是一位犹太人，皮肤是棕色的，鼻子比一般人大一点，眼睛似乎也有些颜色，他离台上的牧师远看不清，不知这个犹太牧师是何时来到沈阳的，反正讲着一口地道的沈阳话。牧师在台上讲《马可福音》中的一段：约翰下监以后，耶稣来到加利利，宣传神的福音，说：日期满了，神的国近了！你们当悔改，信福音。犹太牧师用沈阳话讲着，他觉得讲的就是自己。日期满了，神的国近了。

去了几次教堂之后，他认识了一位姓杨的姊妹，杨姓姊妹四十出头的样子，跛着一条腿，一连几个礼拜日，两人都坐在了一起。教堂里是一排排的木桌，凳子也是一条一条的，像学生的课桌，又比学生的课桌长，每一排都能坐下四个人。他每次到教堂时，前面几排并没有坐满，但他还是总坐在最后一排。杨姓姊妹一连几个礼拜日都是最晚到的一个，每次来都坐到他身边的空位上，因为她来得晚，又坐在他的身边，就引起了他的注意。每次杨姓姊妹坐到他身边时，他都会扭过头冲她招呼一下，两人点头微笑，并不多说什么。她来得晚，经常找不到牧师在讲哪一页，他会把她的《圣经》打开，找到牧师讲的那一段指给她看，她便感激地冲他笑一笑。

一次做完礼拜，众人纷纷离开教堂来到外面，许多熟悉的人都相互打着招呼，有的就站在阳光下聊会天。他谁也不认识，正准备匆匆走去。她突然出现在他的身边，软软地叫了声：这位兄弟你好。他见是她在和自己说话，便笑答：你好。两人就这么认识了，知道女人姓杨，家也住在铁西，离他家并不算远。两人向汽车站方向走去，他这才发现她一只脚跛得厉害，走在路上一摇一晃的，他只能把脚步放慢下来，她笑笑说：我这条腿是小儿麻痹留下的病根。因为她的腿不方便，走起路来很吃力的样子，他理解了她每次来晚的原因。

那次，他们走到公共汽车站，车还没来，她就和他说话，她问他：李兄弟，团契你在哪做呀？他不认识什么人，还没参加过团契，便摇着头道：我还没去处。

她又温柔地笑笑道：要是不嫌弃，就到我家来吧，每周三晚上七点。接着她又告诉他她家住的地址。他对她说的地方似乎有印象，觉得离自己的住处也并不太远，便点头说了谢谢。

周三的时候，他如约来到了杨姊妹的家，这是一片棚户区，以前是一些没身份的人搭的窝棚，后来经过改造变成了棚户区。走进胡同，又顺着一条小路往里走，便是土路了，刚下过雨，路面泥泞不堪，泥水沾了他一脚。终于找到了杨姓姊妹的家了，她家住的棚户，摇摇欲倒的样子，门也是几块木板随便钉成的，龇着牙关不严的样子。门开了，杨姊妹站在门前，又软着声音说：你来了。她引领着他往里走，一盏十五瓦的灯泡灰蒙地亮着，屋内已有几个人，他们都分别坐在一张床前。他进门立住，才看见床上躺着一个男人，脸色苍白，眼窝深陷，正冲他微笑着。她介绍道：这是我男人，病了，已经好久了。另外坐在床边的两个人一个是盲人，另外一个少了一条胳膊。她又为他介绍那两个人，盲人姓胡，六岁那年得了一种怪病，失明了。他看见盲人也就二十出头的样子。少一条手臂的男人姓张，用一只手和他握了一下，自我介绍道：我姓张，我这手是为日本人修铁路时轧断的。几个人围着床各找坐处，杨姓姊妹打开《圣经》的《诗篇》道：我先读一个诗篇吧。众人随着她一起读起来：

"义人哪，你们应当靠耶和华欢乐，

正直人的赞美是合宜的。

你们应当弹琴称谢耶和华，

用十弦瑟歌颂他。

应当向他唱新歌，

弹得巧妙，声音洪亮……"

众人随着她的朗读一并附和着，床上病着的丈夫一边咳着一边也大声地朗诵着。

那次团契之后，她把他送到门外，站在泥泞的地面上，盲人和少一条胳膊的兄弟都是她的邻居，已经各自离去。他望眼屋内问她：你丈夫得的是什么病？

她低下头迟疑了下道：结核。但又抬起头肯定地说：已经得了两年了，不过不碍事，我天天和他生活在一起，我也没被传染，胡兄弟和张兄弟也没有被传染。

他笑一笑，点点头。

他穿过泥泞的地面，向家的方向走去。他又想起了耶稣说过的话：通往天堂的门是窄的，通往地狱的门是大的。他穿过泥泞，终于走到胡同口，跺了跺脚上的泥水，双脚顿时轻松下来。

股 东

城北商店被公私合营了。这是国家出台的政策，所有私营企业，国家都占了大股份。城北商店自然也不例外。王守业拿着市政府颁发的股权证书离开了城北商店，许碧芬还是收银员。经过一番改造，原来的城北商店改成了黄河大街供销合作社。政府派来一位姓李的女主任。李主任长得白胖，梳齐耳短发，说话总是慢条斯理。楼上很大一部分也改成了卖货的地方，原来的办公室一分为二，一半改成了主任办公室，另一半改成了会计室，来了一个会计还有一个出纳。同时又增加了几位售货员。黄河大街供销社一时人丁兴旺。

王守业成了股东，政府说，依据他股份比例，供销社每季度都会把盈利给他送来。做了股东的王守业真成了掌柜的了。

原来的下人周妈政府已经安排了工作，离开他们了。王一川已经五岁了，在离家不远的另一条街上的幼儿园。每天许碧芬上班时，会提前走一会，先把儿子王一川送到幼儿园再去供销社上班。闲来无事的王守业总是要睡到日上三竿，起床后，早点许碧芬已给他留好了，在锅里热一热。吃完早点，他为自己沏杯茶，拿出昨天买的报纸再翻一遍，其实这些报纸昨天晚上他已经看过了。因为无事，他还是把目光落在报纸上。报纸上说：美帝国主义惨败回了老家。公私合营已接近尾声。各地掀起了建设社会主义的新高潮。后来他还是被《人民日报》一条社论所吸引了，社论上说：一定要解放台湾。铿锵的字句一贯到底，看得他心惊肉跳。在朝鲜战争爆发时，他曾幻想过台湾方面会反攻大陆成功，朝鲜半岛打得正热火朝天时，他从报纸和收音机里得到消息，台湾方面的飞机飞临东海上空。也就是侦察一番，以显示自己的存在，后来就再也没有动静了。

王守业早就不去幻想台湾还能闹出多大动静了，不想了心里也就平静了。他把铿锵的社论看完，一壶茶喝得也差不多了。中午已经到了，许碧芬早晨带了饭走的，供销社所有员工都带饭到供销社，中午时轮流把饭吃了。闲来无事，他便出门走一走，走出胡同，向左手拐，再往前走过两条街，那里新开了一家花鸟鱼市。这段时间他已经去过几次了，因为闲，爱上了小动物，却没有买的意思。就是看看。习惯使然，他又走上了通往花鸟鱼市的路。正值五月下旬，天不冷不热，有风吹开他的衣襟，他走得不紧不慢。一进花鸟鱼市就看到卖八哥的摊位，此时有几只八哥装在笼子里，挂在树上。八哥见到了他，便学着人说：你好。他也冲八哥说：你好。还伸出手逗弄了一下八哥。这里的店主大都是住在附近的居民，许多人都到城北商店买过东西，也都认识他，店主就纷纷和他打招呼道：来了王老板。他走到卖鱼的摊位前，几种金鱼在一个大玻璃容器里游着，悠闲快活的样子。店主是个独眼，另只眼睛何时瞎的他无从考究，独眼店主瞄着他就说：王老板，买几条鱼吧，你自己不喜欢给孩子玩呗。店主最后半句话让他心动了，他立住脚，认真地看了眼这群鱼，鱼们很自在又很从容的样子，他想到了儿子王一川。前几天他为儿子买了支玩具小手枪，能扣扳机的那种，发出嗒嗒的声音，孩子喜欢得不行。想到这他就冲独眼店主说：那就来几条。店主进屋拿出个玻璃瓶子，捞出四条鱼放在里面。又找了两袋鱼食递给他。他付完钱，托着这个鱼瓶又转了一会，店主纷纷和他打着招呼，一律称他为王老板。这种身份上的认同，让他很受用。以前在梦里，都是一些旧人和旧事，还称呼他以前的名字。他惊出一身冷汗醒了。现在很少做那种梦了，人们已经认同了他现在的身份，以前是城北商店的老板，现在是黄河大街供销社的股东。他悠闲地走着，背后有人就议论：当股东真好，不用操心，钱就送到家里了。他在人们的议论声中走远。

儿子晚上从幼儿园回来，一眼就看到了瓶子里的鱼，雀跃着扑过去，和几条鱼玩到了一起。

许碧芬换好衣服到厨房去做饭，他把白天从菜市场买回的菜提过来。许碧芬一边择菜一边说：周日，小崔和小袁要结婚，咱们看看送点啥礼物。

小崔和小袁是他从学校招来的，那会他们还是十八九岁的孩子，几年过去他们都到了结婚的年纪了。早些日子，他就听许碧芬说小崔和小袁两个年轻人谈恋爱了。因为他平时在楼上，两个人是何时处在一起的他并不清楚。他觉得这没什么不好，年纪到了结婚生子，这是人之常情的事。

关于送什么礼物，他心里也没个数，便顺嘴应了声：明天没事我出去转转，看到合适的东西就买两样。

第二天，他去了北市场，这是城北最繁华的去处，店铺多人也多。他没有坐车，是一路走过来的，最后他在文具店里买了两支英雄牌钢笔。这是上海生产的，一出厂名气就很大。用的人并不多，一是它的价格高，另外钢笔还没有普及起来。他为二位新人的礼物感到满意，两个新人都算是读过书的人，虽然是售货员也一定用得上。

走出北市场就看到了那座教堂，以前他也到这里来过，但以前每次来都匆匆忙忙的，这次心闲便向教堂走过去。不是周末，教堂里没人，那个犹太牧师在教堂门口摆了一张桌子，桌子上摆着几本《圣经》。《圣经》上放了张纸，纸上写：请《圣经》二毛钱。牧师坐在桌后在读《圣经》，神情很专注的样子。他走过去，拿起本《圣经》，《圣经》拿在手上很厚重的样子。他记起小时候家里就曾有一本《圣经》，《圣经》是母亲的。母亲经常去教堂做礼拜，母亲还有一伙经常去教堂的人，聚在一起经常搞活动。小时候，母亲经常拿《圣经》上的话教育他，母亲就耶和华长耶和华短的。他拿起本《圣经》，犹太牧师便抬起眼，叫了声：先生，请一本吗？这个犹太牧师的底细他多少了解一点，二战时犹太人遭到了德军的屠杀，许多犹太人便四散着逃命，一部分人就逃到了哈尔滨和上海。这个犹太牧师到中国后就给自己起了个中国名字，人们都叫他游牧师。游和犹太人的犹是同音。游牧师又辗转来到了沈阳，在北市场的教堂落了脚，入乡随俗学会了一口沈阳话。以前他看过闲书，了解了犹太人信奉的犹太教和基督教的区别，便和游牧师说了起来，游牧师就说：基督教是犹太教的分支，新教又是基督教的分支。他听了游牧师的话，把两角钱放到游牧师的面前，请一本《圣经》回去。游牧师在他身后说：有空到教堂来做礼拜。他没回头。

周日，小崔和小袁的婚礼在供销社门前的空地上举行。主持人就是新来的李主任，双方的父母亲戚也到场了，十几口子人立在空地上，还引来了路人围观，场面很是热闹。他把两支英雄钢笔已经给了小崔和小袁，二位新人胸前戴着红花，穿着平时并不多见的新衣服，喜气洋洋地接受着人们的祝福。他站在人群后面，看着两个新人，就想起了自己第一次结婚时的样子，年纪也和他们差不多。他是刚从军校毕业，回了老家，在母亲倡议下，他和妻子的婚礼是在教堂的大厅举办的。当时教堂是他们老家最好的建筑，许多老家人不管和耶和华有没有关系，都把在教堂举办婚礼当成了时髦。结婚后的第三天，就带着妻子离开了老家，来到了南京。上海沦陷时，自己的老家南通也遭到了日本军机轰炸，父母就是在那次轰炸中逃到了教堂，结果几颗炸弹落到了教堂里，父母遇难。上帝也没能保佑他们。

一直到两位新人冲参加婚礼的人分发喜糖，小崔把一把喜糖递到他面前叫了声：老板。他才恍惚过来，忙拿起小崔手里的一块糖说：恭喜你们。

糖放在嘴里是甜的，心却很落寞，有一种说不出的滋味。他在人群里看到了许碧芬，许碧芬和人们一起欢笑着，她也比小崔和小袁大不了多少，远远看去，她真的还是很年轻的样子。李代桃僵之后，户籍登记上她就是他的妻子。他们别说婚礼，就连个形式都没有。一直到孩子出生，现在想起这些，觉得他欠了许碧芬的。活到此时，他悟出了人生的不易，许碧芬跟了他也是不易的。

这段时间孩子每天放学，许碧芬经常把毕晓玲也一同接到家里。毕晓玲是毕剑和巧莲的孩子。当几年前，许碧芬告诉了他李巧莲就是自己的亲姐姐，也了解了许碧芬的身世，他吃惊过后，好久都没回过味来。世界上真有这么巧的事，像梦但却是现实，是现实便只能接受。许碧芬也接受了不能和李巧莲相认的事实。

许碧芬和李巧莲频繁地走动着，他们两家人还在一起聚过几次。毕剑也参加，有时在他家，有时在毕剑家里。毕剑已搬离了单身宿舍，住到单元房里去了。他记得毕剑第一次来到他家时，看着他若无其事地说：王老板带我参观参观你的豪宅吧。这句话也许说者无心，听者却有了意，他心还是动了一下，他猜想，到现在也许毕剑仍然没有断了对自己的怀疑。他庆幸早就把电台处理了，还有那把手枪，以前那把手枪就放在办公室的保险柜里，后来他总是提心吊胆，那把枪会给自己招来祸害。他偷偷地把枪带出城，扔到一个不知名的湖里。他现在家里家外都干干净净了，他不怕毕剑看什么，便大大方方地领着毕剑在房子里转了一圈。虽然毕剑表面上默认了他们的关系，但他知道，毕剑的内心并没有放弃过老爷子。这从毕剑的眼神里就能看出来。

孩子大了一点送到幼儿园后，巧莲又去到学校上班了。巧莲上班路远，中间还要倒两次车，经常遇到学校有事，接孩子便晚了。许碧芬便一同将毕晓玲也接回来。两个孩子似乎也心有灵犀，在幼儿园就玩得来。他有时冷眼打量着两个孩子，一想到他们相同的血缘关系，心里便又一惊。

巧莲来接孩子时，有时天都黑了。许碧芬便留她在家里一起吃饭。饭菜早就做好了。遇到毕剑加班不能按时下班时，巧莲便带着孩子留下来，一家人围坐在一起谈天说地，当然是两个女人为主角，姐呀妹地叫，一个明里一个暗里，在王守业眼前的两个女人就是一台戏。

王守业有时吃完饭去外面遛弯，走出胡同口，便看到公安局的办公楼。里面果然灯火通明，进进出出的人依然很热闹。他一望见那灯火，心里就沉一沉，总觉得这些人加班和自己有关系。日复一日的，自己又安然无恙，便放下心来。有时见到毕剑时，他也会察言观色。希望从毕剑脸上看出什么来。但每次又是失望。

王守业就想，自己是供销社的股东，股东证是政府发的，还盖着鲜红的印章，这是政府对自己身份的认可，想到这，心又一次踏实下来。他开始留恋眼下的日子了，从记事开始他从没有这么悠闲过，似乎到这时才品咂出生活的味道。

悬 案

中华人民共和国建国十年阅兵后不久，公安局党委召开了一次梳理案件的大会。

老爷子一案作为公安局第一号案，被宣布挂案待办。作为处长的毕剑也被邀请成了这次局党委扩大会议的列席代表，他在会议上极力反对把老爷子案挂起来。但局党委做出了决定，十年未破的案子都作为悬案待办，老爷子案自然也不例外。

昔日的葛副局长已经是局长了，会议结束后毕剑便闯进葛局长办公室，葛局长依旧一副知识分子的样子，扶了扶眼镜望着不约而至的毕剑。

毕剑把两只手扶在桌上，凑近葛局长道：局长，把老爷子案变成待办案子我不服。

葛局长打开茶杯，喝口水，依旧那么不温不火地望着他。

毕剑就说：老爷子是潜伏在沈阳的头号特务，他手上有我们烈士的鲜血，怎么说待办就待办了？

葛局长就慢条斯理地说：他是头号特务不假，目前咱们有线索了吗？

毕剑摇摇头。

葛局长又打开公安部的红头文件，指着上面的某款某条道：十年以前尚无线索的案件都要变成待办案件。这是公安部根据党中央的精神作出的指示。待办不是不办，只要有了新线索，我们还要全力以赴继续查办。

如果老爷子案变成待办案子，是公安局党委决定的，他还有能力扳回来，可公安部依据中央指示，毕剑知道自己无能为力了。他快快不快地从葛局长办公室里走出来，回到自己的办公室，电话叫过刘刚，把关于老爷子所有材料整理出来，分别装入两个档案袋里。所说的老爷子所有材料，也不外乎各种口供和怀疑对象王守业等人的谈话笔录。收拾这些档案材料时，他惊讶地发现，到现在为止，整整十年了，竟然没有一个人检举揭发老爷子，他又一次意识到老爷子的老谋深算。

几年前，为了从另外的缺口追查老爷子，他带着刘刚去南京和重庆两地寻找过老爷子当年的熟人。因为他们并不掌握熟悉老爷子人的具体名单，只能找在东北剿总和保密局沈阳站工作过的特务，询问以前老爷子可能的社交圈子，这样下来犹如大海捞针。最后他们在南京找到了一位当年老地下党，这位地下党说出了一个实情，当时从东北撤出的国民党守军，有钱有势的去了台湾，没权又没势的有的投亲靠友，有的隐姓埋名早已散落到了民间。他们又到了重庆找到当地公安局相关同志，重庆解放得比南京还要晚，1949年的11月份重庆才得以解放。因为重庆解放晚一些，有更多的国民党要员有时间转移到台湾，就是那些没转移走的，他们被俘前，也没有一个人和老爷子打过交道。

毕剑和刘刚翻阅着这些当年的资料，竟然没有一份有价值的，所有能证明老爷子的人仿佛已经从人间蒸发了。关于老爷子这个案子，他们不可谓不上心，几乎费了九牛二虎之力，至今仍没个头绪。每隔一段时间，他都要走进烈士陵园去朱红的墓前坐一坐。烈士陵园在解放后这几年已经修建了起来，进门有一个很大的牌楼，远远地就能看到烈士陵园几个大字。进烈士陵园一直走，竖了一个雄伟的纪念碑，碑身上刻满了为沈阳解放事业而牺牲的烈士们的名字。朱红的名字就在右数第三列中间的位置上。他每次来到朱红墓前心里就一塌糊涂地愧疚，最初朱红安葬在这里，他承诺过她，很快就会抓住杀害她的凶手。结果一年又一年过去了，他不知来过多少回，更不记得和朱红说过多少话，老爷子至今仍逍遥法外。想起老爷子也许就在他们的身边，正暗中注视着他们的一举一动，可他们就是毫无办法把老爷子绳之以法，每每想到这，就懊恼自己。如今老爷子的案子成了悬案，待办案子，他再来到朱红墓前心里又多了无地自容的感触。他斜过身，背对着朱红的墓坐下。烈士陵园刚建时，移栽了许多松树，此刻松树已经长大长高了，有几棵已经有了遮天蔽日的样子。风吹过这些松树，就有了一股森然之气。

他背对着她说：朱红我对不起你，十年了，老爷子这个案子还没破获。现在成了待办的案子。

他从怀里掏出烟，他记得自己学会抽烟时，还是在青岛那个叫石老人的小渔村里。那些日子，朱红没日没夜地监听着海上的日本人情报，因为熬夜，他先是试着抽一支，似乎烟并不能驱散漫漫长夜带给他的困意。那一阵子他买来红枣和人参，为朱红熬水喝，到了夜半时分，他总会端来一碗红枣人参水放到朱红面前，让她喝完去休息，下半夜他要替换她工作。他把耳机放到了耳边，捕捉敌人的电波就像在波涛汹涌的大海里去寻找海鸥的叫声。暗涌的涛声就像他的催眠曲，困意涌动着向他袭来。起初是把纸烟放到鼻子下去闻，忍不住终于点燃，从那时开始他就学会了吸烟。有一天早晨朱红过来接班，看到他堆在一个饼干盒里的密密麻麻的烟蒂时，她便说：怎么抽了这么多？她的眼神流露着心疼和责备。从那以后，他尽量不在她面前吸烟，他知道她讨厌他的烟味。

他又当着她的面吸烟了，烟雾瞬间就被风吹散了。

他说：我知道你不喜欢我吸烟，可一想起老爷子这个案子，我就想吸烟。

为了老爷子的案子他这些年经常半夜醒来，以前住在宿舍时，他不当着巧莲面吸烟，而是走到走廊尽头的洗手间里去抽。洗手间里有一盏长明灯，有几次他在洗手间里碰到同样起床吸烟的刘刚。刘刚也为案子睡不着觉，两人就站在洗手间里说案子，分析线索，更多的时候他们就是沉默，各自在心里理着找不到头的线索。那会，他们心里还是充满希望的。

他又一次离开朱红，他和巧莲没结婚时，每次见朱红更多的是一种情感的寄托。自从结婚后，再见朱红时就是一种精神上的念想。他承诺过她的事，却迟迟无法兑现，他知道是自己在向她忏悔。

老爷子的案子成了待办的案子，他想到了刘副主任，此时的刘副主任已经是副市长了，主管政法工作的副市长。刘副市长仍然是他们的顶头上司。他们现在是邻居，住在公安局后身那片家属区里。晚上吃饭时，他冲巧莲和孩子说：我去刘市长家坐一坐。从厨房里找出一瓶酒。已经九岁的女儿毕晓玲早就上了小学了，她见父亲提了瓶酒便奋不顾身地堵在门口，张着手臂说：爸爸你不许喝酒。要出去可以，把酒留下。

他对女儿只能苦笑，看着眼前已经高过他腰际的女儿，突然心里有种莫名的情绪，女儿都这么大了，老爷子仍逍遥法外，他既惭愧又无力。便苦笑着冲女儿说：爸爸去谈事，喝酒是次要的。

女儿张着手臂，坚持着：谈事可以，喝酒就不行。妈妈说，你一喝酒就叹气。

巧莲从厨房走出来，拉过晓玲道：爸爸要去看朋友。

他借机从门里走出来。来到刘副市长家时，刘副市长老婆已经把饭菜端上了桌，刘副市长正坐在桌边等着他。他和刘副市长老婆打了招呼，两人便坐在桌前，女人把孩子叫到了房间还关上了门。客厅里只剩下两个男人了。几杯酒之后，毕剑便脸红脖子粗地说：老领导，把老爷子的案子挂起来，我想不通。

刘副市长给他倒上酒安慰道：挂起来的案子并不是结案，有了新线索再去办嘛，又不是不办了。

他身为公安局的处长，当然明白一个案子变成了待办意味着什么，就是一个案子从主角变成了次角，工作重心变了。他们主办方向再也不是这个案子了。

刘副市长和葛局长的话如出一辙，领导决定的事他自然没有办法推翻，作为下级更不能不执行。他就是心里委屈和不甘，一转眼十年了，在这十年里他为老爷子这个案子有多少个夜晚睡不着觉，又有多少个日夜奔波在寻找新线索的路上，一次次希望变成失望。就像费心尽力养着的一个孩子，还没到成年就让他给送人了。

刘副市长说：新中国成立，咱们的社会发展这么快，从"三反""五反"，又到公私合营，又到"大跃进"，老爷子这个案子咱们都记在心里。社会在变，我们的工作重心也要变。老爷子不管他在还是不在，都影响不了我们建设社会主义的大局。

从建国到现在，经历过这么多次运动，老爷子还没有被揪出来，他也想过关于老爷子的种种。第一种就是老爷子已经死了，就像那些绝望的潜伏特务一样。前几年，南京公安局曾通报过一个案子，一个当年的潜伏特务在家中服安眠药自杀了。从留下的遗书中才知道他曾是名潜伏特务，在惶惶不可终日中，精神崩溃了。老爷子也有可能走这条路，在死之前甚至都没留下遗书。第二种可能，老爷子改头换面成了一名普通的百姓。如果他自己不跳出来，他们在没有任何线索的情况下，又如何抓到他呢？可毕剑宁愿相信后者，这才有追踪下去的动力。

他回到家里时，女儿毕晓玲已经在另外一个房间里睡着了。巧莲坐在客厅里还在批改学生的作业。茶几上多了一袋南果梨。巧莲见他进来，忙起身说：是不是又喝多了，我给你洗几个梨吧，压压酒劲。

巧莲说完就拿几只梨准备往厨房走。

他问：这梨是你买的？

巧莲说：是碧芬送来的，她说他们供销社刚从鞍山进来的一批南果梨，正新鲜呢。

他没说话，坐在沙发上，望着巧莲忙碌的身影。他突然发现自己和巧莲竟同病相怜。巧莲一直为寻找自己的妹妹而奔波。前两年，自己写信联系了徐州日报社，在报纸上还登载了一则寻人启事。她接过疑似妹妹的人来的信，自己也满心欢喜地去过，并没有找到妹妹，那些疑似的人在关键点上还是和妹妹的身份大相径庭。有的没得过天花，有的收养人家不对，总之，巧莲寻找妹妹也成了悬案。

有许多次，巧莲躺在床上，见他没睡着就说：要是我妹妹还在，会干什么工作呢？应该结婚了，孩子又该多大了？

他便从自己的思绪中挣扎出来，安慰巧莲道：现在是新社会了，一定和你一样，有了自己的工作，结婚生孩子了。

巧莲又畅想道：不知那个男人对妹妹好不好，孩子听不听话。说完这些，巧莲就陷入对妹妹的思念中。为她的一切担着心。因为妹妹，巧莲便多了心事。也会在批改学生作业中偶尔愣神，目光变得缥缈起来。他每每望到巧莲这种眼神，他就知道，她一准是想自己的妹妹了。心里会为巧莲伤心难过上一阵子。在徐州找不到妹妹，他有时就安慰她道：你妹妹一定去了台湾。她也会问：台湾是个什么样子呢？他没去过，就顺嘴说：是个岛子，应该比海岛还大。她又问：台湾何时能解放呢？他又说：台湾一定会解放。他想起了报纸和文件中对台湾定的调子。巧莲就叹息着说：那只有解放台湾才能找到妹妹了。

往 来

　　王守业的供销合作社的股东没做到两年，上级又有政策，他们这种股东权利便被取消了，一切私有财产归公，自谋生路。组织还算照顾这些股东，在工商联或其他单位都帮他们谋了一个工作职位。王守业早几年就到市工商联合会上班了，他的工作是指导企业的经营。更多的时候会提一只人造革提包，包里放一个日记本，一支笔，还有一个喝水杯子，走街串巷地到企业里去调研，也去开会，为政府献言献计。工作倒不是很辛苦，只是身份的转换，他从一家私企老板变成了普通上班一族，他乐于这样的清静，政府称他们为自食其力的劳动者。

　　许碧芬还在供销社上班，还做她的收银员，王一川已经上学了，和毕晓玲是同学。现在每天送孩子上学成了王守业的任务，把儿子送到学校门口，看着儿子背着书包走进学校的背影，他就有种时光倒流的感觉，他又想起了远在上海的儿子。当年分手时，儿子也像一川这么大年纪。上海的儿子叫龙川，在一马平川的土地上像龙一样飞腾。因为大儿子的名字，才有了小儿子王一川的名字，他一直在冥冥之中觉得，有朝一日两个儿子会相认。为了他们的相认，便在孩子的名字上花了些心思。

他经常会走神，想起上海巨鹿路弄堂里那座小院，此刻的龙川又在干什么。每当他走神时，就会暗自告诫自己，王守业还活着，那个以前的老爷子已经死了。他摇摇头，把牵着他脑回路的闪念摇走。有时夜深人静时，不知怎么就醒来了，醒了之后便久久睡不着，脑子便信马由缰地乱想一气。他想过老婆已经改嫁了，她的名字是不是改了，她找的男人是高是矮是胖是瘦，脑子里无边无际地想一想，又想到若干年后，也许他们还会相见，他们真的能再见吗？他又想起把母子俩送到飞机上的场景，孟婉春已含了泪，她一只手拉着儿子，一只手攥着他的胳膊，临分手那一刻，她还满怀希望地说：你真的不能跟我们一起去吗？他最后一次又摇了一下头。孟婉春眼里的泪就流了下来，儿子第一次坐飞机，他被身后的飞机吸引了，兴高采烈地拉着母亲的手大声喊着：坐飞机喽。孟婉春拉着儿子的手站上飞机舷梯时又回了一次头，她向他招了一下手，他在人群里也拼命地挥了一下手，大声地说：再见。孟婉春牵起孩子的一只手也向他挥了一下，嘴里似乎也在说再见，飞机的轰鸣声盖过了一切，但他从她的嘴形上看到了这两个字。不懂事的儿子完全被飞机所吸引了，拧着身子拉着母亲向飞机上跑去。他在静悄悄的夜晚，又一次想起了他们娘俩，他们会思念他吗？从自己平安地活到现在推断，母子俩一定也隐姓埋名了，政府一定没有查到他们的真实身份。他也想过另外一种可能，母子俩去了台湾，但他觉得这种可能性很小，他们在上海没有身份，没有门路，没有金钱，怎么能换一张通往台湾的机票。他们留在上海，还没有把他暴露出来，证明他们心里还有他。这么想过，心里就涌起一阵莫名的酸楚，眼眶也跟着一热。他扭头看了眼身边的许碧芬，她在熟睡，均匀地呼吸着。他又为眼前的女人纠结了。起初他对她并没有爱情，是为了身份的掩护，他们结合在一起，又有了他们共同的孩子，他渐渐在心里接纳了她。她年轻漂亮，就是到现在，她还是那么楚楚动人。她完全把自己当成了他的女人，精打细算地过日子，照料着孩子和他。生完王一川不久，她伏在他的怀里说：要不我们再生个女儿吧？有了孩子的女人，母性都得到了最大的释放。其实王一川出生也是个意外，他的本意最好不生孩子，无牵无挂。那会他过着危机四伏的生活，总觉得一天醒来，毕剑就会出现在他的面前，出示一张逮捕证和他说：你被捕了。这样的梦时时缠绕着他。多个孩子就多个累赘，真有那么一天，他想逃跑都没有机会，那会他的内心是矛盾的也是挣扎的。当时他想让许碧芬做掉孩子，许碧芬否决了，冲他说：孩子生下来我自己养。当许碧芬又提出生个女儿的想法后，他拒绝了，理由也很牵强：有一个孩子就够了，再多就是累赘了。许碧芬当然知道他以前的妻子和孩子的事。起初她很少问，他自然也不会说，这不仅关系到他们的安全，还有女人的自尊。随着王一川一天天长大，日子平安如常，许碧芬心里绷着的那根弦渐渐松弛下来。有几次，他们倚在床上，她随手翻着一张报纸，报纸的内容千篇一律，她的心思并不完全在报纸上，而是在他的身上。他是她的唯一的男人，自从孩子出生，曾经有过的短暂爱情已在她心里夭折了。这就是女人和男人的不同，女人一旦认准了一种生活或者感情，以前的过往便会消失得无影无踪。她已从最初对恋人李少秋的思念变成了平静。她放下报纸，望了他一眼，认真地问：是我好，还是你前妻好？她的话让他一愣，他不知道她怎么突然想起了这个话题。

他认真地盯着她的眼睛，我早把他们忘了。他伤心地说。

她摇着他一只手臂撒娇道：胡说，怎么可能。

他的眼前快速地闪过孟婉春和儿子龙川的样貌，心就疼了一下。他皱了下眉头，低声道：回不去以前了，你现在是我的妻子。

她把上半身偎在他怀里，娇嗔着：我们同事都说，你娶了我是你占了大便宜，我这么年轻，人们都夸我漂亮。

此时的许碧芬完全是个撒娇的小女人做派了。王守业看在眼里，心里隐隐地多了种不安，他自己有时也恍惚，自己到底是王守业还是老爷子。庸碌的日常生活已消磨掉了他们的警惕。以前他还经常提醒许碧芬，让她时时刻刻记着自己的身份，可天天喊狼来了，狼却没有来，久了，紧绷的神经便松弛下来。但他还是隐隐有些担心。

赵静茹似乎早已把自己当成了许碧芬，以前赵静茹的身份似乎已经在她心里作古了。她变得活泼开朗，她是整个黄河大街供销社最活跃最积极的那个人，不论什么活动她都冲在最前面。整个供销合作社搞歌咏比赛，她也是唱得最响亮的那一个。供销社那个戴眼镜的李主任来过家里几次，每次都当着他的面表扬许碧芬，她张口一个你家碧芬，闭口一个你家碧芬地道：你家碧芬现在是供销社活跃分子，你可不能拖她后腿。李主任还说：今年你家碧芬被评上先进分子了。有一次李主任认真严肃地找到他，盯着他的眼睛道：王守业同志，你是不是不让碧芬入党？李主任的话让他吃了一惊，他张口结舌地望着她道：李主任你说的这是哪的话呀？

　　原来，李主任已经把许碧芬当成了入党积极分子来培养了。也找许碧芬谈过话。许碧芬的样子比王守业更惊慌失措，她当时脑海里想了许多，她从来没有意识到自己这种人还有机会入党，但她脑子里多了根弦，便说：谢谢主任的好意，这么大的事，我还是要征求一下我们当家的意见。

　　李主任当时就点了头。

　　许碧芬回来也征求过王守业的意见，突如其来的消息，让王守业也一时不知如何作答。他们工商联也有党支部，每逢周六下午凡是党员的就一起在会议室里过党的生活，学习文件开会讨论什么的。他们原来这些私营企业者或者说是曾经的资本家，没有一个是党员的。每逢党员开会，他们都靠着墙边走，生怕自己动静大了打扰党员同志们的学习。那些党员同志都有着光辉的履历，为革命负过伤立过功，他们这些人和这些党员比自惭形秽。尤其王守业想到自己老爷子的身份，心里七上八下的，又多了许多忐忑。如今许碧芬谈起入党的事，他一时不知如何作答。冷静下来之后，便踏实了，李主任能有这个考虑，首先许碧芬的表现是无懈可击的，这证明他们是安全的。但他也知道入党的程序，去年他们工商联有位同志入党，申请书写了，支部也通过了，可在外调社会关系时，却出了差错。有个远房表舅曾当过国民党的连长，就是因为这一层社会关系有污点，取消了那位同志的入党资格。

许碧芬要是入党，就得由组织出面外调她的社会关系，虽然此时的许碧芬已融入了角色，但保不齐在外调时会节外生枝，让他们以前所有的努力前功尽弃。想到这，他把担忧对她讲了，许碧芬也着实吓了一跳。从那以后，许碧芬就没再搭李主任的茬。

李主任当面质问王守业，他惊诧过后，很快便反应了过来，他赔着笑道：主任，入党当然是好事，我们求之不得，可是我们的成分是资本家，怕拖了党组织的后腿。

李主任甩一甩短发铿锵地说：我们党的原则是团结一切可以团结的力量。只要积极靠拢组织，甘愿为共产主义事业奋斗终生的人，都可以加入党的组织。

王守业就做出一副感激不尽的样子，说了许多保证的话。没了退路，只能凭天由命了。很快，许碧芬拿了一份党章回来，熬了两个晚上在灯下写就了一份入党申请书，交给了李主任。不知李主任忘记了当初的话，还是别的什么原因，总之，许碧芬入党的事便不了了之了。有一次还是小崔悄悄告诉许碧芬，李主任上报了她的入党申请书，上级考虑她的出身没有批下来。小崔已经是供销社的副主任了，经常参加党内党外的核心会议，就知道了许多机密。

这件事之后，反倒让许碧芬和王守业两人暗自松了口气。他们真的不想再节外生枝了，只想过平平静静的日子。

许碧芬和李巧莲干姐妹的关系一如既往，李巧莲成了王一川和毕晓玲的老师，两个孩子也要好得跟一个人似的，他们放学回来，要么去巧莲家写作业，要么来到他们家，不论到谁家来，都会吃完饭才离开。许碧芬和李巧莲便成了两家人联系的使者。她们不断地相互接孩子或者送孩子。在两家人来往中，许碧芬总是显得主动一些，供销社进来一些紧俏商品，许碧芬总会买两份，一份留给自己，一份送到巧莲家。每到秋天，渍酸菜是巧莲的拿手绝活，许碧芬学了几次总是学不好，要么把酸菜渍坏了，要么就是味道不对。冬天吃的酸菜就被巧莲包了下来，巧莲也经常端着盆，盆里放两棵酸菜，水淋淋地送过来。

过年过节两家人有时也在一起坐坐。轮到王守业家做东时，许碧芬的手艺总比不上巧莲，王守业就到饭店里订两个菜，再去打壶烧酒。中秋或者五一节时，他们就把小桌搬到院子里，院里那棵香椿树已经长得根深叶茂了，两家人就坐在香椿树下，一边吃一边有一搭无一搭地聊些无关紧要的话题。两个女人在一起话题自然离不开孩子。巧莲看着两个孩子在树下疯玩，就感慨着说：妹子，咱们真是缘分，孩子都这么大了，咱们姐妹的感情就从没变过。

许碧芬就热热地叫了声姐，目光潮潮地望着巧莲说：就是以后发生天大的事，咱们的感情也永远不会变。

巧莲也许是一直思念失去的妹妹，也把对妹妹的感情转移到了许碧芬身上。她恍惚觉得眼前的许碧芬就是自己的妹妹。有时她就冲许碧芬感叹道:我父亲去世后，就再也没有个亲人了，我把你当成唯一的亲人了。许碧芬每每听到这话，心想自己又何曾不是如此呢，便又热热地说:巧莲你就是我的亲姐姐。

毕剑和王守业喝了几杯酒之后，就聊国家的形势，国内形势一片大好，美苏两霸永远是我们敌人之类的话。王守业有时也聊一些工商联的工作，有时毕剑也插上一两句话。毕剑从来不聊自己的工作，两个男人和两个女人比起来就多了矜持。王守业隐隐地仍能感觉到毕剑的压迫感，从始至终便把神经的弦绷紧。无形中两个人虽然坐在一张桌前推杯换盏，但不自觉地都保持着距离，这种距离只有两个人才能感受得到。

有一次巧莲来到了供销社，那会供销社的人不多，许碧芬就从收银台里走出来招呼着巧莲。两人站在柜台外说着话，站在柜台里的小崔说:碧芬姐，你们姐俩长得真像。这句话一出口，说者无心听者有意，许碧芬心里咯噔一下，她心里一直矛盾着，既希望能和巧莲相认，又怕这种相认。便忙找了借口道:我这是和巧莲姐有缘呢。之前巧莲也来过供销社，从城北商店开始，那会许碧芬和巧莲还不熟，两人也没有如此近距离地站在一起过。

巧莲听了这话却大大方方地说:因为长得像，所以我才和碧芬妹妹有如此的缘分。

小崔就说:你们两个再往祖上捋一捋，说不定你们真有血缘关系。

小袁也过来凑热闹地说：大家一起帮忙看看，看她们长得像不像。

巧莲把这话当真了，拉着许碧芬站到一面镜子前，不对比不打紧，这一照镜子巧莲也惊呼一声：以前我还真没有发现，是像。说完拥着许碧芬道：看来你这个妹妹没有白认。

许碧芬心一阵乱跳，脸也红一阵白一阵的，正好有一个客人要结账，她忙跑到柜台里。

巧莲买了斤盐和白糖就离开了，巧莲走后，小崔和小袁还有其他几个售货员也一起围过来七嘴八舌地议论着，内容都是许碧芬和巧莲如何相像。小袁就凑近许碧芬说：你真的没有一个失散的姐姐？许碧芬缓过神来，也开玩笑道：世界上长得像的人多了，长得像就一定会有血缘关系？

小袁一边摇头一边说：长得像的人我们也见过，但眉眼神态这么像的我们可没见过。

众人也七嘴八舌地议论着。许碧芬就从座位上站了起来冲众人道：好了，那以后我就跟巧莲叫亲姐行了吧。

众人一边笑着一边散去。

许碧芬在那一夜失眠了，她被姐姐就近在咫尺而不能相认所折磨了。自从认识了巧莲家那间杂货店之后，她自己偷偷地又去过几次，虽然杂货店的门被巧莲用一把大锁锁上了，但她仍能通过门的缝隙嗅到杂货店内的气味，她坚信这就是父亲的气味。许多次她就倚在杂货店的门上，一边呼吸一边体会着父亲。三岁时得了天花，她离开了这个家，虽然在她的记忆里只留下片段记忆，以前她一直觉得那些记忆是在梦里出现过的。只有那次她偷听到了养父母暗夜里的聊天，她才知道自己真实的身份，片段的记忆被她在暗夜里的回忆激活了。她试图着想过原来的家，想父母和姐姐的样貌，可她怎么也连不成线，只有零散的一些细节，父母模糊的脸，姐姐头上那条鲜艳的红头绳。直到在巧莲家见到了父亲的遗像，她的记忆闸门似乎呼啦一下子打开了，不，确切地说是家的气味，亲人的气味，一种说不清道不明的东西瞬间在她体内涌了出来。她望着父亲的遗像，并跪拜在父亲面前，父亲那张脸及表情是那么陌生又那么熟悉。她站在此时的杂货店门外，望着街景想象着父亲生前的样子。似乎自己穿越到了过去，回到了三岁前老家那间杂货店。父亲在杂货店里忙碌着，她和姐姐在杂货店门前跳皮筋，她们头上都扎着红头绳，红头绳在她们的跳跃中上下翻飞，想到如此的景象，泪水就盈湿了眼眶。

　　不知有多少次，她偷偷地跑到这间杂货店来，直到有一次，她碰到了到杂货店里拿东西的巧莲。巧莲也吃惊地叫了声：碧芬，你怎么在这里？她忙掩饰道：我路过，走累了，坐在这里歇歇脚。

　　巧莲忙打开门，把她让到里面，这里很久没来人了，到处落满了灰尘。巧莲一边找东西一边告诉她，杂货店就要交给国家了。她听了这话就有几分落寞，她突然在一个角落里看到一个小皮球，皮球是花色的，圆圆的身子上染着各种鲜艳的颜色，她把灰尘吹去。巧莲就说：这是爸爸在我十岁那年送我的生日礼物。没想到它落到这了，这都多少年了。

她死死地把那皮球抓在手里，生怕巧莲要回去。怯着声音说：姐，把它送给我行吗？巧莲不解地：碧芬，你要它干什么？都成老古董了。她编了个谎言道：看到这球我就想起我小时候，我也有过一只这样的球。

巧莲就说：不嫌弃你就拿走。

她死命地握着那只小皮球，就像握住了父亲健在的日子，也见证了姐姐的童年。

从那以后，那间杂货店就做了一家供销社卖种子的门市部。门脸被重新装饰过，货架上摆着各式各样种子样品，里间被装种子的麻袋塞满了。她在被改造过的杂货店门前驻足过几次，每次都失望着离开。就像告别自己的故居亲人。

那只姐姐玩过的小皮球还在柜子的深处放着，有时她仍会拿出来把玩一番。努力嗅着皮球的味道，这只皮球经过父亲的手也经过姐姐的手。

爸爸，姐姐。她在心里轻轻呼唤着，泪再一次涌出眼眶。

此时的巧莲也没睡着，由碧芬她又想到了自己的妹妹桂莲。她要是还活在人间也该三十三岁了，妹妹比自己小两岁。妹妹有可能随养父母去了台湾，也许流落到了民间，但她相信妹妹一定在这个世界的某个角落里，在等待着她，也在思念着她。她不知妹妹过得好不好，嫁给了什么人，又生了什么样的孩子，是在农村还是在城市。她想象过千次万次，每一次都为妹妹的日子提心吊胆，总觉得妹妹在过苦日子。有许多次梦见妹妹在讨饭，穿着破衣烂衫，不停地在风中哭泣。每次做到这种梦，她都从梦中醒过来，心怦怦地跳着，抹一把脸上的泪水，心境久久不能平复。

她自己也不知为什么，对许碧芬有着天然的好感。两人见面就有说不完的话，今天在镜子里看到自己和碧芬，也吓了她一跳，要是不了解碧芬的身世她几乎就认准她就是自己的亲妹妹。对大千世界造就两个相像的人她并不感到好奇。她对许碧芬好奇的是，她们是如此亲密的一对干姐妹，又长得如此相像，心里的某种东西常常一致地暗合。

有一次，她想为自己做条蓝底白花的裙子，布料她已经看好了，却没抽出时间去买。第二天，许碧芬却把那块蓝底白花的布料给她送来了。那次，她们一起一人做了条裙子。

还有一次，她想把头发剪短了，第二天周末，许碧芬果然又约她一起去剪发了。她们俩走进那家理发店时，师傅冲她们说：你们姐俩谁先剪？不仅是理发师傅，她们俩只要在一起，几乎所有人都把她们当成亲姐俩。每每这时，巧莲也不说破，她拉过许碧芬的胳膊，让两人更近地站到一起，骄傲地说：她就是我亲妹妹。不明真相的人自然信以为真。

可巧莲知道许碧芬不是她亲妹妹，因为缘分她们成了干姐妹，两人是磕过头的。有一阵时间，她甚至在想，是老天可怜她让她认识了许碧芬，让她们俩像姐妹一样来往。这么想过，她心就稍安了一些。既然找不到亲妹妹，就把许碧芬真当自己的亲妹妹吧。她是这么想的，也是这么做的，有时在外面为自己买东西，她都是买两份，一份留给自己一份送给许碧芬。结果许碧芬也是，包括她们的孩子，她们都把对方的孩子当成了自己的孩子。每天她去学校上班，带着毕晓玲来到许碧芬家门前，等王一川出来，然后她带着两个孩子一起去学校上课。有时她很满足，亲姐妹相处也不过如此了。她失散了亲妹妹，老天又送给她一个干妹妹，生活也就如此了，日子就多了滋味。

公安局接到一份公安部的通报，通报上说，在四川成都又挖出来一名潜伏的国民党特务。这个特务的年龄和经历与老爷子有许多吻合之处，为了核实身份，毕剑出差去了成都。老爷子的案子虽然成了悬案，但在他心里一直没有放下，无论哪里有通报，只要身份可疑，他都要亲自去核实。他不相信老爷子从此人间蒸发了。只要老爷子一天不归案，他就要一天不停地追踪下去。

王守业每逢周末时，仍然爱去花鸟鱼市里转一转，这是他当股东那两年闲散生活养成的习惯，即便他什么也不买，就是去看一看，似乎唯有这样，日子才五光十色。

这天他又来到了北市场，北市场是城北人们生活的集散地。耍把式卖艺的，各种小摊，门脸房，总是招来熙熙攘攘的人们来此地驻足流连。当然更多人就是为了闲逛，当成散心的一种方式。

王守业不爱去人多的地方，他逛完花鸟鱼市，便来到了北市场教堂门前。教堂已经被市政府列为文物保护单位，教堂门口立了块文物保护的牌子。"破四旧"之后，教堂就关了门，信徒们便被拒之门外。游牧师成了文物的保护人，经常见到他提个扫把教堂内外地打扫卫生，有时也见他拿个小锤子，这敲一敲那钉一钉。寂寞的教堂被老游弄得有声有色。

有时游牧师提着扫把，立在教堂门口，两眼茫然地望这望那，目光却空无一物，苍凉得很。有时，教堂周围仍有基督徒来，虽然再也进不去教堂的门了，能见到游牧师和教堂，似乎觉得神依然在。基督徒们找个角落，冲着教堂和游牧师默默地祷告。每每这时，游牧师也闭了眼睛，低垂下头，似乎他也和这些人一起站在上帝面前。

王守业走一走看一看，见游牧师闲适时也会说上几句话。他就说：游牧师，一个人不冷清？游牧师听了，忙摆着手说：现在是新社会了，没什么牧师了。就叫我老游就好。

一个犹太人，头发弯曲，脸庞泛红，眼窝深陷，一个和中国人长得不一样的外国人却讲着一口地道的东北话。想想就有违和感。

他又问：想家吗？

游牧师就一笑：这就是我的家了。说完指一指身后的教堂。

二战之后，犹太人才建国，名曰以色列。在中东一个角落里在联合国周旋下安顿下来，成立了自己的国家。以前没有国家的犹太人一直在流浪，不招人待见。他们一直在行走，寻找着自己的家园。出埃及一直向东，又向世界各地，成了人类的异己，四处被追杀，被排挤。犹太人的命运在《圣经》里就有交代。散落的犹太人，以四海为家，流落到此地也就不足为奇了。

游牧师一个人来到沈阳，到现在还是一个人。以前有教会的热心人，要为游牧师介绍个伴侣，有几个女教徒也看上了老游，都被老游拒绝了。他拒绝的理由是：上帝和我在一起，哈利路亚。游牧师这么说了，从那以后就没人再提了。都相信游牧师是离上帝最近的那一个人。

　　天渐渐地热了，这个周末王守业提出去买两床凉席。许碧芬自然联想到了巧莲家，自己家需要凉席，巧莲应该也需要。就提出和王守业一起去，担心凉席买多了，王守业一个人拿不过来。出门时把王一川送到了巧莲家和晓玲一起去玩了。

　　两人在北市场选完凉席拿在手上，王守业又提出到教堂看看老游。以前王守业就说过老游，许碧芬好奇，她对教堂并不陌生，在徐州和在南京时，就见过许多教堂，还到教堂参观过，有德国牧师也有意大利牧师。虽然自己家离北市场不远，也知道北市场有个教堂，如今成了文物单位，可她一次都没有走近过。

　　教堂周围仍有一些基督徒散落着，他们低着头闭着眼，在忏悔在祷告。游牧师把扫把立在自己的身体前，远远望去，似乎在打盹，其实他在应和着教徒们的祷告。每到周末他一直用这种方式和他的教徒一起和上帝做着交流。也有一些路人围在周围看着西洋景。

　　许碧芬站在王守业的身边，刚站定就觉得有一双目光一直在打量自己，她顺着那目光望过去，在一个角落里突然被一张面孔吸引了。她以为看错了人，揉一下眼睛再去看时，那双目光和她短暂地碰在一起，人就低下头，从人群中转身离开了。

许碧芬心提到了嗓子眼，她拉了一下王守业的衣袖低声道：我们快走。

王守业不知发生了什么，但他还是警觉地向四周看了看，快步地和许碧芬走出人群，他们怀里各抱了两床凉席。走到没人处，许碧芬腾出一只手捂住自己的心口道：我看见他了？

王守业：谁？！

许碧芬四下看了看低声地：李银河，锦州电报组的。

王守业紧张地：你确定？

许碧芬点点头：虽然我们电报组交流不多，刚到沈阳时，我们在一起培训过。他就坐在我的后排。

王守业也打了个激灵，低声说了句：快走。

两人几乎小跑着来到了公交车站。

灭　口

　　李银河这名字王守业熟悉，他虽然没有亲自和电报组的每个人打过交道,但他们的履历早就装在了他的心里。初到东北时,他就让二处办公室的人为所有电报组的人建立了档案,档案中不仅有他们的详细履历,还有每个人的照片。没事的时候他就把这些电报组的人履历找出来,每个人他都分析过。说到李银河的名字,他马上就想到了锦州电报组,站长王友奎,电报员李银河,译电员肖宝亮。锦州失守,当他得知电台已落入到了共产党手里,他命令剩余电台不仅换了呼号还更改了密码。就此,这个李银河也就人间蒸发了,他并不在潜伏名单里。当时忙乱,甚至没顾上这个逃兵。

　　许碧芬却没有忘记李银河,他们这些电报组成员,从四面八方调集到南京,又从南京一起坐火车来到的沈阳。刚到沈阳时,他们在一起还做了一个短期培训,统一了台号和译电码。可以说许碧芬对李银河印象很深,知道他平时不爱说话,总爱躲在一边打量着别人。在培训期间，李银河还和她说过话，在他们整个电报组，没有几个女电报员，为数不多的几个女人自然受到了这些男兵来自四面八方的照顾。

有一次在食堂吃饭，李银河打完饭和她坐到一张桌前，和她有过短暂的交流。他问：你来自哪里？她说：南京军统站。他又问：老家是哪里？她又答：徐州。问完这两个问题，他便不问了，饭快吃完时，他突然说：我叫李银河，分到了锦州，你在新民吧？她没说话看了看他，觉得他是个怪人。

后来，李银河去沈阳途经新民，在他们电报组落过脚，新民电报组的译电员是李银河的同乡，每次落脚李银河都和那个同乡挤在一张床上。李银河每次落脚，她自然见过，李银河似乎知道了她正和保密局督察处二室主任李少秋谈恋爱，见到她都是极尽讨好之色。有一次他来，译电员请客，她也去了，喝了两口酒的李银河冲她说：静茹，干吗不调到沈阳去？可以说，她和李银河有着不浅的交集。

冤家路窄，在今天的北市场教堂前鬼使神差让他们相遇了。从北市场到家的一路上，许碧芬脸色铁青，一言不发。进门之后，她几乎就瘫倒在进门的地上。

此时，王守业已弄清了原委，他在客厅里不停地来回走动着。那个单眼皮、圆脸的电报员形象便一遍遍在他眼前闪现。他在心里一遍遍默念着李银河的名字。他从潜伏到现在千般盘算万般设计，以为这个世界上再也没有人能知道他的底细了。可没想到百密必有一疏，就在他们眼皮子底下还生活着一个李银河。

在此之前，他的心早已平静了，看着一天天长大的儿子王一川，他有了幸福和踏实的生活，心想，就此隐姓埋名一辈子，到死也就背着王守业的名字躺进棺材，让自己永远成为秘密，百年之后就没人再想起他了。突然而至的李银河打乱了他的计划。他在客厅里走了一圈，又走了一圈，一直走到腿发麻口发干时，他终于下了决心，立在沙发前。躺在沙发上的许碧芬一直用无助的目光望着他，他冲她做了一个杀头的手势，她几乎从沙发上惊跳起来，脸色苍白地惊叫一声：能行吗？他点点头，面露凶光地道：也只能如此了。

接下来，王守业开始寻找李银河了。以北市场为圆心向四周辐射开来，多年的特工经验告诉他，李银河的落脚点不会离北市场太远。

教堂"破四旧"被封上了，成了市级文物，信徒们每周做礼拜时就没了去处。李银河仍和其他基督徒一样，还保持着每周上午去教堂门前的习惯，刚开始有零星几个基督徒站在教堂门前的空地上祷告，后来越聚越多，他们三五成群地站到一处。每当这时，游牧师就配合着他们这些主的儿女，停下手里的活，立在教堂的台阶上，低垂下头，和这些主的孩子们一起在心里祷告。过了一阵又过了一阵，这些信徒们渐渐散去，游牧师才恢复常态，又拿起扫把开始打扫卫生了。

李银河在教堂被"破四旧"之后，有一段时间他不再去了，还是杨姊妹找到他，把他又带到了这里。杨姊妹说：教堂进不去了，但神一直都在。说完指了指远处的游牧师说：牧师一直

在侍奉神。李银河来了几次之后，日子似乎又回到了以前，心
又安宁下来，虽然听不到游牧师讲经了，也听不到那些让人动
容的赞美诗篇了。杨姊妹就告诉他：你在心里把那些赞美诗唱
出来，上帝一定能够听到。他试着在心里唱了，果然一如以前：

"耶和华啊，我的心不狂傲，

我的眼不高大。

重大和测不透的事，我也不敢行。

我的心平稳安静。

……"

他在心里一遍遍吟咏着这样的赞美诗，每每吟咏它们时，
他的心就安静下来，有种想哭的欲望。

团契照例去做，依旧去杨姊妹的家里，杨姊妹的丈夫已经
过世了。盲人胡和断臂张依旧去。每次做团契开场时，杨姊妹
就带头大声朗读诗篇：

"耶和华啊，你的慈爱上及诸天；

你的信实达到穹苍。

你的公义好像高山；

你的判断如同深渊。

耶和华啊，人民、牲畜，你都救护。

……"

然后他们各自祷告，把心中的苦闷和对上帝的诉求说出来。

杨姊妹祷告道：主哇，你在我心里如神灵一般，我做的行
的有不周不全之处，请你赦免和指引，祝福我的生活愿他和我

一道侍奉在你的面前吧……

杨姊妹在丈夫去世后，又通过人给介绍了个男人，那男人却不是基督徒，每次做团契时，也躲得远远的，杨姊妹就把苦楚说给上帝听，以求得上帝的佑护。

盲人胡就祷告道：神明的主哇，虽然我看不见，但我能听到感知到你就在我心里，原谅我的罪过，倾听我的声音吧，我失去了光明，就让我拥有一颗能够看到光明的心吧。

断臂张则对上帝说：耶和华呀，你让我得到了惩罚，你的恩典我已牢记在心，既然我失去了手臂，就让我拥有力气吧，让我能养得起家人，把他们都带到你的面前。

和他们相比，李银河对上帝奢求不多，生活让他拥有了芍药和儿子建国，他习惯了早起早睡，作为保洁员，他不用和更多人打交道，只和地上的垃圾打交道。一天时间里，还有半天闲散时光，每天晚上，他会为一家人做好饭菜，迎接下班的芍药和放学的儿子。他对现有的生活已经感激涕零了。

每次做完祷告，杨姊妹就抬起头来说：上帝已经听到我们的声音了，相信主一定会保佑我们，让我们健康平安地生活在这个世界上。然后又道一声：阿门。众人也齐喊一声：阿门。团契便结束了。几个人趁着夜色摸索着从杨姊妹的家里走出来，在岔路口互道平安便各自回家了。

原本平静的心被北市场邂逅的那个女人彻底打乱了。最初他只觉得那女人眼熟，便多看了几眼，女人转过身和一个高大的中年男人离去，他才猛然想起那个女人叫赵静茹，是新民电报组的电报员。十多年没见，她还是那么年轻漂亮。以前他听新民组那个同乡译电员说：赵静茹的父亲是驻守徐州的少将长官。他原以为拥有如此后台和靠山的赵静茹早就和父亲一起去了台湾，没想到她就在自己的身边，她身边的男人又是谁呢？赵静茹的恋人李少秋他见过，督察处二室主任，英俊潇洒的少校。显然她身边的男人不是李少秋，那又会是谁？难道她和自己一样，也洗心革面做了平头百姓？

李银河做梦也没有想到，那个中年男人竟然是老爷子。他们电报组的人压根没有接触过老爷子，只知道老爷子神一般地存在。关于那些潜伏特务的下场，他早就有所耳闻，大都被判了刑，有的已经出狱了，但他从来没和这些人有过交集。没想到在北市场让他意外地和赵静茹邂逅，勾起往事。

那天李银河回到家中，他一直魂不守舍，中午饭就喝了几口粥，躺在床上想歇会，下午还要到住户门前去运送垃圾，但他却一分钟也没睡着，手托后脑勺呆呆地望着天棚想心事。

刘芍药凑过来看着他的眼睛说：当家的，你是不是有啥心事？

他想把这秘密说给芍药听，一想到让女人和孩子为自己担惊受怕，就忍住了，摇摇头说：没事。然后翻身下床道：我去收垃圾了。平时收垃圾的活一般都在上午完成，因为周日上午去教堂了，便改成了下午。

李银河一边收垃圾，一边心里做着斗争，赵静茹就在这个城市里，她是躲过了政府的追捕，还是刑满释放了，她身边的那个男人又是什么人？去政府告发她，结果又是什么？李银河是个天生胆小怕事的人，当初他能去自首，就是他担心自己被政府发现。坐了三年牢，但他并不后悔，用自首换回现在日子的安宁他认为值。眼见着儿子一天天长大，生活便有滋有味，当初对芍药也没看错，芍药既善良又贤惠，可以说对他百依百顺。有这样的日子，他觉得这都是主的恩赐。

可他却看见了赵静茹，他心乱了，收拾完垃圾，他站到街边一棵树下祷告，请求主给他指引。祷告完毕，他再睁开眼睛时，心里一个声音告诉他：一切上帝自有安排。他在心里说：我就装什么也没看见，一切都由主惩罚她吧。这么想过，心便安静下来，自从信上帝之后，好多心里的缠绕都想开了，他相信主自然有办法。

心宁静下来之后，他又恢复如常了，晚上胃口很好，吃了碗米饭还有一个窝头，和芍药儿子道了晚安之后，便早早睡下了。

王守业找到李银河时，比自己想象的要容易得多，以北市场的教堂为圆心，没事他就骑着自行车转悠，转悠到城西时，他看见一个扫马路的清洁工，他先是盯着他的背影看了一眼，等把自行车骑过时，又回了一次头，他心里怦然就跳了一下。骑出好远，他把自行车立在路旁，站在一棵树下，回望着远处正在扫街的李银河。他从兜里掏出一支烟点上，刚吸了两口，就狠狠地把烟头掐掉，丢到下水道里。他飞身上车，快速地蹬了几下，自行车载着他就风一样地蹿出去。

这两天许碧芬一直魂不守舍，她知道被李银河认出的潜在危机。可她又不想因为自己让王守业做出格的事。她无助地望着王守业说：没别的办法了？王守业安慰她道：这事和你无关，我会处理好的。她想说什么，又没说出口，就那么忐忑着。

案 件

毕剑和刘刚来到现场时，现场已经到了很多警察，有铁西派出所的，还有铁西分局的人，远处的马路两旁站满了看热闹的人。

毕剑刚上班，办公室的电话铃声就响了，铁西分局报告说，铁西一个环卫工人死在了路旁。

毕剑和刘刚赶到时，太阳已经升得很高了，李银河仰躺在路旁的一棵树下，大半截身子在马路上，肩部以上在马路牙子上，远远地看上去像是睡着了。李银河的遗体旁被白粉笔画了个圈。这就是死亡现场了。

有人汇报说：这名环卫工人叫李银河，以前是名潜伏特务，在抚顺坐过三年牢，刑满释放便做了清洁工。

毕剑听了当地公安简短汇报，他和刘刚对视一眼，几步走过去，看清了尸体的脸。他们最后一次见到李银河，是李银河在抚顺自首后，他们那次是作为证人出现的。一晃八九年过去了，李银河似乎没什么大的变化，还是那么清瘦，脸上长出了胡须，胡须似乎是近两天刮过，脸上很干净。他身上没伤，脸色有些青灰。毕剑蹲下身查看尸体，铁西的警方又附在他耳边小声介绍道：他是被人勒死的，脖子上有勒痕。果然，在李银河的脖子上有一条痕迹，凶手下手挺狠，是奔着置李银河于死地的样子。

毕剑站起身，冲铁西分局的人交代道：第一，寻找证人，第二，排查和李银河有过接触的人。他的第一感觉便是老爷子。李银河刑满出狱，做了安分守己的公民，他现在的思路是，某一天他和老爷子不期而遇，他有可能认出了老爷子，然后老爷子杀人灭口。这么多年，沈阳城内每发生一个案子，他都尽量和老爷子联系在一起，但结果又和老爷子没什么关系。李银河的死，他不能不联想到老爷子。似乎老爷子的事已接近真相了，他的心快速地跳了起来。

他和刘刚来到李银河家时，刘芍药和儿子李建国已经知道了李银河被害的消息。她正抱着儿子建国死去活来地哭，儿子建国显然是受到了惊吓，躲在母亲的怀里，一双目光不知所措地望着外面。

他和刘刚走进来时，已经有两个女警察在屋内立着了，显然眼前的景象让她们手足无措，不知深浅又不知如何是好的样子，目光张皇无措地望着这娘俩。

两位女警察见到毕剑和刘刚，给他们敬个礼便退到一边去了。毕剑站在刘芍药面前，仔细打量着她，这是一个有几分姿色的女人，三十出头的样子，怀里的儿子有个十来岁，正睁着一双惊慌的眼睛打量着他们。

毕剑咳了一下，仍没能止住刘芍药的号啕。毕剑就说：我是市公安局的，我叫毕剑。她怔了一下，似乎被这个熟悉的名字惊吓到了，李银河似乎提到过这人的名字，她睁开眼睛，哑哭着望着毕剑。毕剑又说：我们来了解点情况，希望你配合，让我们早点找到凶手。

刘芍药一听到凶手二字，又拍手打掌哭天抢地。哭了一会，号了一阵，终于慢慢平静下来。

毕剑问：你丈夫李银河一直和谁接触比较多？

刘芍药又要哭的样子：他从抚顺监狱回到沈阳，一直没什么朋友。他倒是有几个在教会认识的朋友，有个姊妹姓杨，住在离我们这不远处红旗街五组。我丈夫是信主的，每周都要去教堂，后来"破四旧"，教堂关了门，他还去，他说离教堂近的地方离上帝才会近。

毕剑又问：他最近见了什么人吗，有什么反常的表现？

刘芍药眨巴着眼睛努力回忆着：大上周日他从教堂回来，就是那个北市场的教堂，中午我见他吃不下饭，以前我丈夫食量很好的。我问他咋的了，他也不说，说没事。过了两天又好了，跟没事似的，我也没往心里去，可谁想今天就发生了这个事呀。

刘芍药悲从中来，又哭泣起来。

毕剑接着问：你丈夫每天几点出门？

刘芍药：他每天早晨三点多就出门了，他们环卫局是分了片的，我丈夫管一条街、三条胡同。

毕剑又问：他最近没跟你提过什么人，或者你家来过什么人？

刘芍药细想了一会摇摇头：他没说过，我丈夫是扫大街的，我在街道小厂上班，我们没啥朋友，为了让他休息好，我们每天八点就上床睡觉了。

毕剑扫视了一眼屋内的摆设，典型的普通人家摆设。

毕剑来到杨姊妹家时，正是一个周三的晚上，盲人胡和断臂张两个人围在一起正在做团契。李银河兄弟的事他们已经听说了，他们正齐心协力，心情沉重地为李银河兄弟祷告。

毕剑和刘刚进门时，三个人的祷告已接近了尾声。这阵子已经来了几拨警察了，他们对警察的到来，已经见怪不怪了。毕剑和刘刚站到他们的身后，一直等他们把祷告做完，嘴里说着阿门才转过头。

杨姊妹就说：警察同志，我们这是"四旧"，李银河兄弟去了天堂，我们为他祷告一次，就这一次。

毕剑和刘刚两人显然并不关心"四旧"，话题很快就转到了李银河身上。他是怎么样的人，听没听说过他和什么人来往，有没有仇人之类的。

杨姊妹一听到李银河这名字，眼泪就流了下来，她一边抹泪一边说：李兄弟是好人呢，人老实话不多，胆子也小。有一次我们去教堂的路上，他被一个骑车人撞了，本来是骑车人的错，反怪李银河兄弟的错。李兄弟一直给人道歉，我都看不下去了，要上前理论，李兄弟拉着我，不让我和人家吵，这么好的人，主一定会保佑他。

盲人胡闷声闷气地道：李兄弟可是好人，每次做完团契，都把我送到家门口。前几天还帮我换了煤气罐。

断臂张也抢着说：我们几个人都受过李兄弟的帮助，我们老弱病残，只有他是个健全人，只要我们家有困难他都出手帮助。警察同志，请你们一定把凶手抓住替李兄弟报仇哇。

毕剑和刘刚又走访了李银河生前的环卫局，环卫工人都是分片作业，平时相互之间基本没什么交往，只有领工资时，才会相见一次，也都是相互点头打招呼的份，没有更多交往。

铁西分局的同事查找证人的线索也中断了，李银河被害的时间是在凌晨，那会马路上几乎空无一人。凶手找这个时间段作案，显然是有预谋的。

种种迹象表明，凶手只有老爷子了。李银河生活简单，平日里也深居简出，没有繁杂的社会关系，凶手不是为了钱财，一个环卫工人不可能身上带着钱去工作。既然李银河没有仇人，也不是为了钱财，那剩下来只有一个原因能够解释，就是老爷子被李银河认出了，为了保全自己而采取的杀人灭口。这和他当初的判断基本吻合。他把自己的判断告诉了刘刚，刘刚掏出盒烟，递给他一支道：看来老爷子就在我们身边。

毕剑沉思片刻道：李银河的生活范围这么简单，能在这么小的生活圈子里碰到老爷子，这说明什么？

刘刚睁大眼睛。

两人来到北市场教堂门前时，又是一个星期天的上午。教堂门前的角落里站满了基督徒，他们还看见一个角落里的杨姊妹和盲人胡、断臂张，他们神情落寞地低垂着头。游牧师把扫把立在胸前，站在台阶上，和那些散落在角落里的信徒们一起遥遥地祷告着。

毕剑和刘刚站在远处，目光搜索打量着周围的每一个人。似乎每个人都像老爷子，又似乎都不是。

毕剑断定，李银河一定是在这里见到老爷子。教堂挨着北市场，这里每到周日人流量很大，推车的，挑着担子的，吆喝着，喧闹着，似乎没有人关心着不远处教堂这边的清静，只有一些过路的人，匆匆地在教堂门前走过。想在这些纷乱的人流里找到老爷子身影，简直不可思议，况且，老爷子站到他们面前也不认识，依据时间推算，老爷子到现在应该有五十出头了。他们之前掌握的信息是，老爷子中等体态，年龄是四十一岁，留着胡须，这是在沈阳解放前，通过地下组织人员传递出来的情报。地下组织显然也没人能见过老爷子，只是口口相传。这么模糊的信息，让他们寻找老爷子如同大海捞针。狡猾的老爷子几乎把自己所有社会关系线剪断了，然后改名换姓，李代桃僵地生活在他们的身边。几次户籍检查，从解放初到现在，在户籍上没查到老爷子的破绽，显然，老爷子早就预谋了这次潜伏任务。

他们意识到离老爷子很近，似乎又很远。从证据链条中寻找害死李银河的凶手，显然陷入到了僵局。

又一个周末，巧莲对毕剑说：过两天就是晓玲十岁生日了，碧芬说，孩子这个生日很有意义，想咱们两家一起过。

孩子生日这天，王守业请了半天假，在自己家里做了几个菜，晚上时，巧莲提着蛋糕带着孩子先行一步来到王守业家。毕剑快下班时，局里开了个会，来得晚了一些，他进门时，饭菜已经摆好了。孩子们唱完生日歌，就到一边分蛋糕吃了。

四个大人围在桌前吃饭聊天，巧莲和许碧芬聊的自然是孩子和女人的话题。

王守业和毕剑两人喝了两杯酒之后，王守业突然说：兄弟，我在单位听同事说，铁西发生了人命案子，凶手抓到了吗？

两个女人被这个话题吸引了过来，巧莲也说：我们学校好多老师也在议论这个案子。

巧莲在家从来不问毕剑的工作，毕剑自然也不会说，两家人凑到一起，说些敏感的社会话题也属正常。

几个人的目光都落在毕剑脸上，他为王守业倒上酒。王守业就说：兄弟没啥，不方便透露就不说。

毕剑抬起头：也没什么不好说的，这么大事社会都知道了，还有什么秘密。肯定是熟人作案。

许碧芬就说：既然是熟人，那查起来应该不困难。在熟人里找呗。

毕剑笑而不答，他也无法回答，说到这个话题只当是两家人吃饭的佐料了。

巧莲就冲许碧芬说：让他们男人说去，咱们对啥案子不案子的也不感兴趣。

王守业端起杯子：来兄弟，辛苦你了。王守业又想起什么似的说：兄弟，你处长干了可有好多年了，怎么上面不准备提拔提拔你？

说到自己的职务，两年前葛局长就找他谈过话，准备让他当副局长，他知道领导的分寸，局长一级领导就管全面工作了，是他自己回绝了组织的好意，他还坚持在一线工作，老爷子的案子虽然成了悬案，可他一天也没忘记这个案子。他曾发誓一定要亲手把这个案子破了，便一口回绝了葛局长的好意。他听了王守业这么说，只是笑一笑，然后突然想起什么似的问：你今年有五十几了？

王守业在心里怔了一下，但还是不动声色地答：我五十一了。想了想又补充道：再过九年我就该退休了。我退休王一川才十九岁，看来指不上他为我养老了。

说完满怀深情地看一眼正在一旁吃蛋糕的王一川。他心里回想了一遍杀死李银河的过程，在神不知鬼不觉的凌晨，他骑着自行车来到了铁西那条街道，把自行车放倒在路边，自己躲在一棵树后。李银河事前并没有发现他，低着头在扫马路，待他到近前时，他拿出事前准备好的绳子一跃而起，准确无误地套在李银河的脖子上。下手前和下手后，他观察了街上的动静，一个人也没有，就连李银河都没回一次头。确认李银河死了之后，他又飞快地跑到自行车旁，骑上车子消失在最近的胡同里。

那天，他回家时，在外面买了早点，一如往常那个时间。进门时，许碧芬看了他一眼，他在眼神里告诉她事情已经完毕了，嘴上说：你们快吃早点，还热乎呢。他能从许碧芬的眼神里感受到不安，但两人再也没多说一句话。

然后，一切又照旧了。

接 济

　　不知从哪一天开始，粮站供应给每个人的粮食少了，供应粮食的质量也明显下降。以前每人每月还有些大米、白面供应，时间到了 1960 年，供应的粮食变成了玉米、高粱，还有大量的麦麸子。单位的食堂撤销了，所有人上班都变成自己带饭了。

　　巧莲本来就是个会过日子的女人，不论怎么掂量，一家三口人的伙食都吃不到月底，有时吃到二十号左右家里便揭不开锅了。无奈之下，她也只能学着别的家庭妇女一样，到晚上打烊的菜市场门口守着，总能捡回点菜叶菜帮之类的，回到家掺些粮食，煮成一锅清汤寡水的菜粥度日。毕剑第二天上班，中午要带饭，她不能让自己的男人吃不饱，炒个菜，装上一份玉米饼子，虽不是啥好嚼谷，毕竟也是正经吃食。晓玲刚满十周岁，正是长身体的时候，也不能委屈了孩子，怎么掂对也想办法让孩子吃好，自己呢，有时就煮半根红薯带到单位当午餐，有时什么也不带。早晨吃的就是菜粥，为了中午这一顿饭，早晚的

258

粮食都省略掉了。每天上班，身边多了一个手提布袋，那是准备下班回来后直奔菜市场，然后和一些女人挤在菜市场门口，等待着打烊的时间，然后她们会一拥而上，争抢那点可怜的菜市场的残帮烂菜。每每这时，巧莲最怕的就是见到熟人，她从不在学校附近的菜市场出现，也不在家附近，而是坐车回来，再走一段路，到离家还有两条街的宁山路菜市场去和那些女人挤在一起，费尽心思，就是为捡几片菜帮和菜叶。

她担心什么就来什么，这天她和往常一样，排在即将打烊的菜市场门前。她正举目向菜市场内眺望时，突然听见一个女人的声音从她身边响了起来：这不是李老师吗？她浑身一震，下意识地望过去，看见一张女人的脸，这张脸她似乎熟悉又似乎陌生，那个女人就说：我儿子王小虎就在你们班上。怕啥来啥，她是人民教师，在家长和孩子眼里她是威严又和蔼的班主任。当得知眼前这个女人就是班上王小虎的家长时，她羞臊得脸红脖子粗，手都没地方放了，恨不能在脚下找条地缝钻进去。那天她低着头挤出人群，一路跑回家来，见到下班和放学回来的丈夫孩子，终于忍不住放声大哭起来。

毕剑正等着她回来做饭，煤气灶上锅里已装满了水，此时水已经烧开了，等她捡回菜来，好准备煮菜粥。毕剑见她空手而归，那个手提布袋软塌塌毫无内容地从她身上落下来，什么都明白了。他走过来捡起那个布袋安慰道：今天是不是没抢过别人。她听了这话哭得更凶了。屋里正在写作业的晓玲倚在门口看着母亲。

巧莲不是脆弱的女人，从小到大什么苦都吃过，可眼下她不是一个人，有丈夫有孩子，她在操持这个家，她觉得不能让他们吃饱饭是自己的责任。她抹去脸上的眼泪，装作没事人似的来到厨房的灶前，顾不得算计仅有的一点粮食了，往开水里抓了把米，又抓了一把。晚上一家人喝了顿久违的纯粮食粥。毕剑就说：要不明天我去菜市场。巧莲放下碗，瞪着丈夫道：你去像什么话，你是警察，是处长。你不嫌丢人，我可受不了。

女儿晓玲从碗上抬起头：爸、妈，你们都别去，我去，我还是个孩子，那些长辈一定会让着我点。

这话从晓玲口里一说，巧莲更受不了了，她是做母亲的，怎么受得了孩子说这个，一把抱住孩子，一边斥责着一边说：不许你胡说，有妈在明天一定让你们喝上菜粥。

第二天上班，巧莲在柜子里东找西找，找出了一条做姑娘时戴的纱巾，毕剑不解地说：找它干什么，这都秋天了。她努力冲丈夫挤出一丝笑道：我有用。

下班时，她把这条纱巾蒙在脸上，她能看见别人，别人却看不清她。这下她解放自我了，每次菜场一打烊，她总能奋不顾身地冲进去。随着天气渐凉，菜市场里供应的菜已经明显少了起来，而抢菜帮菜叶的人又比平时多了许多。巧莲不论怎么奋不顾身，每次的收获总是寥寥无几。这天，她只抢到两只烂土豆，两只烂土豆摆在菜案上，巧莲看着眼泪就止不住流了下来。毕剑走过来站到她身边说：明天中午我不带饭了，从今以后我都不带了。

巧莲扭过头，换上一副笑脸道：那怎么行，你工作那么累。你是个男人，是家里的顶梁柱，你不能倒下来。我总会有办法的。

又过了几天，巧莲终于拎了几棵白菜根回来，细心地把它们洗过了，找来空碗，把白菜根放到碗里，又倒上水，仔细地摆到窗台上，巧莲望着这些被水浸泡的白菜根就冲晓玲说：等着吧，它们会长大的，到时候我们就有白菜吃了。

巧莲没有等到自己种的白菜能吃，一天在讲台上晕倒了，被同事急急地送到了医院，医院的诊断是，她是因为饿才晕倒的。毕剑这才发现，巧莲的腿已经开始浮肿了，一按一个坑。从那天开始，毕剑坚持不带中午饭了，把自己那份强行塞给巧莲。然后安慰她道：我总会有办法的。

然而他又能有什么办法呢，总不能去啃办公桌椅吧，每天中午吃饭时，他总会把自己锁在办公室里，拼命喝水，一直喝到恶心，其结果是拼命地上厕所。在走廊上碰到刘刚，刘刚就说：处长，你是不是坏肚子了？他就借坡下驴地说：嗯，有点。然后快步回到办公室把门关上。

巧莲并没有舍得吃掉丈夫那份午饭，有时原封不动地带回来，或者只在饼子上咬一口。晚上到家硬逼着丈夫把它吃下去。经常的结果就是，一块饼子被毕剑掰成若干小块，一家三口人在饭桌上推来让去。推着让着巧莲终于忍不住，跑进屋内把门关上，趴在床上忍不住大哭一场。日子过成这样，她觉得都是她的错。

许碧芬一家也遇到了和巧莲一家相同的问题，儿子王一川正是吃死老子的年龄，不论许碧芬怎么变着法地想办法，总不能让儿子吃饱。她在供销社上班，平时店员们会把点心渣子收拢起来，然后分成若干小份，每天下班每人都会带一点回来，有时是一颗残破的糖果，许碧芬就把这些塞给儿子。有几次，她什么也没带回来，儿子就问：妈，今天没啥吃的吗？许碧芬摸着孩子的头，歉疚地道：今天没有，明天一定会有。来供销社买东西的顾客也越来越仔细了，盯着售货员的手唯恐落下一点可吃的东西，包括那些菜帮菜叶顾客也不会放过，都要放到秤里。渐渐所有的食品都要凭票供应了，凭证上的额度越来越小，来买东西的人自然也越来越少。

每次供销社内部能分点东西，她还想着姐姐巧莲。巧莲在讲台上晕倒那次，她把家里的糖票一次都花完了，提着一斤红糖去看姐姐。巧莲不仅双腿浮肿，一双眼睛都肿了，她抱过姐姐，泪水涟涟地说：姐，你受苦了。巧莲说：大家伙都这样，全国人民都这样，没啥。巧莲又回忆起自己小时候挨饿的情景，"九一八"事变之后，日本人占领了沈阳，他们开的这间杂货店有时一两天也没个顾客，家里揭不开锅，父亲为她买了串糖葫芦，她舍不得吃，只舔糖葫芦上的糖汁，晚上睡觉前把糖葫芦插在床头，她跟父亲说：我醒来看着它就不饿了。结果第二天早晨，糖葫芦没了，父女俩翻遍整个屋子，最后在老鼠洞口发现了那串糖葫芦的木棍。为这，父女俩抱头痛哭了一回。

巧莲关于童年的往事又让许碧芬伤心难过了一回。为了许碧芬带去的那斤红糖，两人推让了好久，终于巧莲同意只收下半斤。许碧芬提着一半的红糖离开巧莲家时，自然又哭了一回鼻子。

这场被后人称为三年自然灾害的岁月，所有经历过的人都刻骨铭心，永生难忘。虽然已经入冬了，沈阳城内郊外的树木，许多树皮都被饥饿的人剥了去，来年春天，被剥了皮的树便都枯死了。

这天晚上，王守业踩着凳子，打开了天棚，从里面拿出一个包裹。许碧芬看到大吃一惊，以前王守业曾经在天棚里藏过电台，这她是知道的，好多年这么平平安安过来了，她以为王守业要干傻事，便惊吓道：把那东西扔掉。王守业把包裹一层层展开，里面露出几根金条，他苦笑着说:这是我最后的家当了。许碧芬看到那几根在灯下熠熠生辉的金条，似乎看到了生的希望。这几根金条是王守业的私房钱，当初他把它们藏起来，准备逃跑时做路费，后来他没有逃跑机会，这几根金条就一直放在天棚里，此时，他把它们拿出来，为的就是活命。

第二天，王守业拿出一根金条到了信用社，他要用黄金兑换钱币。王守业拿着这么大一根的金条来兑换钱币，无疑吸引了所有人的目光。最后还是信用社主任接待了他，写下家庭住址、工作单位后，还是帮他兑换了钱币。一下子兑换这么多钱币，信用社刘主任特别委派了两个小伙子一路把王守业护送到了家里。王守业记住了那两个年轻人，一个姓张另一个姓董。王守业安全到家后，自然是对这两个信用社的小伙子千恩万谢了。

王守业知道在北市场有个黑市，那里在高价卖粮食，不论什么年代都有人冒险做一些发财的生意，他们知道要是被政府抓到，罪名是投机倒把，搅乱市场秩序，轻者判刑，重者是要杀头的。王守业之前就到这考察过，他像特务接头似的终于在黑市上买回了一袋粮食。一家人吃上了久违的干饭。巧莲端起碗来说：我不忍心咱们吃独食，想起我姐我这饭吃不下。王守业当然明白许碧芬的心思，吃完饭后，找出条口袋把那袋米倒出一半，趁着夜色，他扛着那半袋米，许碧芬跟在他的身后，到了巧莲家楼下，又把米袋子交给许碧芬，许碧芬一个人上楼把半袋米送到了巧莲家。一家三口人惊惊诧诧地望着米和许碧芬，巧莲几乎不敢相信自己的眼睛，惊呼声：妹呀，这米是从哪来的？许碧芬望眼毕剑，毕剑自然意识到米的来路，便把头偏过去。许碧芬怕巧莲不收这米，便说：姐，姐夫，你们放心吃。我们没偷没抢，是老王托朋友弄来的。许碧芬碍于毕剑的身份并没有直接说出在黑市上高价买来的话，只含混地找了个辙。

巧莲望着米又望着许碧芬道：妹呀，这时候你还能想到我们，你真是我的亲妹呀。两个女人四目相视又掉了回眼泪。

许碧芬离开时，毕剑说：碧芬，替我谢谢老王。

许碧芬应了一声。

从那以后，每个月许碧芬都会把半袋米送到巧莲家。这次巧莲也不多问了，每次都死死拉过许碧芬的手，感动得无可无不可的。

对于许碧芬来说，自己能帮下姐姐她感到万分的欣慰和幸福。

有多少个夜晚，巧莲躺在床上冲毕剑说：多亏了碧芬一家，咱们以后可不能忘了人家。

毕剑没说话，他知道作为做过资本家的王守业存了些私房钱并不奇怪，公私合营时，政府号召所有私人企业，不仅交出自己的公司企业还要把私房钱交公，显然王守业并没有遵守这条政策。因为王守业频繁地去信用社兑换钱币，信用社刘主任已经到公安局把王守业的情况做了备案。当时政府并没有出台文件对这种情况做何处理，也就只是个备案而已。

日子虽饥寒交迫，但还是向前流着。

变 天

红色的海洋席卷了神州大地的每个角落。

公安局的变化是从葛局长的夫人狄安娜开始的，这个苏联女人自从嫁给葛局长之后，一口气为他生了三个孩子，都是男孩，这三个男孩被人称为"二毛子"，在当地是对中苏混血儿的称谓。因为东北和苏联特殊的地缘关系，在东北有许多这种被称为二毛子的孩子。三个孩子的名字也许葛局长为了省事，就大毛、二毛、三毛地这么叫。葛局长爱人以前叫狄安娜，后来改成了中国名字，叫苏琴，通俗又上口。

苏琴的老相识们，都见过苏琴年轻时的美丽，长腿细腰金发碧眼，自然是别有一番风味。连续生了几个孩子之后，苏琴的身材就垮了下来，肥臀粗腰，体重自然直线上升，但对生活的浪漫追求并没放弃。镀金的首饰从头到脚是常年都要戴的，香水也自然是要喷的，以前父母在时，她都要每年回一次国。虽然东北仅和苏联一江之隔，但自从中苏关系破裂，两国绝交后，她回一次国就像是一次漫长的旅行。先是转道去朝鲜，再坐船去符拉迪沃斯托克，从那再坐飞机飞到苏联内地。因为苏琴身份的特殊，她差不多是第一批拥有护照的人。回来时也要如此这般地折腾一圈。每次折腾一圈回来，苏琴似乎就瘦了一些，可再过上几天安稳日子，她的身体又像吹气一样恢复到了原来的样子。她许多首饰和香水都是从老家带来的，同时带回来的还有饼干、糖果什么的，许多公安局宿舍里的孩子都收到过苏琴从苏联带回来的礼物。那时院里的孩子很喜欢这个金发碧眼的苏联女人，都盼着她早点再回苏联，给他们带来好吃的好玩的。

苏琴之前在东北日报社工作，后来《东北日报》停刊，她便到了另外一家报社工作。红色海洋席卷而来时，她是报社外联部主任了。她当上外联部主任完全是因为她的性格，热情豪放，最大的优点是能喝酒爱喝酒，许多男人都喝不过她，因为豪放的性格深得人们的喜欢。

有一天，一群戴红袖章的人冲进报社，言之凿凿地说她是苏联特务。她是苏联人，能成为特务也顺理成章，理由是她每年都去苏联，经常给苏联写信，因此她是潜伏在我们内部最可怕的特务。很快苏琴的头被剃成了阴阳头，革命小将拖着她在大街上游行，游行的队伍里还有许多和苏琴一样的人。公安局局长也阻挡不住革命小将的热情，只能眼睁睁看着苏琴天天被拉去游行。

起初被游行只是一种日常仪式，就像每天工作一样，每天她还可以回家。苏琴回到家不解地问丈夫葛局长：你是我丈夫，我是不是特务你还不清楚么？

葛局长不敢看苏琴的眼睛，他愧对和自己生活近二十年的女人。

苏琴又说：你是我丈夫，你又是公安局长，难道你还不能保护你自己的老婆吗？

葛局长现在已经不是局长了，因为苏琴被怀疑为特务，他已经离岗反省了。还有许多原来公安局的领导也都回家反省了，原来的局党委班子便不复存在了。葛局长等一些人只能每日闲在家里。

王守业也是最早被游街的那批人之一，他的罪名是资本家，资本家是剥削穷人一族，哪里有剥削，哪里就有反抗，烂菜帮烂菜叶还有臭鸡蛋接二连三地扔在他们的身上。王守业是从市工商联的办公室被拉出来批斗的，被拉出来的还有一些像他这样的人。那会许碧芬还没被波及，游行的人群经过黄河大街时，她和供销社的人还一起站在路边扭头去看，她看见自己的丈夫王守业头上被臭鸡蛋砸了，脸上还流着黄汤，胸前坠着一个牌子，上面写着"万恶的资本家"。他低三下四点头哈腰地走在游行的队伍里，他已经是五十多岁的人了，如果正常的话，再有三年就该退休。小崔一眼就认出了人群中的王守业，惊呼一声：那不是王经理吗？小崔转过头时，看见许碧芬正捂着嘴，眼泪含在眼圈里。她扭身跑到屋内伏在柜台上大哭起来。

起初几天王守业是慌乱的，身体和意志都接近崩溃的边缘，不吃不喝，躺在沙发上望着天棚发呆。几次游行之后，他发现那些革命小将并没什么新鲜的内容，历数他的罪状时，也就是如何剥削穷人这一种理由。他毕竟是受过训练的人，心里很快挺了过去，心理一正常身体马上就得到了恢复。

一天晚上，他趴在床上，许碧芬跪在一边为他按摩腰。弯腰低头，一天下来，他毕竟是五十多岁的老人家了，浑身的骨头就跟散了架子似的，许碧芬一边为他按腰一边心疼地流泪，泪水滴在他的背上，他发现了，转过身望着她说：哭啥，目前这是最好的结果了。许碧芬不解，吃惊地望着他。他笑一笑说：我现在是资本家身份，过去剥削过穷人，总不会有死罪吧。他这么一说，许碧芬瞬间就明白了他这话的用意，可还是担忧着说：这可什么时候是个头哇。

王守业闭上眼睛开玩笑地说：上帝说过，让你上天堂，就得先受苦。

许碧芬推了他一下，嗔怪道：都什么时候了，还有心开玩笑。

两人意识到，眼前的一切并不是真正的危险，心态放松了许多。王守业每天照例还要去工商联办公室报到，他的工作就是被游行。久了，似乎已经习惯了这种日常。

让许碧芬受不了的是儿子王一川。王一川已经十六岁了，上高一了。他的样子已经是个大人了，长得人高马大的，唇上的绒毛清晰可见。有一天，正上学时，被一群同学打了，鼻子流血地来到供销社找许碧芬为他处理鼻血。看到儿子这样，许碧芬受不了了，她把儿子带回家，洗了鼻血又查看了身上的瘀青，一边检查一边问：他们干吗打你，下手这么狠。

王一川一边忍着痛一边说：他们说我是资本家的狗崽子。

许碧芬一把抱住儿子，哀叫一声：孩子是我们连累了你呀。

王一川愤愤地推开母亲，瞪着眼睛道：妈，你当年干吗要嫁给资本家。

儿子突如其来的一句话，她被问傻了，就那么呆呆怔怔地望着眼前人高马大的儿子。冷静下来的她冲儿子说了一句：孩子，你没有权利选择你的父母。

她又想到了自己的亲生父母，还有养父母，她三岁离开父母，到了养父母家，要是没有后来，也许她现在和巧莲姐一样，当个人民教师或者护士。这一切能是她所选择的吗，此时望着眼前的儿子，心里百感交集。

从那天开始，王一川不再和王守业说话了，每天吃饭时，端着饭碗回到自己的房间。起初王守业不知儿子发生了什么，拖着腰酸腿疼的半百之躯回到家里，看到儿子这样，他问许碧芬。她垂下眼睛小声地说：儿子在学校被人欺负了。因为你是资本家，他是资本家的狗崽子。

王守业不说话了，低下头无滋无味地吃饭。一家人的气氛就沉闷着。

一天早晨，许碧芬把饭盒递给王一川，儿子每天上学，中午的饭都是从家带来的，王一川小声地说：妈，我不想上学了。同学们都知道我是资本家的孩子，我抬不起头来。

许碧芬望着儿子，久久没有说话。那天晚上下班回来，吃过饭，许碧芬拉着儿子的手把他带出家门，径直来到了巧莲家。

进门之后，王一川就躲到母亲身后，低着头。许碧芬和毕剑、巧莲打了声招呼，冲毕晓玲道：晓玲，小姨求你件事？

晓玲和王一川同岁，已经是大姑娘了，她从小学到中学一直和王一川一个班。她见许碧芬这么说，便道：姨，咋的了？

许碧芬说：以后一川被人欺负了，你能不能帮他一把。

王一川被同学欺负的事，晓玲回来已经冲父母说了。巧莲当时就责怪了女儿：你干吗不帮他，你们俩一起长大的。

晓玲就委屈地说：我一个女生，打不过那些男生。

巧莲就叹口气，心疼着王一川。

此时许碧芬把王一川带到晓玲面前，又是这么说，王一川自尊心受不了了，他阻止母亲道：妈，我上学，咱们回家吧。

晓玲就说：王一川，我帮你。以后再有人打你就让他们打我。

王一川梗着脖子说：不用，我是男生，我抗打。

两个孩子的对话，深深地刺痛了大人们的心，巧莲过来，拉了王一川的手说：一川，明天上学我带你去学校，我去找你们的老师。

晓玲说：妈，找老师不管用，同学们天天给老师贴大字报，老师都不敢吭声。

毕剑过来道：明天我带一川去学校。

公安局被夺了权，毕剑还是公安局的处长，虽然现在没什么案子要办了，每天还是会到公安局上班。

晓玲就说：爸，明天你去我们学校把枪带上。

毕剑一连几天把两个孩子送到学校，又带着孩子在学校转了一圈。从那以后，王一川受同学们欺负的次数就明显减少了。

公安局院内被弄得乌烟瘴气，楼顶上插满了红旗，从进门的墙壁上到楼道里到处张贴着大字报。其中有一张大字报就是针对毕剑的，上面说，当年朱红牺牲是因为毕剑的出卖。这天刚一上班，刘刚就冲进了毕剑的办公室，手里攥着他从墙上撕下来的大字报，举着手里攥成一团的纸说：妈的，这是谁干的，肯定不是那些造反派干的，是咱们内部人，简直是胡说八道。说完把那团纸摔在地上。

毕剑倒是心平气和地道：朱红的牺牲当年组织有结论，有人胡说八道改变不了历史。

刘刚气得团团乱转，一边转一边说：小人，真他妈小人，处长，你要当心，有人这是冲着你来的。

毕剑笑一笑，没再说什么。

葛局长被打倒了，最严重的结果是，他也被人说成是特务，向苏联人出卖公安系统中的重要情报。他也开始被游街了，胸前的牌子上写着：苏联特务。他和苏琴弯着腰站在卡车的车厢上，还有一些人也和他们一样，卡车的顶棚上放了一只高音喇叭，一遍又一遍呼喊着口号。

又过了不久，葛局长和苏琴顶着苏联特务的帽子，被送到开原农场接受监督改造去了。临走的前一天晚上，毕剑和刘刚为他们送行。葛局长和两人握手道：咱们三人，从东北局时就在一起工作，我就先行一步了。去开原也没什么不好。

苏琴一直在哭，她的头被剃了一半，回到家只能在头上系了条围巾。见了毕剑和刘刚两人便说：是我拖累了老葛，我对不起他。她一遍遍地说着。

大毛二毛已经工作了，因为父母的事被单位开除，三个孩子也只能随父母一起去农场接受监督改造了。此时三个孩子围在父母身旁也都是一副欲哭无泪的样子。

毕剑和刘刚有千言万语也说不出口了，分手时和葛局长用力地握了手，说了些保重的话。

第二天早晨刚一到公安局，毕剑就听说，昨晚苏琴跳楼自杀了。

她不想活着连累丈夫和三个孩子，只能在夜色中纵身一跃，了却了自己的生命。结论自然是自绝于人民。

葛局长还是带着丧妻的悲伤和三个孩子去了开原农场。

命 运

王守业被游行示威也暂告一段落。他和一些被定性为资本家的人一起被押解到盘锦劳改农场接受改造去了。

王守业被押送走不久，许碧芬和王一川也被宣布下放到了苏家屯农村。许碧芬和王一川要离开那一天，巧莲带着晓玲来为他们送行。许碧芬似乎还没有从惊慌失措中缓过神来，她抓过巧莲的手，一边流泪地说：姐，我们要走了，不知啥时候还能再见到。她对自己的未来充满了不确定性，这种离别更让她痛彻心扉。

巧莲认真地盯着她的眼睛，也把泪含在眼圈中，这半年来，发生了太多的事，似乎一辈子的经历都在这半年发生完了。毕剑已经被公安局停职了，天天躲在家里写交代材料，未来的命运还不知何去何从。她虽然每天去学校，但现在的学校已经不是以前的学校了，许多老师通过学生的手把大字报贴得到处都是，相互攻击谩骂着。此时，她觉得只剩下许碧芬这个唯一的亲人了。她们不是姐妹，这么多年相处下来，感情上早已胜似姐妹了。她也死死拉过许碧芬的手，哽咽着说：妹子，不论你去哪里，姐都会去看你。

许碧芬此时的内心已经翻江倒海了，她真想一头扑在巧莲的怀里，大叫一声：我的亲姐。有那么一瞬间，她几乎控制不住自己，真想扑在姐姐的怀里，把心里的秘密都告诉她。她看到了站在一旁的儿子王一川，儿子让她冷静下来，也许自己的冲动会让孩子失去母亲。她冷静下来，只能一遍遍地冲着巧莲点头，心里一遍遍喊着姐姐，嘴里却一句话也说不出。巧莲就安慰着她：妹，苏家屯离这不远，我一天就能跑个来回，放心，姐不会丢下你。

晓玲把一支钢笔递给王一川，这是她和王一川分别时想到要送的礼物。王一川不接，晓玲把那支笔硬塞到他手里，王一川的脖子就那么梗着。从一开始，他就恨这个家，恨父亲恨母亲，如果父母出身好，他不会沦落到被赶到农村。学校里的同学都成了红卫兵造反派，可他连参加红卫兵的权利都没有，遭同学的冷眼和谩骂，在同学嘴里他是资本家的狗崽子。他在那些出身好的同学面前，从一开始就低人一等，他想过和父母划清界限，然后一身轻松地和同学们一起参加轰轰烈烈的革命运动。他还没来得及决裂，父亲就被押到了盘锦，又一纸命令，他和母亲被下放到了农村。曾经憧憬的美好前途，瞬间在他眼前灰飞烟灭了。从小到大，都是在无忧无虑中长大的，没离开过父母，更没离开过沈阳这座城市，他对农村一无所知，在他的心里和地狱是一个概念。

晓玲把钢笔塞到他手里道：无论到哪，都别忘了学习。

两个孩子不仅同一天在一个产房里出生，他们从幼儿园，小学中学，一直在一个班里，两人几乎没有分开过。由于两家的关系，两个孩子更像一家人一样。突然而至的分别，让晓玲也百感交集，女孩子眼泪窝子浅，泪水早已滚了出来，她一边哭泣一边安慰着王一川道：我和妈妈会一起去看你和小姨。

晓玲一直管许碧芬叫小姨，王一川则称巧莲为大姨。

王一川仍然梗着脖子，他没有眼泪，有的只是眼里的怒火，他咬着牙说：我迟早会从农村回来的。

晓玲去握他的手，抓在手里的是他紧握的拳头。晓玲从王一川的身体上感受到了他的愤怒和抗拒，双手无力地捏了一下他的拳头说：一川，你千万不要干傻事。

许碧芬带着王一川，背着包裹提着行李一步三回头地和巧莲晓玲告别了，他们要到一个指定的地点，那里有送他们去苏家屯的卡车。这次被送到苏家屯农村的不仅是他们娘俩，还有一批和他们身份差不多的人。

巧莲送走许碧芬和王一川，心里一直空空落落的，想起在家写检查的丈夫，便悲从心中生。她走到路边的一棵树旁，终于走不动了，抱住那棵树号啕大哭了起来，她不知为什么要哭，所有的哀伤一股脑地从心中涌了出来。生天花被送人的妹妹，死在逃难路上的母亲，过世的父亲，以及眼前的一切，所有的哀伤都汇集到了一起，她哭着，不能自已的样子。女儿晓玲站在一旁张皇失措地：妈，妈，你怎么了？见母亲哭成这样，晓玲也哭了起来。

不知过了多久，巧莲在女儿的搀扶下一步步向家里走去。

又过了不久，毕剑作为历史说不清楚的人，也决定送到开原农场去了。毕剑临走前，刘刚来为他送行，刘刚也已被勒令调离了公安局，去了一家木材加工厂上班。他穿着一身劳动布工作服风尘仆仆地赶来。这两个搭档一时无言，四目相视着。刘刚用脚尖踢着地面说：你去开原也好，葛局长在那，你们相互也有个照应。

毕剑说的却不是分手和离别的话，他严肃又认真地说：咱们虽然不是警察了，你留在城里别忘了老爷子。

刘刚一听到老爷子这三个字，顿时扬起头，也同样认真地望着毕剑。两人从进城那天开始，一直寻找着老爷子，虽然老爷子的案子被挂了起来，可他们一天也没有放下。在办理别的案子时，他们都会想起老爷子，恨不能在所有经手的案件里，能够找到老爷子一丝一毫的线索。可惜的是，到目前为止，他们仍没有发现哪怕一丁点线索。这是他们共同的不甘。

刘刚见毕剑这么说，身子挺直，又像以前接受任务一样地道：处长放心，我一天一刻也没把老爷子这事放下。

两个男人的手握在了一起，他们相互用力地握着，传递着各自的力量和温度。他们对暂时的离别没有哀怒，更多的是相互传递着一种信任和责任。

毕剑的离开让巧莲觉得自己这个家成了一座孤岛，她只能和晓玲相依为命了。日子不论多么难，还是得往前走，经历过生离死别，巧莲的心慢慢地又变得坚强起来。她对许碧芬并没有食言，不多久之后，她带着晓玲去了一趟苏家屯。坐汽车来到苏家屯，然后拿着许碧芬的寄信地址，打听着她所在村落的位置，在人们的指点下，她们走上了一条通往乡下的土路。一个赶牛车的老汉拉了她们一程，她们又走了一气，终于来到了许碧芬所住的村庄。许碧芬刚收工回来，正站在院子里掸去身上的尘土，她此时已经完全是一副农村妇女的打扮了，神情麻木，见了巧莲和晓玲还是很快地换上了渴盼的表情，远远地叫了声：姐。张着手无措又惊慌地迎接着两个人。

巧莲这才知道，到了这个村子没几天，王一川就离开了，他说自己要回城里干革命，去了便再也没个音信。许碧芬一边担心着儿子，又一边牵挂着盘锦的丈夫。还不到四十岁的人鬓边已经生出了几缕白发。许碧芬已经写信把王一川出走的消息告诉了盘锦的丈夫。

王守业此时很冷静，他没有那么多的生离死别，更谈不上悲伤，每天被押解着去田间劳动，毕竟快六十岁的人了，每天的劳作让他觉得身子都不是自己的了，躺在农场大通铺的炕上，脑子却一刻也没有安静下来。早在这之前，他已经把最坏的结果想到了，现在的处境是想象中的不算太坏的结果。他现在的身份是资本家，和那些"地富反坏右"一起在农场里接受改造，虽然每天有拿枪的民兵看管着这些人，但所处的环境还算是安全的，除了劳累让他身体有些吃不消之外，其他的都能够承受。

在夜深人静的夜晚，听着周围人的鼾声，他的思绪却极其活跃，想到自己的处境，也想到了许碧芬和王一川。从许碧芬的来信中，得知儿子王一川又回到了城里，他不担心王一川的命运，知道他在外面混不下去了，还会回到苏家屯许碧芬身边的。在这夜深人静的夜晚，他又想到了远在上海的前妻和儿子，这么多年，他一次也没和他们联系过，心里千百次想过他们的结局和下落，最好的和最坏的结果他都想过，而眼下他们娘俩又是什么样子呢？如果他们娘俩还在这个世界上，前妻也是五十多岁的人了，儿子已经是年近三十的大小伙子了，他们此时在干什么，还会想起他吗？一想到这，他的心就七上八下地悬在了半空。越没有结果的事，一想起来就更加地不着边际，越不着边际的事越忍不住去想。不知何时，他迷糊着睡去，他做了个梦。梦见自己又回到上海巨鹿路那个弄堂，站在自家的院门前，他看到了朝思暮想的娘俩，他喊他们，他们却像没听见一样。前妻老了，头发已经花白了一半，儿子正抱着一个孩子，站在母亲身旁。他明知儿子抱着的是自己的孙子，他想看一看孙子的脸，可不论他怎么叫，他们就是不理他。正在这时，他身后来了一队警察，带头的却是毕剑，毕剑一边跑着一边喊：老爷子，你哪里逃……他一惊醒了，发现浑身上下都是汗，他心有余悸地喘息着。过了好久，他才缓过神来，又想到了当下，安全才是最重要的，于是，从潜伏开始每个细节又在他脑子里过了一遍。突然一个细节在他记忆深处冒了出来，在城北院子里，那个假山里有一块能够移动的石头，在石头后边还放着他和许碧芬的委任状。这是他从城南搬到城北时，放在那里的。一想到委任状他又惊出一身冷汗。这么多年过去了，以前的忙忙碌碌他几乎把这个重要细节遗忘了。最初时，他想过那两份委任状，想把它们转移走或者销毁，但转念一想，反正也没人发现。他这种潜意识，似乎还抱着某种不切实际的幻想。正是这种幻想他当初没有把那两份委任状销毁。在这个夜晚，他又想起了它们，他狠狠地砸了一下自己的头，怪自己老糊涂了，居然把这么重要的东西忘记了，更是责备自己虚无的幻想在作怪。他等了这么多年，每日都在提心吊胆地过日子，没有等来变天，反而让自己身陷绝境之中。他明白那两份委任状意味着什么，不论落到谁的手里，结果都可想而知了。

他越想越后怕，从通铺上坐了起来，他知道自己的身份再回沈阳是不可能了，他想到了苏家屯的许碧芬，也只有她能把这份罪证取出来销毁。写信是他们唯一沟通的方法，可他们劳改农场有规定，不论他写出的信还是收到的信，都要被检查。能把这条消息带出去的只能是人，可有谁能为他送出这封信呢？

他被自己当初的疏忽大意深深地折磨着。自己搞了半辈子情报，又躲藏了这么多年，居然犯了一个致命的错误。此时，这个错误有如一把利剑悬在他的头顶。

出 逃

　　巧莲再一次去看望苏家屯的许碧芬时，许碧芬一脸愁容地说：姐，你能不能替我去看一看老王？不知何时，许碧芬把王守业称为老王了。这段时间，许碧芬一连接到王守业两封信，王守业告诉她，自己干活腰扭伤了，希望能有人来时，为自己带一些膏药。许碧芬虽然是被下放到农村，但也算是被监视改造的对象，她自然无法长时间离开。她只能把希望寄托在巧莲身上。

　　许碧芬说完还把王守业来的两封信找出来让巧莲看。巧莲一目十行地扫了信，放下信道：妹子，你家的事就是我的事，不就是给他送些跌打止痛的药么，明天就去。

　　许碧芬自然是千恩万谢，每次见到巧莲都忍不住想把实情告诉巧莲，但现实的处境，又让她冷静下来，只能在心里一遍一遍地说：姐，我是桂莲，是你的亲妹妹。她在心里一遍遍地诉说了，仿佛巧莲已经听懂了她的话。巧莲果然像亲姐一样抓住她的手道：妹呀，我这就去药店开膏药，再顺便开些头疼脑热的药。一并给老王带过去，你就在这好好的，等姐的消息吧。巧莲一步三回头地和许碧芬告别了，送到村口的许碧芬满眼朦胧地望着姐姐的背影消失在路的尽头。

第二天，巧莲就出发了，她刚出发时，在自家单元门口垃圾桶后面看到了脸色苍白的王一川。早些时候，自从王一川从苏家屯逃了出来，许碧芬每次提起王一川都是唉声叹气，担心他冷了，饿了，没地方睡。王一川走前留给许碧芬一封和这个家庭断绝关系的信，信中字里行间，充满了对自己家庭出身的抱怨，自己要挣脱家庭的桎梏，他要重新做人，洗心革面，加入滚滚洪流的革命之中。许碧芬每次读着儿子的诀别信，心里都翻江倒海，泪水涟涟。她一面担心儿子的生活，一面痛恨自己以前的经历，家庭是自己无法选择的，正如她当年被义父赵守方收养。她和巧莲交代过，让她留意回到城里的王一川，巧莲也帮许碧芬寻找过王一川，她去过他们的学校，王一川没回学校，几个要好的同学他也没有联系过，他就像隐身似的消失在这座城市之中。

王一川突然的出现，让巧莲如获至宝，一把抓住王一川，生怕他一不留神从她眼前消失。嘴里一迭声地：一川，这些日子你去哪了，你知道你妈有多担心吗？

王一川舔舔嘴唇说：大姨，我能去你家洗个澡换个衣服吗？

巧莲心疼地打量着眼前的王一川。他不仅脸色苍白，头发蓬乱，衣服也又脏又破。巧莲怕赶不上长途车，把王一川送到楼门口说：我今天去盘锦看你爸，晚上就回来，晓玲在家，你姨夫衣服在柜子里。洗完澡换上你姨夫的衣服，等我回来。

王一川含混地冲巧莲点了下头。

巧莲走出小区门口，又回望了一眼，确信王一川已经上楼这才向长途车站奔过去。沈阳到盘锦并不远，长途车开了几个小时之后便到了，东挨西问地找到了王守业所在的农场。几个月没见，王守业似乎苍老了许多，还不到六十岁的人，头发花杂了大半。她拿出了膏药和一些常用药品，还专门为他买了两条烟，把烟递过去时，还不忘交代道：碧芬说了，让你少抽点烟。王守业苦笑一下，想起什么似的问：毕处长还好吧？巧莲也苦笑一下道：他去开原了，和你一样也在农场里。

王守业听到毕剑也离开了沈阳，神经似乎放松了一些，他冲巧莲说：告诉碧芬我一切都好。突然想起了什么似的说：把这个带给碧芬。说完神秘地塞给她一张纸，还回头紧张地看了眼看守。看守躲在门口吸烟，似乎没有留意两人说话。

巧莲离开农场，坐上了开往沈阳的长途车，仍在想着王守业疑神疑鬼的样子，忍不住从包里又拿出王守业写给许碧芬的信。展开纸，发现不是一封信，而是一个音乐简谱。有音符却没有歌词。巧莲在上学时学过些乐理知识，她试着把这首歌唱出来，试了几次却找不到调门。她越发觉得奇怪，反反复复地试唱了几次，还是不得要领。这份天书一样的东西，难道就是王守业给许碧芬写的信？

长途车开回到沈阳时已经是晚上了，巧莲匆匆进门，见屋内只有晓玲坐在沙发上看书,她忙问:一川呢?晓玲就抱怨道:他洗了澡,换上衣服,我给他下了一子儿挂面没够吃,我又给他下了一子儿。吃完饭一句话也没说,拍拍屁股就走了。

她责怪着晓玲说:你怎么不把他留下,你不知道你碧芬姨有多想他呀。

晓玲嘟着嘴说:他要走我怎么能留得住他。

巧莲又责怪了几句晓玲。晚上躺在床上睡觉时,她又想到了王守业那封信,越想越不对劲,就这么一首乐谱,至于让王守业那么紧张和神秘吗?想到这,她又找出那乐谱,翻来覆去地看了几遍,仍不能唱出个调调,难道这是他们两人才懂得的爱情密码?她摇摇头,苦笑一下,临闭上眼时她就想:明天还得去趟苏家屯。

第二天,她见到许碧芬先把那封乐谱给了她。许碧芬一看到乐谱脸都白了,神色也不对劲了。就连她把见到王一川的事告诉碧芬时,她似乎没听见一样,两眼直勾勾的。她一连问了几遍:碧芬,你没事吧?那乐谱到底是首什么歌呀。许碧芬反应过来,忙说:是老王写着玩呢。他怕我担心他。

巧莲回到家里,仍觉得有些不对劲,到底哪不对劲,她又说不清楚。

两天后,她去开原看望毕剑时,犹犹豫豫地把这事和毕剑说了,毕剑警惕地道:你还记得那首歌谱么?巧莲是老师,她对歌谱本来就比一般人敏感,再加上一连又研究了几遍。她拿出笔,找了张纸,把那首歌谱写了出来,然后递给毕剑,毕剑看了一眼，又看了一眼，脸立马也白了。两眼喷火地道：你怎么不早来？巧莲第一次见毕剑对自己这样，不解地问：怎么了？毕剑挥下手道：这里没你事了，你抓紧回去吧。

巧莲讪讪地离开毕剑，她不明白，这一首歌谱怎么让三个人都不正常了，这是哪跟哪呀。

毕剑转身找到了葛局长，一见葛局长便兴奋地大叫一声：老爷子终于找到了。

原来，王守业写给许碧芬的不是普通的歌谱，而是一封明码电报。指示许碧芬到城北的家中院内假山后面取出东西烧毁。毕剑不知王守业要销毁的是什么东西，但一定是重要的东西。同时通过这份明码电报，终于证明了王守业就是老爷子，一般人怎么能懂电报。

葛局长也显得兴奋异常，他背着手在空地上走了两步道：是狐狸终会露出他的尾巴。两人当下研究决定，由葛局长打掩护，毕剑逃离农场回到沈阳市。

毕剑回到沈阳时，已经是半夜时分了，王守业的家他去过许多次，他们走后，这房子就分给了附近的职工，以前是一家人住，现在住了几家人。

院子有些凌乱，大门都没关。那座假山还在，假山周围让住户晾了许多大白菜，还堆放了不少煤球。他打开手电，用手捂住手电的光，绕到假山后，他小心地摸索着，终于摸到了一块松动的石头。他的心几乎跳到了嗓子眼，石头被他拿出来，伸手向里去摸，结果什么也没摸到。他又一连摸了好几遍，还是什么也没有。他关掉手电,坐在假山的石头上,头上冒出一阵虚汗。他想到了接到指示的许碧芬。

两份委任状的确被先到一步的许碧芬取走了。她接到王守业那封信时,连夜就回到了沈阳,她在假山后拿出那两份委任状时,自己又气又急,气的是这么大事王守业居然没和自己说过。当初潜伏时,王守业就把她的委任状收走了,她知道王守业在院子的树下藏过电台、手枪和金条,后来这些东西都被王守业处理掉了,她也是清楚的,她原以为这两份委任状也一同处理掉了,便没再过问。她拿到两份委任状时,着急把它们处理掉,此时她拿着的不是两张纸,而是两颗定时炸弹。她把这两张纸放到怀里,腿软得几乎走不动路了。终于在路边找了个垃圾桶,在垃圾桶旁蹲下身子,见四处无人,她掏出那两张纸撕扯着,一片,两片,终于被她撕得粉碎。她不放心,在垃圾桶找出半张大字报纸,把那些碎片裹在纸里,掏出火柴点燃,直到它们成了灰烬,她仍不放心,又用双脚在上面乱踩一气。

毕剑当天半夜就找到了刘刚,听说老爷子已经找到,就是身在盘锦的王守业时,刘刚一蹦三尺高,恨不能插翅立马赶到盘锦,把王守业拿下。两人连跑带颠地来到长途车站时,长途车站还没开门,两人就站在长途车站门前等,这是他们有生以来过得最漫长的几个小时。

两人终于登上了开往盘锦的长途车,两人风尘仆仆地来到农场时,农场的人正是午饭时间,所有人列队在食堂门口唱歌。王守业站在队尾处,自从把写给许碧芬的歌谱传递出去,自己的心就像长了草，他知道许碧芬处理完之后一定会给他来一封报平安的信。他选择巧莲带这封信也是没有办法的办法，他们农场的人不论往外寄信和收到信都要经过严格检查，显然他即便用电报的形式写信也是不安全的。当他得知毕剑远在开原时，才下定决心放手一搏，那两份委任状就是他们潜伏的证据，现在没有什么事比处理这个证据还重要了。信被巧莲带走后，他一边忐忑地等待着许碧芬的信，一边又提心吊胆怕中间出了岔子。这天他正在队尾唱歌，远远地就看见大门外走来的毕剑和刘刚，他什么都明白了。马上用手捂住肚子，冲周围人说：坏了，我要拉肚子，得去趟茅房。说完撒腿就往厕所方向跑去。

　　一溜露天厕所建在院墙处，建设时也考虑到厕所离宿舍和食堂的距离。此时，王守业弯着腰，迈着和自己年龄不相称的步伐向厕所方向跑去。

　　毕剑和刘刚两人来到队伍前，歌已经唱完了，人们正排着队向食堂里走。毕剑和刘刚一边在队伍里寻找着王守业的人影，一边打听着，站在队尾的几个人道：老王拉肚子去茅房了。

　　两人赶到厕所时，后面的窗子大开，王守业已经从厕所的后窗跳到院墙外跑掉了。他们找了这么多年，从来没有离老爷子如此之近，两人当即去追赶，两人一边追，一边商量着追逃的方向。王守业要逃跑，只有一种可能，此时盘锦还没有通火车，只有长途车站是唯一和外界沟通的地方。两人跑到长途车站时，正有一辆开往沟帮子方向的长途汽车从车站里发出。两人来到售票口，描述着王守业的长相，售票的小姑娘犹豫地答道：刚开走的车上可能有你们说的这个人。

两人再次从车站里出来，那辆长途汽车早已驶得不见了踪影。此时的两个人，多么希望有公安局的配合呀，可惜两个人此时已经不再是警察的身份了，没人信他们的话。毕剑决定，买一张最近开往沟帮子的车票，无论如何，再也不能让老爷子从他们眼皮子底下逃走了。

沟帮子火车站是连接京沈两地的必经之路，两人赶到沟帮子火车站时，有一趟哈尔滨开往北京方向的列车刚发车。若等下趟车就要两个小时以后了，毕剑和刘刚两人在路上就预料到，老爷子不可能向沈阳方向逃，回到沈阳等于死路一条。向关内逃，只要到了北京，就是面对着全国，再想找到他就难上加难了。

两个小时无疑是太晚了，这时正巧有一辆拉煤的货车刚刚启动，车头冲向关内方向，毕剑来不及犹豫，冲刘刚道：上。此时火车已开出了车站，速度还不快，两人站在路旁向前跑几步，身子向上一跃，便攀了上去。

两人趴在煤车上，火车的速度越来越快，细碎的煤屑被风吹了起来，两人很快便成了煤人。只有两人的牙齿还是原来的颜色。货车速度很快，因为不是客车，并不是每站都停，在山海关火车站，他们终于追上了那列哈尔滨开往北京方向的列车。拉煤的货车从客车旁驶过，速度仍然是风驰电掣的样子。从沟帮子追到山海关，他们终于追上了这趟客车，千载难逢的好机会，他们当然不会错过。毕剑从煤车上一跃而起，他跃到了客车厢的顶部，也就在这时，这趟列车拉响了出站的长笛。列车启动了，刘刚还在寻找着机会，就在货车驶离客车的一刹那，他飞身跃了起来，两列车并肩而行，一个快，一个慢，刘刚失去了判断，他并没有抓到客车，身子便摔在了路基上。毕剑眼见着刘刚摔了下去，他喊叫两声，刘刚似乎要挣扎着站起来，最后还是瘫倒在原地。毕剑不能丢下刘刚不管,在列车即将驶出车站那一刻，他跳下火车向刘刚跑去。

两个人的举动早就吸引了站台上工作人员的注意，刘刚摔下的一瞬间，就有人围了过来。毕剑抱起刘刚时，刘刚已经满脸是血，嘴里喷着血水说：处长，别放过老爷子。

盘锦农场的人来到苏家屯许碧芬家时，她才知道王守业跑了。送走农场的人，她很快就捋清了思路，王守业暴露了，一定因为王守业给自己写的那封明码电报。对电报稍有知识的人，并不用费力气就会知道电报的内容。信是巧莲带给她的，她想到了巧莲。

她转身进门，换了身干净衣服，又洗了脸，在镜子前注视着自己，她知道属于自己的最后时刻到了。她似乎早就料到会有这么一天，但没想到会在今天。心却很平静，她自己都有些感到意外。此时她只有一个念头，就是去认亲。

傍晚的时候，她赶到了巧莲家中，巧莲扎着围裙打开门，惊叫一声：碧芬，怎么是你？

她跪了下去，叫了一声：姐，我是桂莲。这声姐，和以往有了许多不同，这一声她是在呼唤自己的亲姐，一奶同胞的亲情，热热又急切地从她嘴里喊了出来。

……

她完成了最大的心愿，把她和巧莲之间隔着的窗纸捅破了。她们抱头痛哭了，后来她们冷静下来，巧莲哽着声音说：桂莲，姐给你做饭。巧莲第一次这么称呼她。她拢了拢头发，站起身道：姐，我该走了。巧莲惊讶道：你去哪？她说：公安局，那是我该去的地方。

巧莲一听，立马扯下围裙道：我陪你去和公安局的人说清楚，你不会有事的。

两人站在公安局门口，都停下了脚步，桂莲回过身子抱住巧莲道：姐，我没什么遗憾的了，一川以后你多费心。

巧莲说：姐哪也不去，就在这等你。

桂莲冲她笑了一下，她从来没有发现桂莲是这么美，笑容舒展而又明朗。巧莲冲妹妹的背影挥着手道：姐就在这等你。

不知过了多久，桂莲还没有出来，她就像一棵树似的站在公安局门口，仿佛在这里已经扎下了根。

又过了不知多久，小马从公安局里走出来，小马以前是毕剑那个处室的一名科长，许多公安局老人都离开了，只留下小马几个人。小马走到巧莲近前低低叫了声：嫂子。巧莲在路灯下望着小马。

小马又说：许碧芬，不，是李桂莲暂时不能走。

巧莲绷紧身子问：你们会怎么处理她？

在这两个多小时的时间里，她回想着桂莲对她说过的经历，她没杀过人，没做过坏事，她只想活命，过平常人的日子。她

290

又能有多大的罪呢？

小马说：李桂莲不是一般的案子，是潜伏特务，我们还要向上级汇报。嫂子你回去吧，别在这等了。

巧莲想过千万次和妹妹相认的场面，没想到，她们却以这种方式相认，又以这种方式分别。自己是救了妹妹还是害了妹妹，她一步三回头地离开了公安局大门口。

刘刚牺牲在了山海关的一家医院里。毕剑打通了沈阳公安局值班室的电话，值班室又把电话转接到小马办公室。

小马派出了一辆警车，把刘刚的遗体和毕剑接回了沈阳。小马告诉毕剑，许碧芬自首了。毕剑担心的不是许碧芬而是王守业。他急切地交代道：快向公安部报告，申请全国通缉。

几天之后，公安部关于老爷子的通缉令便下发到了全国公安局。

老爷子辗转着来到了上海，他找到了巨鹿路那条弄堂。这是他最后的心愿了，从和妻子儿子分别到现在，他们毫无音讯，他要亲眼看他们最后一眼。他终于找到了那个院落，这是当年他用三根金条，外加十五块银元置办下的小院，院子还在，住在里面的人却物是人非，这里成了个杂院，似乎有几家人在这里进进出出。他在暗处观察着，终于他看见了出门倒垃圾的前妻，前妻老了，成了一个普通的老人，动作迟缓地把垃圾倒在门前的垃圾桶里，转身时步履也变得有些蹒跚，他还是很快认出了前妻。他望着前妻离去的背影，他在角落里蹲了好久。

后来，他又看到了儿子，儿子出现时，他一眼就认出了儿子，和他年轻时如出一辙。儿子如今长得人高马大，穿着一身劳动布工作服，腰上系着一条皮带，皮带上挂着电工的工具包。从年龄上推算，儿子今年应该二十九岁了。儿子脸上长出了胡须，旺盛又茁壮。他望着儿子离去的背影，几欲扑过去，再认真地看眼儿子。

他蹲在一个角落的地上，把手捂在脸上，泪水又从他的指缝里挤出来，他只想痛痛快快地大哭一场。看到前妻和儿子，这是他最后的心愿了。他又想起在沈阳的许碧芬和王一川，他知道自己暴露了，许碧芬也隐藏不住了，他不清楚许碧芬和王一川的命运又会如何。

几天之后，沈阳公安局的小马接到了上海公安局发来的通报函。在静安公园发现了一具男性尸体，疑似公安部通报中的老爷子。

尾 声

1979年年底。

葛局长、毕剑从开原农场的大门里走了出来，公安局派出接他们回家的车已经等候多时了。他们被平反了，很快又要到公安局上班了。

在沈阳第二监狱门前，李桂莲一眼就看到了人群中的巧莲，还有站在巧莲身边的儿子王一川。桂莲快步地走过来，她冲到了最前面，喊了一声：姐。她张着胸怀向巧莲奔去。

1985年的一天，公安局局长毕剑把一封台湾来的寻人启事送给了正在供销社上班的李桂莲。桂莲从寻人启事中一目十行地跳过，眼里流出一串泪珠，然后哽咽着声音说：我妈还活着。

几个月后，李桂莲带着儿子王一川，在北京首都机场出站厅里等待从香港落地的一架航班。她和儿子扯起了一面横幅，上面写着几个大字：恭迎母亲大人回归故土。这面横幅吸引了许多人的注意，所有人都仰望着这面横幅，心里都热热的。

　　李桂莲终于在出站的人群中看到了那个熟悉的身影，她踉踉跄跄着奔上前，大叫一声：妈……声音早已哽咽了。

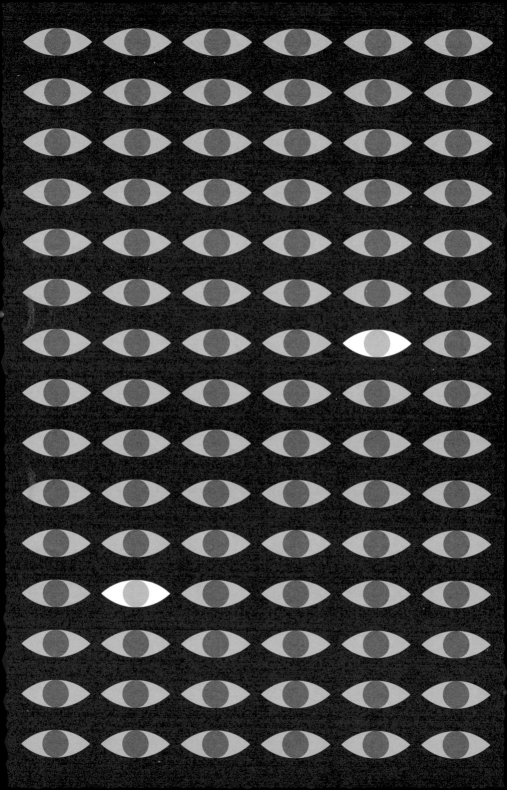